陰界黑幫

12

Mafia of the Dead

Div 著

自序

當你看到這篇序的時候，表示《陰界黑幫》十二要出版了。

也表示我寫作生涯已經跨越了二十多個年頭，就算已經過了二十年，我經歷了許多人生的大事，但每次當我打開電腦，仍會想到那曾經的歲月，在冬天的夜晚，大學宿舍，室友已然熄燈睡覺，我點起一盞桌燈，奮力把腦海中的故事以文字塗滿眼前螢幕的時刻。

透過寫作我看到了不同的世界，認識了不少的人，體驗了不同的人生，回想起來，只有四字——衷心感謝。

這二十年，娛樂世界改變很多，書，漫畫，智慧型手機，電影，YouTube，串流平台，短影音……許多在二十年前僅止於想像的畫面，都被具體實現了。

而這二十年間，不變的是，我的故事還在進行，《地獄列車》系列的少年H與貓女，《陰界黑幫》的琴與柏，還在他們的冒險旅程。

如果你拿到這本書，打開這一頁，那表示你參與了這場仍未停止的冒險。

感謝你依然在，同時我承諾，我會給這場冒險一個最棒的終點。

未來，也許還會有一場又一場冒險。

我現職工程師的工作終有一天會退休，但關於故事，我則不想停下，冒險雖然多次觸礁卻也埋藏著許多寶物，就像《航海王》踏上偉大航路般迷人。

謝謝打開書的你，

也想問一聲，你準備好了嗎？

《陰界黑幫》十二的冒險，即將開始。

Div

陰界黑幫 12

Mafia of the Dead

「相傳紫微星系共有一百零八星，又以十四星主掌夜空，其影響國家興亡，個人運勢甚鉅，其為紫微、太陽、太陰、武曲、天同、天機、天府、天相、天梁、破軍、七殺、貪狼、巨門與廉貞是也。」

楔子

這裡是一間陽世的圖書館。

這間圖書館不是最大的，但卻是歷史最悠久的，它蓋在一片古老且充滿深刻歷史的土地上。

將近百年的歲月裡，圖書館的大門始終敞開著，提供許多莘莘學子念書，閱讀，交友，承載他們想要飛翔的夢想。

百年來幾經修繕改建，從原本灰白單調的方形建築體，變成嶄新而新潮的大樓，裡面也不再只是純粹的書本，而是加入更多網路與數位的收藏，以及親子互動的展區，吸引更多民眾進入。

這間圖書館也是小靜最愛的秘密基地，打從高中到大學，她就愛窩在這裡，期中考的時候她會在這裡埋頭苦讀，而沒有考試壓力無所事事的時候，她會找本書，找個有陽光的角落，打開被陽光曬得暖暖的書頁，忘我的閱讀一整個下午。

有趣的是，她後來才知道，這間深藏在城市角落，周圍被公園環繞的老圖書館，竟然也是許多人的秘密基地，其中更包括了琴學姐與小風學姐，她們在這裡讀書，也在這裡辦過幾次活動，例如為孩子讀繪本，或是國小盃找書大賽等……

而當小靜脫離學校，成為社會人士，唱出自己第一首暢銷金曲，她想要一個人靜靜的時候，仍會選擇來到這間圖書館。

這間圖書館獨有的氛圍，空氣中飄蕩著微涼的靜謐氣息，似乎能替小靜疲倦的心靈充電。

這天，小靜又來到此處，她走到一排排的書櫃中挑了一本小說，突然她停下腳步，覺得有些不同。

原本如同水分子般的靜謐氛圍，如今稍稍的加溫了，就像是分子速度變快，甚至帶出了騷動的感覺。

「有什麼事情要發生了嗎？」小靜抬起頭，低語。「這間圖書館。」

事實上，小靜完全不知道，這間在陽世名為圖書館的建築物，在陰界，其實是一座名為蘭陵的大監獄。

此建築，矗立於在一塊充滿歷史的土地上將近百年，因為藏書百萬，引知識分子前來此地，借書、看書、閱讀禁書、聯繫革命，等於將自己的意念灌注到其中的藏書之中。

加上這些知識分子多是意志堅強，魂魄強大的角色，百年來不斷蓄積，到最後，這間圖書館裡的書，能量已經強大到足以關押任何陰界魂魄。

也就是如此澎派古老的能量，讓擁有特殊體質的小靜，與圖書館產生共鳴，她也才特別的感到舒服。

不過，此刻小靜卻感受到了圖書館的能量波動，表示陰界監獄開始有了變動。變動，隱隱潛伏著，彷彿訴說著，撼動陰界的大事就要在此地發生。

第一章．新幫初立

陰界。

一則訊息，化成百則訊息，然後又化成萬則訊息，又跟著化成百萬則訊息……如同迎著陽光的大樹，開枝散葉，舒展出通往四面八方的翠綠葉片。

這訊息是這樣寫的……

「號外！號外！想加入最新最熱門的幫派嗎？想要體驗快樂的黑幫嗎？想要馳騁在城市中成為飢餓孩童們的英雄嗎？來，加，入，我，們，吧！

硬幫幫。

一日硬幫幫，終生硬幫幫。

報名專線：09XXXXXXX

請洽衰過頭或陰沉少女。」

這則訊息，透過陰界的網路，簡訊，各大平台，甚至是路邊張貼的傳單，不斷往各地發送。

各路陰魂收到了訊息，先是露出詫異表情，然後忍不住交頭接耳起來。

「從來沒看過黑幫找人，找得這麼高調的啊？」

「以前黑幫找人不是要師徒制？還要闖過層層考驗？甚至要拈香切雞頭之類的儀式？這硬幫幫也太隨便了，用發傳單的？搞得和陽世的國軍招募一樣？」

「說到這硬幫幫，這名字也太好笑了吧？」另一個陰魂也湊上來討論，「以前黑幫不是僧幫，道幫，十字幫，還有紅樓，名字一個比一個有氣勢，怎麼跑出一個硬幫幫？」

「哈哈這名字雖然搞笑，但也算朗朗上口的啊。」又是另外一位陰魂說，「不過，回到這件事本身，這麼高調這樣好嗎？現在政府強勢統治，還有人敢加入嗎？」

還有人敢加入嗎？

這問題，確實也正在一個漂亮女孩口中，喃喃說著。

這女孩留著長髮，身材纖細高挑，有雙大眼睛還有一對招牌虎牙，而她正煩惱著。

「怎麼回事，傳單都發了，簡訊也傳了，怎麼沒有一個人來呢？」她單手撐住下巴，看著窗外明媚的陽光。

陽光明亮，白雲朵朵，氣候宜人，本來可以容納百人的廣場，卻是一片空曠。

而桌上的手機，原本以為會接應不暇的忙碌鈴聲，如今也是完全的寂靜。

零。

截至今日為止，加入硬幫幫的陰魂，數目是零。

而這女孩，想當然耳，就是剛剛取得真實身分，懷著雄心壯志要成立超級黑幫的，琴。

這裡是琴臨時成立的黑幫總部，位在一個寬闊廣場旁的彩色鐵皮屋。

「莫言，怎麼辦啦？想想辦法啦！」琴跺著腳，對著她最信賴也最可以任性抱怨對象，哀怨地叫著。

「想辦法？妳宣傳搞這麼大，但黑幫本身沒有任何戰功，怎麼可能有辦法吸引到人才？」莫言坐在椅子上，雙腳放在桌上，姿態悠閒地說，「加上近期政府對黑幫管制嚴格，妳又是黑名單上的人物，我看會來的人應該不是報名者，而是想殺妳的殺手吧？」

「殺手？好煩惱啊。」琴望著窗外，「再不擴充我們黑幫陣容，殺手會一直來亂我們啦。」

「我覺得妳除了擔心報名人數外，還有一件事更要擔心。」

「啥事？」

「妳真的不帶腦袋耶，每個黑幫表面是黑道，骨子裡都是做生意的，硬幫幫要生存就要接單送貨，但妳有收過一筆訂單嗎？」

「嘿，莫言，這你就小看我了。」

「怎說？」

「我啊，早就在網路的平台留言板上，提出我們幫派成立的事情。」琴得意地說，「若有人想叫我們送餐，只要在留言板上告訴我們就好啦。」

「留言板？」

「對啊，啊，說曹操曹操就到，說訂餐訂餐就來。」琴笑著，把手機螢幕對準了莫言。「你看，馬上就有人留言訂餐了。」

只見留言如此寫著，『一百份魔王烈焰串燒，送到靜慈街六號十二樓。』

「訂單來了！臭莫言，你看看，我就說硬幫幫這美食外送絕對會成！」琴開心的起身，對著屋外用力揮手。「五暗星，牽好你們的陸行鳥，準備上工了。」

特別一提，五暗星是目前琴麾下唯一的部屬，他們原本是政府的殺手，其中「絕了情」為老大，擅長遠距狙擊，老二是「衰過頭」，那是一個虛弱的使毒少年，老三是「墓好空」，身體就是一團紫色毒霧，老四是「死不透」，乃是古瑜伽流最強傳人，身體關節可以隨意扭轉，而老五呢？就是「病到底」，她因為看過琴的戰鬥，從此對琴傾慕無比，誓言追隨琴到底。

不過琴其實嫌他們的名字實在難記，要他們說出自己的真名。

「當我們成為政府殺手五暗星時，早已捨棄了自己的名字。」絕了情說，「要重啟自己的名字？這……」

「沒有任何人可以要你們捨棄自己的名字。」琴雙手扠腰，「你們可以自己決定，要不要找回自己的名字。」

「嗯……」五暗星互看了一眼，率先開口的是病到底，她鼓起勇氣。「我，病到底，原名陰沉少女。」

「陰沉少女嗎？不錯，很適合，和外表完全符合。」琴露出鼓勵的笑容，「那其他人呢？」

「我，死不透，原名罪武宗。」罪武宗如此說，「一輩子追求武學之道，就算成為罪人也在所不惜。」

「罪武宗，」琴吐了吐舌頭，「好有氣勢的名字。」

「墓好空……我名字只有一個字……墓。」空氣中的那團紫霧也說話了。

「墓……安靜的個性，和墓園氣氛很像，適合你。」琴比出大拇指。

「接下來是我，」衰過頭嘆氣，他有著擋住半邊的長髮，有如日本漫畫的鬼太郎，帶著一抹陰森之氣。「我叫做小蠍，因為我擅長使毒……」

「小蠍？好可愛的名字。」琴笑。

「不准笑，我可是一代令人聞之色變的五暗星！」被琴這一說，小蠍頓時漲紅了臉，陰森之氣蕩然無存。

「是、是，」琴臉上仍帶著笑，「那剩下一位了，絕了情，你呢？」

「我絕了情，原名怒槍紳士。」怒槍紳士說，「應該不難記吧？因為我原本就是以射擊當作武器的。」

「槍？等等，那時我們剛碰面的時候，朝我射來的不是吹箭嗎？」

「那是吹箭型態的子彈。」怒槍紳士微微一笑，「琴姐，既然妳已經是我們五暗星的領袖，給妳看看也無妨，這就是我的槍。」

只見怒槍紳士手一翻，亮出了他的槍，這槍造型頗為特殊，看似是一長管，長管塗著能隱匿蹤跡的斑斕迷彩，且管上有著流線的凹凸，恰好能裝在肩膀之處，更有一個瞄準鏡，最特別處卻是它有扳機。

「對，這槍……到底是吹箭的管子？還是槍？」琴睜大眼睛。

「它是吹箭，也是狙擊槍，而且它吸收我的道行做成吹箭子彈，換句話說，若我不死，子彈是取之不盡，用之不竭的。」

「難怪你叫怒槍紳士，等等，怒字是什麼意思？你看起來很冷靜，不太怒啊。」

「這就不足為外人道了。」怒槍紳士微微一笑，「有朝一日，琴姐定會明白，我怒槍紳士的怒字何來了？」

「好，期待那一天。」琴讚嘆這古怪的吹箭狙擊槍，感覺又有點像是可以直接打架的大棍子，肯定隱藏不少秘密。

「那各位，怒槍紳士、罪武宗、墓、陰沉少女，還有可愛的小蠍，我們準備去完成我們第一筆訂單，魔王燒烤啦。」

「我才不是可愛的小蠍！」

「哈，走啦。」

說完，琴吆喝一聲，跳上阿勝，就這樣帶領五暗星朝著目的地而去。

忽然，留在硬幫幫本部的莫言，才像是想起什麼似的。「琴，等會，魔王烈焰串燒？送到靜慈街？靜慈街是所謂的佛系素食黑幫，他們怎麼會要串燒？」

只是琴卻沒有聽到莫言的提醒，她老早就帶著滿心的歡喜，衝出門，去迎接她硬幫幫創幫以來的第一張訂單。

說起這「魔王烈焰燒烤」製法專屬陰界，頗為奇特，那是在夏日下午一點，地表氣溫最高時，在車來車往市區柏油馬路上，擺上一只鐵盤燒烤。

不用炭火，不用噴槍，只要單純這麼一擺。

炙熱太陽加上地面柏油，配合附近車輛製造的熱風，會製造出所謂的「魔王烈焰」般的體感溫度，燒烤瞬間完成，熱香撲鼻，外焦內嫩，更帶著一股烤死人不償命的惡意。

當惡意化成濃烈的辣味，完全化入烤肉之中，頓時替這魔王燒烤增添一份刺激美味。

雖然魔王燒烤取得不算難，但一百份也不是小數目，所以琴找上五暗星，在陽世城市最繁忙的一條馬路，一點時分，趁著紅綠燈轉換的空檔，衝到馬路中央，一盤一盤的烤著。

一盤擺上十根，烤了十次才完成。

「幸好陽世交通部最愛亂搞，把紅燈秒數拉長到不合乎常理，我們才能順利烤完這波魔王燒烤啊。」病到底，啊不，現在是陰沉少女說。

「一是超長紅燈秒數，二是密密麻麻檢舉達人，三則是打造行人地獄，這正是陽世政府交通部門的三大德政之一。」衰過頭，小蠍開口。「也虧得這些德政，陰界才能獲得源源不絕的怒氣能量。」

「這三項都很要不得啊，尤其是行人地獄這件事，把馬路搞得比我們陰界還危險？這政府是怎麼回事？」琴嘆口氣，「好啦，我們烤肉一百份完成，接下來，該送貨了，目標……靜慈街！」

「行動。」琴一拉阿勝韁繩，六人騎著陸行鳥，朝著靜慈街而去。

只是，當六人一到靜慈街，為首的琴頓時愣住，心生不祥，因為這條街……

這裡完全沒有陰界商業街道上貪婪與熱鬧的氛圍，靜慈街上的步行者全是上了年紀的女子，每人身穿深藍色旗袍，雪白髮絲都一絲不苟的梳成髮髻，不只如此，整條街更飄散著一股肅穆清香的氣息。

而當琴等人帶著百份現烤直曬的串燒來到此處，那滾燙熱烈的烤肉香氣，正面衝撞原本街道上的肅穆之氣時……琴內心頓時湧現一股強烈不安。

這一百份串燒，真的是靜慈街的人訂的嗎？

這看起來就是吃齋唸佛陰魂們大本營的靜慈街，會訂這種氣味猛烈的烤肉串嗎？

當琴遲疑之際，她赫然發現，自己不知道何時已經被包圍了。

「施主，此街多年來不沾葷食，更視葷食為殺生之物，如今您帶著殺生之物來到此地，敢問有何目的？」

人群中，居中一位身穿紫色旗袍的婆婆，雙手合十，聲音雖低，卻清清楚楚傳入眾人耳中，足見其道行之高深。

「我，我……」琴提著烤肉的手，正微微顫抖。

「我靜慈街是中級黑幫，雖不若紅樓、道幫龐大，但也不容人如此隨意欺上門！」這婆婆陡然抬頭，眼睛睜大。「姐妹們何在？」

「姐姐，我們在！」

同時間，這婆婆背後數十名身穿藍衣，也是白髮蒼蒼的婆婆們，同聲回答。

這些婆婆年紀雖然看起來大，但聲音卻宏亮如鐘，一看就知道每個都是身懷高超道行。

見到此景，琴不由得暗暗叫苦。「等等，我想這是惡作劇，有人故意下錯的單，想要陷害我們……」

「結陣，觀音大陣！」紫衣婆婆聲音再起，只見眾藍衣婆婆快速交錯移動，眨眼間，已經排出了一個觀音大陣，更將琴等人團團圍住。

「婆婆，不，阿姨，不，大姐們。」琴苦著臉，「我們有話好說。」

「叫我婆婆？罪加一等。」

而紫衣婆婆呢，她慢慢地，從背後抽出了一把劍。

劍透紫光，劍身上滅絕兩字，耀眼冷冽。

「滅絕……滅絕師太！」琴倒吸一口氣，一步一步後退，後退的同時，她低語道。

「五暗星聽命，罪武宗以硬武術在前面開路，陰沉少女以手機陣殿後，左邊墓，右邊可愛小蠍，怒槍紳士你在遠處支援！聽我號令……我們一起闖出去！」

而同時間，滅絕師太也大喝一聲。

「姐妹們，觀音誅邪！」

這剎那，靜慈街陷入一大片激戰的光芒中，那是滅絕師太舞動滅絕之劍劃出的碎裂之光，是眾多婆婆引出的觀音大陣的聖光，還有琴的藍色電光，墓的滿天紫霧，陰沉少女蜿蜒的資訊之蛇，怒槍紳士遠處射來的子彈的紅色軌跡。

混亂中，仍可聽到琴喊著。「我們快退！但記住不可以傷人！錯在我們，不可以再有殺傷！」

「但如果不傷人，我們會更難逃出去，處境更加危險，幫主，確定要這麼做？」混亂中，使毒的小蠍大聲問道。

「確定！絕對不可傷人！」

就這樣，他們堅守著不殺傷的信念，幾乎是打不還手的狀態下，硬是糾纏了半小時，才靠著罪武宗以武力硬衝破觀音大陣的一個角落，然後帶著眾人脫困。

當他們全身狼狽地回到基地，所有人都已經是精疲力竭，傷痕累累了。

「這是一場惡作劇？」莫言皺眉。

「是啊，不知道哪個混蛋假借靜慈街之名，訂了她們最痛恨的魔王燒烤，說什麼這是『殺生之物』，差點害死我們，真是太可惡了。」

「靜慈街是中級黑幫，向來冷靜自持，對你們送錯烤肉的反應竟然這麼大？這也奇怪。嘿，也許僧幫被滅有關吧？」

「怎麼和僧幫被滅有關？」

「每個大型黑幫就像是一個經濟體，它不只自己壯大，更會與其他黑幫有互相牽連，如大傘一般照顧著這些小黑幫，所以當政府滅掉僧幫，想要接收其原有勢力，自然會和靜慈街這些中小型黑幫發生衝突。」

「難怪靜慈街這麼生氣，原來是常被政府騷擾？」
「對啊，那些尼姑雖然不管俗事，但大概被弄煩了，所以你們的濃烈烤肉香氣，才會被她們直接視為正面挑釁。」
「嗯，回想起來，她們手上的劍也都坑坑疤疤，顯然最近打了不少架。」琴嘆氣，「這也怪不得她們啊。」
而就在此刻，硬幫幫本部的桌子上，負責接收訂單的電腦，突然登登兩聲，又接收到了一則訊息。
「咦？又有訂單了？這次是三十份『寒冬雨粉』，訂單要送去隆基大城？」
「琴姐，接嗎？」五暗星看向琴。
「當然是……」琴幾乎沒有任何猶豫，起身，揉了揉剛剛從靜慈街打完架的痠痛肩膀。「咱們黑幫剛成立，機會上門，接就對了。」
「是！」
寒冬雨粉，和魔王燒烤一樣，都是知名的平民美食，只是一個冷一個熱，各走極端，更是陽世氣候變遷影響陰界的產物。
寒冬雨粉的原料正如其名，就是雨，而且還是冬天的細雨絲。
冬天時，細雨飄墜，尚未落到地面時，寒流的低溫猛然凍住，在空中所形成的美麗如水晶的雨絲。

這時，採收者趁著雨絲尚未融化，整捆整捆收起，以咒保住溫度，就成了這知名的寒冬雨粉。

寒冬雨粉外脆內稠，入口即化，外層有著冬天的爽脆，內層有著春天的軟滑，堪稱陰界極致冰品。

而琴等人來到採收農夫這裡，一口氣買下三十人份，再騎著陸行鳥疾駛到隆基大城，準備交貨。

只是，悲劇又重演了。

隆基大城位在島上極北之處，因為地形使然，終日細雨綿綿，濕氣不散，導致牆壁地面都是黑霉，他們生在雨城，住在雨城，看到雨就會皺眉倒退三步。

所以不是這寒冬雨粉不夠美味，而是隆基大城的居民別說吃雨了，他們看到雨就憤怒抓狂。

於是，琴他們又被從大城中趕了出來，他們一邊往外逃，背後不斷射來城裡最大黑幫「港都夜雨幫」射出的子彈。

一邊跑，怒槍紳士還忍不住問：「琴姐，確定不反擊？我的射擊功夫比他們好上百倍！」

「不准反擊！」琴的背後，有好幾個被子彈擦過的焦黑痕跡，但她仍不忘喊著。「錯在我們，不反擊。」

又是半個小時，他們才從隆基大城逃脫，狼狽地回到硬幫幫總部。

連著兩個案子，先是百份「魔王燒烤串燒」失利，又是三十份昂貴的「寒冬雨粉」被騙，琴等人的挫敗不能說不大。

當他們回到基地，氣氛低迷。

無論是誰在惡整琴等人，他們都是極熟悉整個陰界黑幫之人，深知各地方黑道勢力分佈與其文化，才能將惡作劇做得如此高明，而且他們食髓知味，又陸陸續續下了幾筆充滿惡意的訂單。

一筆訂單是「台灣八點檔錦言名錄炸雞排」，吃下去不只能體驗如片中戲劇張力十足的味道，甚至會說出和八點檔一樣腔調的話，像是「你是在哈囉？」但要送的目的地卻是講究高雅氣質的「國家歌劇院」。

「小甜甜的生日氣球」，味道類似陽世棉花糖，只是外型像生日氣球，吸取氣球內的甜甜氣體，會有如置身爆甜狂糖世界，更會引發類似陽世 Sugar High 效應，讓幸福和熱量都一起盡情爆表，這份美食，目的地卻是送到「不死不歸的減肥中心」。

這些食物都不好取得，而取得之後，又都要琴他們送到錯誤的地方，搞得琴他們疲於奔命，滿身是傷，且一分錢都收不到。

最後，五暗星與他們的陸行鳥都已經累到不想再動，就連琴也只坐在椅子上，不似一開始那樣充滿鬥志了。

而就在這時候，訂單發出登登聲音，下一筆訂單又進來了。

五暗星和琴互看一眼，似乎都猶豫著要不要看這張訂單，最後琴還是起身，拿起單子一看。

「一碗陰春麵，請幫忙送到城下區，第四十九號電線桿下，謝謝。」

「只有一碗陰春麵？就要送到城下區？」可愛小蠍說，「陰春麵對陰界而言，如同陽世的陽春麵，是最簡單也最平民的陰魂食物，城下區更是陰界最貧窮之地，為了一碗陰春麵特別跑這一趟，不划算。」

「實在廉價，是否又是惡作劇？」罪武宗也說。

「算了……別接。」連寡言的紫霧墓也這樣說。

「唉，我雖然喜歡玩手機，但偏偏對寫程式不熟，現在靠留言板來接單，真真假假，都會騙人。」陰沉少女嘆氣，「如果有人會寫程式 APP 就好了，最好是能找陰界最強的駭客魚創造者，天才星。」

「妳想得美喔。」小蠍笑，「琴姐，我看我們就不接這單了，肯定又是詐騙啦。」

而琴呢，她看著這則留言，這留言雖短，但最後面卻還記得寫上謝謝。

這句謝謝，不知道為何，給了琴一種羞怯且真誠的感覺。

「我接。」

「接？」

「別忘了，咱們可是黑幫，陰界黑幫最重視精神。」琴拿起手機，撥了撥長髮，露出帥氣笑容。「我們的精神是，任何一位客戶都不能忽略，才能成就我們硬幫幫！」

「琴老大……」

「這案子太小，我一人就可搞定。」琴走到門外，帥氣的跨上她專屬的阿勝陸行鳥。

「放心，我去去就來。」

放心，我去去就來。

這案子，確實不難。

陰春麵也確實如五暗星所說，是陰界最便宜的食物之一，因為整碗麵只有兩種料，麵與清湯，但也因為簡單，反而成為最受平民歡迎的食物。

琴乘坐著陸行鳥，快速抵達麵攤，取餐之後，轉身衝刺。

她小心翼翼計算著時間，並專注地在陰界的街道上前進。

因為琴知道，就算是最平易近人的陰魂食物，也會有最美味的「享用時間」，陰春麵的湯底是簡易的清湯，只要五分鐘就會因為冷卻而產生油臭味，所以要快。

相反的，硬麵條浸在湯裡，需要三分鐘才能完全將湯汁吸入，麵條麥香與清湯融合，此刻最易入口，所以也不可太快。

既要快又不可太快，這碗陰春麵，最美味的時間，就是三分鐘到五分鐘之間，琴必須在這時間中，將麵條送到客戶手中。

琴控制著陸行鳥，在巷弄間高速行進，很快眼前的景色已變，由高樓大廈慢慢變成矮小平房，更混雜著不少破舊鐵皮屋。

果然如小蠍所言，城下區是陰界貧窮之地。

琴繼續前進，此刻時間是二分五十四秒，她往右一拐，彎進小巷，再往左一轉，前方有根電線桿。

電線桿上，用紅色噴漆潦草地畫著「49」。

到了，就是這了。

時間，剛好三分鐘。

琴跳下陸行鳥，左右張望。

這裡確實是約定之地，但她沒有看到任何人，難道……又是一場惡作劇？

就在她驚疑不定之時，忽然，電線桿下竟緩緩浮現一個透明人影，這人影又乾又瘦，是一個看起來八九十歲，行將就木的老人。

「餓啊……餓啊……」老人發出虛弱到有如呻吟的聲音，「我好餓啊，有麵嗎？有好吃的麵嗎？」

「當然。」琴往前跨出一步，雙手將陰春麵遞了出去。

而這老人捧起這碗陰春麵，枯乾細瘦的雙手顫抖著，似乎隨時都要支撐不住而掉落，只見他先用鼻子湊近碗邊，深深緩緩地一聞。

「啊，這香氣的溫度剛好，熱度剛好，這是湯頭最佳的時間啊。」老人聲音顫抖著，一隻手拿起筷子，顫抖著夾起了麵。「那我要品嚐了啊。」

琴在旁邊看著，只擔心老人那細弱發抖的手，會捧不住碗而掉落，但琴隨即明白，她的擔心是多餘的。

因為老人一手托碗，一手用筷子夾麵猛吃，越吃越快，在猛吃之中，更不時聽到老人發出模糊不清的讚嘆。

「好吃，怎麼這麼好吃？」「麵很普通，湯很普通，但麵條泡得軟硬剛好，香氣和清湯剛好融合，這是最完美的上菜時刻啊！」「好吃，好吃，一百年沒吃到一碗像樣的陰春麵了啊。」「整整……整整一百年了啊。」

最後，老人把碗高高托起，仰頭把湯一口喝盡。

琴赫然發現，老人，不一樣了。

他身高竟然在吃麵過程裡硬生生拔高了三倍，手腳肌肉壯碩，身軀挺拔，稀疏白髮變成濃密的金色雷電，哪裡還是行將就木的老人，簡直就是陰魂中的強悍鬼將軍。

「哈哈哈，我已經一百年沒有吃到這麼用心的麵了，自從我被束縛在此地，每個人都當我是貧窮老人，給我的食物與其說是善心，不如說是施捨，但這一碗麵當真不錯，是真心誠意的讓我品嚐到好食物！我終於有足夠能量脫離這根電線桿了。」

「老前輩，不，不能稱您是老了，您剛剛著實年輕了四五十歲，而且還長高了。。」琴仰著頭，再次讚嘆這陰界的無奇不有。「不過，您別忘了，這碗麵含運費總共……」

「哈哈哈，小女孩，妳在最好的時間送來，這一份心意，我一定會報答妳的，哈哈哈。」

這老人低下頭，對琴一鞠躬，隨即大笑，從電線桿一個縱躍，已然縱到下一根電線桿，又是幾個起落，眨眼已經跳到不知道何方了？

「啊……我知道你很開心，但，你忘記給錢了。」琴看著自己空蕩蕩的手心，裡面沒有半毛錢，嘆了口氣。「好吧，至少有一次食物是送對了。」

「回家！」

不過，當琴帶著一點開心與一點遺憾的心情，回到硬幫幫本部之際，一個全新的情況，正在等待著她。

當琴回到基地，莫言將手機往琴面前一推。

「狀況有變。」

「什麼有變？」

「訂單變多了。」

「變多？」

琴低頭看去，只見留言板上正發出叮叮咚咚的聲音，大量訂單正不斷湧入，而且不只如此，這次的訂單似乎都有一個共通點。

電線桿，全部都是電線桿！

分布的區域則從貧窮的城下區，一直到富裕的商業路，點的食物都是一碗陰春麵。

「莫言，這是什麼意思？」

「陰界裡有一種幫派，專門棲息在電線桿下，他們生前通常死在電線桿附近，例如開車撞到電線桿，喝醉在電線桿旁尿尿剛好被電死，或沒事等紅燈喜歡用手扶東西，剛好扶到漏電的電線桿等等……最後成為電線桿下的地縛靈，你不知道陽世馬路上最危險的東西是什麼？正是電線桿！」

「電線桿是這麼危險的地方？和陽世的『床』一樣可怕？因為百分之八十的陽世人都死在床上？」

「差不多意思，不過電線桿因為周圍環繞電場，給了陰魂凝聚魂魄下去的能量，但同時束縛了他們，這些陰魂互有聯繫，成立了『電線桿地縛幫』。」

「啊，所以我剛剛送麵的那位老先生，是電線桿地縛幫的幫眾啊？」

「就怕不只是幫眾而已。」莫言比著手機下方，那是第一則留言。「『就算是最簡單的陰春麵，清湯與硬麵，依然在最完美的品嚐時間送來，推薦硬幫幫，49號電線桿，長老留。』」

「長老？」

「應該是僅次於幫主的地位。」莫言嘿嘿一笑，「長老登高一呼，幫眾紛紛響應，妳這次倒是挺好運的啊。」

「什麼好運，是我懂得堅持好嗎！」琴昂起頭，「我這叫帥氣！不是運氣！」

「是是是。」

琴燦爛一笑，轉頭，手比門外，對著五暗星大喊。「伙伴們，咱們送餐嘍。」

「得令！」只見五暗星分別記住自己的送餐地點，跳上陸行鳥，朝著目的地奔馳而去。

「1118號電線桿，送達。」

「461號電線桿，客戶滿意。」

「359876號電線桿，完成五分鐘內送達任務。」

「876555號電線桿，準時抵達，客戶不只付款，還加上小費。」

有了電線桿地縛幫的大力支持，一整天下來，琴的幫派完成五十六件任務，其中多是電線桿地縛幫的訂單，詐騙訂單反而少了。

「不錯不錯，至少有進帳了。」琴看著五暗星交回的收入，有些開心。畢竟這幾年在陰界除了道幫打工有點收入以外，其他都是靠莫言在支助。

至於莫言的收入怎麼來的？既然他都有「神偷」這樣的稱號，琴就決定不再深究了。

「嗯，完成了一些訂單是不錯。」莫言冷眼看了琴桌子一眼，「但只送便宜的陰春麵，光陸行鳥的飼料都付不起，我看妳遲早會倒閉。」

「對耶。」琴雙手托著下巴，她又開始煩惱了。「現在最大問題有二：一個是客源雖然有了，但還是太小，必須擴展客源；第二個就是詐騙訂餐，在留言板上很難分辨誰是真的誰是假的啊。」

「眉頭一直皺著，小心長皺紋。」

「還不是你這臭莫言，整天一直唱衰我，害我煩惱。」琴又忍不住伸腳踢了莫言一下，「快點想辦法啦，你不是副幫主嗎？」

「喂喂，禮貌點嘿，妳以為硬幫幫可以買下這座基地，這片廣場，是靠誰的錢。」

莫言扶了扶墨鏡，「我去偷一個古玩寶物，轉手賣掉，賺的錢就比妳桌上的錢多百倍，我這副幫主可說是幫內支柱啊。」

「哼。」琴歪著頭，「那時候陰沉少女說過，留言板上真真假假，如果我們能夠有自己專屬的 APP，這問題就解決了……」

而就在琴苦思煩惱之際，忽然，留言板再次登登的兩聲。

「這麼晚了，還有人訂餐？」莫言看了一眼，「西島地底巷，這地點挺遠的。」

「嗯。」琴點頭，「而且竟然只訂一顆茶葉蛋？」

「這顆茶葉蛋的規矩還真多，八點二分熟，滷汁以茶葉與中藥材浸泡兩小時以上，中藥內不可有防腐物質，重點是，茶葉蛋表面要佈滿裂紋。」

「裂紋以一到三公分為佳，超過五公分不可，不可露出蛋白肉，蛋殼色澤白中帶棕，送達時溫度在七十度正負五度，請在起鍋後十三分鐘內送達。」琴咋舌，「我的媽啊，這人真龜毛。」

「食材本身不難，但規矩太多很麻煩，時間上又這麼晚了，接？不接？」莫言看著琴。

「當然是……接！」琴起身，長髮帥氣飄揚。「本幫精神，就是『有何不送』啊。」

這龜毛茶葉蛋食材並不特殊，但難在規矩太多，琴來到專賣茶葉蛋的店，與老闆兩人在上百顆茶葉蛋中翻找，終於找到那麼一顆。

八點二分熟，裂紋以一到三公分為佳，超過五公分不可，不可露出蛋白肉，蛋殼色澤白中帶棕，堪稱百中選一的蛋。

但就在挑完出蛋之後，這老闆倒是淡淡說了一句話。「此人雖然龜毛，但確實是識貨之人。」

「怎說？」

「這樣的蛋，茶香剛好入味，卻又不至於過鹹，確實是百中選一的極品，對方是老饕等級的。」老闆一笑，「快去送吧，妳只有十三分鐘送蛋呢。」

琴向老闆道謝之後，跳上陸行鳥阿勝，以時速一百九的高速，衝向西島。

十一分鐘左右抵達西島，然後阿勝的鳥足踢踢踏踏，帶著琴從一個捷運站入口彎入，然後從一個不起眼的員工專用入口進去，繼續往下兩層樓，這裡才是地底巷。

陰界西島的地底，有著阡陌縱橫的巷弄，巷弄時而狹小時而寬大，如同迷宮般錯落，居住在地底的陰魂，不是無法適應地上生活，就是身懷絕技隱居此地，當然，兩者兼具者也有。

面對如此複雜地底巷弄，琴堪稱絕對路痴一枚，但幸好她有伙伴：阿勝。

唯一一隻名列百大陰獸中九十九的陸行鳥，牠甩動頭上「必勝」的帶子，在西島地底巷弄中東彎西跑，偶爾停下來聞聞地面，有時奔跑時歪頭傾聽聲音，就這樣帶著琴一路接近地底巷弄的核心。

時間，十二分十秒時，阿勝翅膀微微打開以製造風阻，緊急煞住了腳步。

終於到了。

這裡就是目的地，龜毛茶葉蛋主人的家。

「應該不是惡作劇，是惡作劇就揍扁他。」琴看著眼前地底巷弄中的建築，有著一扇生鏽厚實的鐵門。

她按了電鈴。

只聽到電鈴對講機咔的一聲，接通了。

「嗨，我送龜毛茶……啊對不起，是茶葉蛋一顆。」

「茶葉蛋啊，它從出鍋到現在過了多久？」

「咦？十二分三十三秒……我很厲害吧，你說十三分鐘，我超準時。」

「距離十三分鐘還有二十七秒，時間未到，不要浪費我的時間。」接著，對講機就這樣咔一聲切斷了。

「什麼？只差二十七秒，你就……」琴才要回應，卻發現對講機已經沒有聲音。

「你，你這個龜毛……龜……算了。」琴拳頭已經握緊，電能凝聚，以她實力絕對足以將這厚重鐵門一拳轟穿，但她終究是忍住了。

硬幫幫初成立，可不能衝動啊。

琴就這樣仰著頭，扠著腰，看著手上手機的倒數時間，二十……十五……十……四，三，二，一……

當時間倒數結束，琴面前的鐵門，就自動咔的一聲開了。

琴哼的一聲，推開了鐵門，只是當鐵門一開，琴踏入其中，映入她眼簾的場景，卻讓琴整個愣住。

鐵門後是一個狹小空間，而牆上竟然惡狠狠地伸出數十支的槍管，對準著琴。

空間如此小，槍管如此近，琴又在毫無防備下踏入這裡，她內心一驚。

「該死！是埋伏！」琴低喝一聲，全身電量滿溢，左手雷弦更發出兇暴光芒，就要化成有形之物，將這危險之地，摧毀殆盡！

「別動，消毒！」突然間，麥克風傳來一聲。

消毒？

琴一愣之間，所有的槍管噗的一聲低響，噴出了霧狀酒精，酒精從四面八方噴來，完全零死角，頓時將琴身軀消毒得徹徹底底。

不只如此，更伴隨著明亮的紫外線光，再次殺菌。

殺菌完，槍管內又是一陣強風，把琴吹得長髮飛揚。

這一刻，琴有一種自己在加油站被當成車子洗的古怪感受。

「時間分秒要求不差，清潔要求一塵不染，這人也太龜毛。」琴嘟嘴說。

當消毒結束，琴眼前的門開了，她本以為終於可以看見這龜毛至極的訂戶，但事實卻非如此。

眼前又是一個狹小空間，裡面有張桌子，這桌子的桌面呈圓形，單腳，通體是銀色，表面上還有一些細微的直線紋路，乍看之下頗有造型。

隨即，麥克風傳來聲音。「請將茶葉蛋放到桌子上。」

「喔。」琴把那龜毛至極的茶葉蛋放到了桌上。

下一秒，那桌子竟然直接往後退，然後鐵門打開，將桌子收入。

然後，琴聽到麥克風傳來嗯嗯的聲音。「對，這是八點二分熟，浸泡時間，肯定兩小時以上，也沒有防腐藥物，尤其是外殼裂紋，是完美的三公分，時間上也不錯，溫度是七十一點六度，可以，過關。」

琴皺眉，這人還真的量茶葉蛋的溫度，表面裂紋的大小啊？這人生前難道是工程師？像阿豚一樣的理工男？難不成曾在護國神山台積電工作過？甚至擔任的是不龜毛死不休的品保工程師嗎？

只聽到麥克風傳來很長的一聲吐氣，似乎是心滿意足。

「吁，終於，有食物可以入口了。太幸福了。」麥克風裡的聲音中洋溢著滿意的情感。

「滿意了嗎？」琴問。

「還可以。」麥克風說：「咦？妳怎麼還不走？」

「當然不能走。」琴漂亮的眼睛瞪了一眼鐵門上的監視器，「我還沒收到錢耶。」

「啊對，錢啊，小事一樁，多少？」

「一顆原價十四元，加上你有特殊需求，加價五十元，總共六十四元。」琴對著眼前的監視器伸出手，「給錢。」

「好，這樣一顆完美的茶葉蛋，就算十萬元也沒問題。」麥克風裡的人說，「妳有帳號嗎？我轉帳給妳。」

「沒有。」琴搖頭，「我們硬幫幫剛開始做外送，只有收現金，沒有人幫我們弄那些。」

「呃，我沒現金耶，不然妳有其他的戶頭嗎？陰 Pay？陰界街口？陰界微信？」

「沒有，沒有，沒有。」

「沒有！你們硬幫幫是原始人喔！現在哪有人在用現金付款的啦。」麥克風的聲音也急了。

「我們就是原始人，怎麼樣？」琴也氣了，「我們又不會寫 APP，你要付錢喔，不然我打進去喔。」

「我才不怕妳打進來，我這裡是電子打造的超級碉堡，但我絕對不容許我吃東西不付錢，不容許我人生出現任何一絲瑕疵。」麥克風的聲音隱隱顫抖，「快點想辦法讓我付錢。」

「喂！你有沒有搞錯？你不付錢，我還要想辦法？」琴大叫，右掌電能縈繞盤旋，如同蓄勢待發的利箭，就要一掌將眼前大門，直接劈開。「快點給我現金！」

「我不想摸現金！現金超髒，會弄髒我的手。」

「太過分了哪有這種訂戶？」琴掌心的電能越來越強，七色電能中她雖然已經到了靛色等級，但她仍只催到次兩級的綠色。

因為她仍有理智，她知道只要用到綠色電能，對方就算丙級星格，照樣能教訓一頓。

她目光盯著大門，手上電能轟轟作響，這時只要一個殺意念頭升起，就會釋放電能，破入此門，在這位隱居者的基地大鬧一場。

但就在最後一秒，琴呼出長長一口氣。

「算了。」琴右手綠色電能開始轉弱，慢慢褪為黃色，橙色，直到消失到沒有絲毫電能為止……

「算了？」麥克風傳來訝異的聲音。

「對啊，就是六十四元，想來像你這麼龜毛的人，要吃到一個滿意的食物也不太容易。」琴一笑，「就當我請你吧。」

「請……請我？」

「對啊，下次請再光顧，記得要準備現金喔。」琴瀟灑一笑，高挑纖細身影優雅轉身，朝門外走去。

「不行！」麥克風的聲音，變得高亢尖細。「不能走！」

「不用在意啦，一點小錢，就當我請你啊。」琴繼續往外走。

「不能走！走了我的人生就有了污點，給我全力出擊，電子鬼屋聽命！」麥克風內的聲音大吼，「把這女孩給我留下！」

「電子鬼屋？」琴愣住，然後下一秒，她終於見識到了，什麼叫做陰界裡的鬼屋，而且，還是電子版本的。

首先，是地板開始激烈震動。

震到琴幾乎無法站穩，而當琴失去重心之際，她猛然回頭，她看見了剛剛十幾根原本噴著酒精的槍管再次舉起，對準自己。

琴不用想也知道，這次槍管不會再噴無害的酒精了，這次噴的……是子彈。

帶著殺意道行的子彈，從數十根槍管中猛力射出，震耳欲聾的噠噠噠噠響聲不斷，組成一張綿密兇惡的殺傷之網，朝琴鋪天蓋地而來。

這麼窄的空間，這麼多的子彈，這是琴從未遇過的險局，就算她躲過第一波子彈，但光是彈到牆壁反射的跳彈，就足以將琴再次打成蜂窩。

「不能躲，只能在第一回合直接擊破它。」琴低吼，雙手舞動，使出了她最近才偷學到的一招。「穿心而過的千言萬語，雷電版！」

只見琴身體周圍快速凝聚千枚微小電球，緊接著她姿態優美，身體舞動，雙手輕舉，指尖迴旋，數千電球瞬間射出，反擊向四面八方而來的子彈之網。

轟砰轟砰轟砰砰，琴只感覺到被密密麻麻的炸裂聲包圍，彷彿無窮無盡，與外界完全斷絕，陷在一片電與火的世界，而當炸裂聲落盡……

她依然昂然佇立在狹窄密室的中央，地面上淹沒腳踝的子彈彈殼，牆上數十根槍管都已折斷歪斜，完全失去了殺傷力。

「喂，可不要小看正妹送貨員。」琴一笑，邁開步伐，同時間她舉起右掌，藍綠電光閃動，就要把鐵門一掌劈開。

「正妹外送員很厲害是嗎？妳也不要小看我宅男訂貨人啊！」麥克風中再次傳來咆哮。

「喔？」琴的掌還沒劈到鐵門，下一瞬間，鐵門竟然自己開了。

鐵門開了還不打緊，剛剛那張才載走茶葉蛋的銀色單腳圓桌，竟然跟著飛了出來。

「不過是張桌子，直接打爆你。」琴右掌不停，夾著剛才累積電能，正面劈向桌子。

但，戰況卻出乎了琴的意料。

桌子沒有碎，也沒有被琴的綠電擊飛，而是在空中變了形，有如魔術方塊般的搬移重組，瞬間轉化成銀色人型女機器人。

銀色女機器人在空中一個優雅迴旋，精巧躲開了琴的這一劈。

「這是什麼？變形金剛？」琴的戰鬥經驗與莫言等人相比，還是遜了一籌，讓她面對戰場上如此荒誕變化時，反應自然慢了半拍。

這一個半拍，立刻讓琴付出慘痛代價。

銀色女機器人雙腳蹬上狹窄空間的天花板，然後猛一俯衝，高速中右臂鉤住了琴的脖子，撞得琴往後跌去。

琴喉嚨被扣住，在劇痛中，摔倒在地。

她掙扎著要起身，卻見女機器人在這狹小空間有如靈活猿猴，再次利用牆壁，左腳一蹬，身體轉了半圈，右腳直接踩上琴的胸口。

這一次，琴總算來得及雙臂護胸，將攻擊擋下。

但琴才熬住雙臂的疼痛，卻見女機器人已經躍起，以狹窄空間的牆壁為支點，發動由上而下的一陣陣狂攻。

痛！痛痛！痛痛痛！就這樣，琴始終被壓制在地板上，承受著女機器人一波波綿延不斷的攻擊，卻找不到任何一絲反擊機會。

而頭頂上的麥克風，不時傳來對方的吆喝。「怎麼可以不付錢，快想辦法讓我付錢啊！我無法忍受我人生有了污點！我的人生一定要有 SOP 標準作業程序！」

琴躺在地上，面對女機器人如狂風暴雨般的攻擊，她完全沒有任何餘裕使出她所拿手的電招。

所有要使用手，腳，肌肉的招式，都因為這女機器人完全利用了狹窄空間的戰鬥，而被壓制。

不只如此，這狹窄空間也限制了琴所擅長，弓箭為主的長距離的戰鬥方式，使得她被困在地上，承受著永無止境的痛毆。

「不行！」琴本體貴為十四主星，道行底氣深厚，一時之間不會被打到魂飛魄散，但再打下去，只怕會留下永遠難癒的重傷。

要反擊，但手腳都被壓制，她該怎麼反擊？

「快點想出辦法，不然妳就要死了！」麥克風裡的聲音吼著。

「你土匪喔！不收你的錢，還要被你打死？」琴這剎那，大吸一口氣，然後閉住。

深深閉住。

所有的氣息，在她唇齒、舌尖，在兩頰咽喉處快速流動。

流動，越來越快的流動。

眼前，這銀色女機器人越打越快，然後她在空中躍起，這次，她右手快速變形，變成了一把銳利的劍。

劍鋒，就直指著琴的眉心。

「快告訴我，妳打算怎麼讓我付錢？！」麥克風大叫，「不然，就殺了妳。」

而女機器人雙腿再蹬，在如此狹窄的空間內，幾乎是瞬間，手上的劍就已經到了琴的雙眉之間。

而也就是一刻，琴嘴中流動的道行，也膨脹轉動到了極限，這剎那，琴張開口，放聲大吼……

「我有辦法了！你這混蛋！」

剎那，琴的聲音，化成猛烈的電能，如巨砲，如狂浪，如疾射而出的音波束，正面撞擊女機器人。

這一電能怒吼乍看無形，實則夾帶駭人的強大能量，女機器人宛如正面撞擊重型卡車，手上的長劍彎折，手臂碎裂，連帶身體爆出無數裂痕，最後，砰然一聲背部撞上了狹窄空間的牆壁。

甚至，整面牆壁凹陷，讓這女機器人直接嵌了進去。

「我的銀色安妮！」麥克風背後的聲音慘叫，但隨即咬牙問道。「辦法是什麼？」

「我的辦法是……你這臭混蛋，你不是很懂陰界電腦嗎？那幫我寫一個訂貨 APP

吧，就當是酬勞了。」

「訂貨 APP？」

「怎麼樣？原來你寫不出來嗎？」琴瞪著鐵門上的監視器，「很好，那我們繼續打吧，看是你先殺了我，還是我先把你的鬼屋整個拆掉。」

「……」

「不敢說話了？」琴雙手扠腰，「既然做不到，就不要老是喊著自己多厲害，什麼 SOP 的……」

「……」

「算了，」琴轉身，「你不回答，就當你不要，我要走了。」

但，就在琴轉身，朝著門外走去時，忽然，她聽到咔的一聲，是門栓自動開啟的聲音。

她訝異回頭。

鐵門開了？通往這龜毛訂戶家中的鐵門打開了？

然後，門後面，一個全身雪白，頭髮白，皮膚白，甚至連瞳孔也白的美少年，正看著自己。

「什麼叫做寫不出來？」白色少年瞪著琴，手上一支手機，上面正顯示著一個獨特的 APP 畫面。「這不就寫好了。」

「寫好了！騙人吧！」琴眼睛大睜，從剛剛她提出辦法，到白色少年完成APP，才過了三分鐘不是嗎？

「廢話，你以為我是誰？」白色少年冷哼，「我可是創造駭客魚造成陰界網路癱瘓，被譽為陰界網路的地下惡魔……丙等，天才星，小白是也！」

第二章·有何不送？

陰界，政府，天相殿。

天相殿位在政府核心，緊鄰紫微殿而立，外型卻極度低調且隱密，既沒有太陰殿外圍滿山遍野的陰獸聚集，也沒有破軍殿頭角崢嶸氣勢磅礴，若不說，會以為這是一個立在地面上的大磚頭。

它外型灰白方正，沒有任何裝飾，牆面也無半枚符號，但也因為如此，更展現了其無可取代的霸氣。

強者，就算只是端坐著，亦足以君臨天下。

如今這位強者，天相岳老，召來了破軍，柏。

柏感到些許惶恐，因為多次與岳老見面，都是在有其他王魂在場的政府總部，極少被找到私人宮殿說話。

而且就柏所知，岳老自從與太陽星地藏一戰之後，已經足足隱匿了三個月，外傳他雖殺敗地藏，但也受到不小損傷，所以需要休養生息。

而這段時間，柏則成功地與太陰星女獸皇合作，與馴獸師們結盟，藉此擴展自己在政府的力量，他的動作很隱密，應該不會被岳老察覺才對。

又或者，岳老真的發現了什麼？

就算岳老此刻帶傷，柏自認自己依然不是他的對手，岳老若要在天相殿內將柏斃於掌下，並非難事。

但柏不能逃避，若逃避了，露了形跡，反而更加危險。

如今他已經不是自己一個人，他身後有解神女，忍耐人，小曦，甚至是女獸皇與馴獸師們，他不可以讓他們置身險境。

帶著幾分戒慎，柏走近了岳老的天相殿，不過讓柏訝異的是，天相雖然貴為軍部之首，手下東西南北四軍，兵力至少破萬，但天相殿前卻只有一個守衛。

一個穿著最簡單軍服，其貌不揚的士兵。

「我是破軍，帶著嘯風犬，來見天相……」柏開口。

本以為士兵會詳細盤查，誰知道這士兵卻動也不動，只如同一尊銅像般直視前方。

「你什麼都不說，那我進去嘍。」柏聳肩，帶著嘯風犬走過士兵，但就在此刻，柏內心卻忽然湧現一股古怪，他怎麼會完全沒有感受到這士兵的氣息？

彷彿，這士兵與這座天相殿完全融為一體，彷彿他就是天相殿，天相殿就是他。

這剎那，柏悚然心驚，這天相殿也許不是沒有佈下重兵，而是這名樸實的士兵一人足抵重兵。

「你叫什麼名字？」柏停下腳步，「我以十四主星破軍之名問你。」

「……」士兵沒立刻回答，只是看了柏一眼，那平靜的眼神不帶一絲情緒。「小職蜚廉。」

「蜚廉？你具備星格？」

「……」蜚廉並沒有回答柏，只是移開了眼睛，重新回到一尊銅像的狀態。

而柏也沒有繼續再問，他大步往前，因為他知道此人是高手，來日若戰天相殿，勢必會與他正面交鋒。

柏穿過大門，發現整座天相殿還真沒有半個士兵把守，他直走到殿內深處，這裡有一個大池，池面散發著氤氳水氣。

水氣中隱約可見一道壯碩的人影。

「岳老……」柏看著池中男子，此刻他一絲不掛，表示他的神器天相鼎並不在身邊。

「柏嗎？」岳老低沉的聲音從蒸氣中傳來。

「是。」柏朝著池子走近了幾步，距離岳老只有數公尺。

只是，當柏走近池子，全身都進入這片水霧中，他感覺這蒸氣竟像有形之物，一隻又一隻白濁之手，正撫摸按壓著柏的全身上下。

感受到這份古怪，柏立刻提升道行，進入戒備狀態。

「別緊張，這池水是天機星吳用親手調配的『治癒之水』，用七十九種珍貴陰界藥草，輔上甘霖之水，再以解神女的歌聲調和，可加快傷勢的恢復。」岳老身體靠在水池邊，閉著眼睛，緩緩地說著。「它連蒸氣都有療效，會替你按摩紓解疼痛。」

「原來是這樣。」柏收斂了道行，看著岳老。

果然，是與地藏戰鬥時受了重傷，所以才會需要靠治癒之水來療傷嗎？

「言歸正傳，找你來，是因為你近期表現令我滿意。」岳老說著，「天缺老人之役，僧幫之戰，你的黑矛，貢獻不少。」

「過獎。」柏看著岳老，此刻的他，仰躺在池邊。

眼睛半瞇半閉，全身放鬆，身邊沒有天相鼎，更需要治癒之水療傷，表示舊傷未癒，難怪三個月都不見岳老。

「最近這些日子，你表現不俗。」岳老閉著眼，似乎享受著熱氣包圍自己的此刻。

「是。」

「三大黑幫盡被收服，紅樓也跟著崛起，天下幾乎在我們政府掌握之中。」

柏雙目如鷹般看著岳老，岳老若狀況大不如前，那自己呢？此刻柏的最強戰友嘯風犬就在身後。

還有隨時可召喚出神兵黑矛，加上他與日俱進的風系道行。

只要一擊，不，應該說只有一擊的機會。

「所以，我有個任務要給你，完成它，我就承認你是王魂之一。」岳老說著說著，竟像睡著般，安靜了下來。「那個任務是……」

也就在此刻，柏感覺到了，破綻。

岳老全身完全放鬆，讓他露出極大的破綻。

而柏腦海中瞬間擬定了所有戰鬥計畫。

由嘯風犬發起攻擊，牠如利刃般的犬牙，和如暴風般的速度，可以剎那間咬住岳老的咽喉。

咽喉一被咬住，岳老會醒，但同時間要害被制，無法立刻反擊。

而柏自己要緊隨而上，右手喚出黑矛，以最強力量喚出絕招黑旋，並灌注在矛尖處，一口氣，貫入岳老胸膛左方三吋之處。

心臟。

心臟一毀，岳老就算擁有現今陰界最高道行，也無法再施展任何反擊，柏的取代政府計畫，幾乎成功了九成。

這一切動作，必須在零點一秒內，全部完成。

「那任務就是……」岳老喃喃自語。

動手！

柏目光掃向了背後的嘯天犬，一人一犬在戰場上多次出生入死，心意相通，嘯風犬齜牙咧嘴，四足肌肉收縮，往前撲去。

但就在這一瞬間，這一瞬間……

岳老忽然轉過半邊臉，而臉上那閉上的眼睛，睜開了一條細縫。

縫中，透出隱隱，冷冽無比的寒光。

就是這道寒光，就僅僅是這道寒光，嘯天犬如此兇猛的S級陰獸，竟然發出嗚的一聲，巨大如獅的身體一軟，整個趴伏而下。

而柏呢？他的右手已經舉起，手心已然握住黑矛，卻全身一顫無法射出。

他的瞳孔中，岳老彷彿消失，取而代之的是聳立在前方的巨大黑色深淵，深淵中，寒徹入骨的黑色氣息，發出動人心魄的怒吼咆哮，朝柏洶湧而來。

誰說天相岳老重傷未癒不足為懼？他比與地藏對決時更強了！宛如吞噬了太陽的深淵黑洞，變得更巨大了！

只聽到岳老一字一句慢慢地說著，「我要你去陰界監獄，去監督一場行刑。」

行刑？

「是誰？」

「反政府的叛賊。」天相臉上閃過一抹冷笑，「甲級右弼星，木狼。」

木狼？

柏握著黑矛的手心全是汗水，奮力靠著意志支撐自己，以免像嘯風犬般整個趴下，但仍全身顫抖，幾乎虛脫。

同時間，柏感到驚疑，木狼？

木狼不就是曾經道幫的刀堂堂主嗎？天相為何要斬他？若他被斬，琴豈不是傷心？

陰界，硬幫幫總部。

此刻，所有人包括莫言與五暗星，都圍在琴的旁邊，注視著琴操作著一支手機，以及上面的APP。

在陰界，手機已經如同陽世，成為每個人的必需品，當然，陰界製造手機的方式與陽世大相逕庭。

陰界製造手機，用的自然是陰獸。

而製作方式，是先找到一種特殊的植物類陰獸「圖騰松」，之後人們會在圖騰松上豢養一種極度嬌貴的蠶「奈米蠶」，奈米蠶會吐出極細的金絲，金線會順著圖騰松身上的圖騰延展，若生長順利，圖騰上會佈滿各種金絲，這圖騰模樣酷似陽世的電路板。

之後，當晨昏交替，圖騰松會凝結一粒粒的露珠，此露珠有著特殊的光學特性，被稱做「液晶珠」，液晶珠滴在圖騰上會變成薄薄一層，有如一層可以顯示各種影像的超薄螢幕。

當人們把這圖騰取出，覆蓋上僧幫的咒語，也就是塗上各式顏色，就會如同陽世手機。

陽世與陰界向來是互通的，這手機的模樣到底是陽世影響了陰界，還是陰界刺激了陽世，已無從考證。

雖然陰界的製造方式古怪荒謬，但也因此讓陰魂有機會取得手機，以網路互相通訊，打造出專屬陰界的商業模式。

而如今，琴更進一步取得了專屬硬幫幫的送貨APP，準備讓硬幫幫展開新的旅程。

「好酷喔，琴姐。」五暗星中的陰沉少女開心地說，「有這APP，我們就可以要求預先付款，也就是說，我們就不會老是被騙了。」

「針對預防惡作劇，這APP還有另外一個功能，下單者的地點追蹤。」小蠍也說：「如果指定地點與下單者的位置不同，系統還會提出警告，幫助我們判斷這下單者是不是惡作劇。」

「真的方便！這APP很棒耶！妳花了不少錢吧？」

「花多少錢啊……」琴搔了搔下巴，漂亮的臉蛋露出可愛的笑容。「好像是六十四元。」

「六十四！」所有人譁然，「琴姐妳少說一個字了吧？是六十四萬吧？」「不不不，這APP完成度這麼高，六十四萬都未必做得出來！」「琴姐妳不會是用武力逼迫對方吧？」「還是用色誘？」

「不可能！琴姐完全沒有美色，怎麼色誘？」

說最後這句話的不是別人，正是小蠍，他話才一出口，頭就挨了一記帶著電勁的拳頭，把他打到整個脖子縮了進去。

「喂，你說誰沒有美色！」琴雙手扠腰，瞪著小蠍。

「不是，琴姐妳在我心中有如滔滔江水，我絕對不敢說妳不美啊，只花六十四元？又做出這麼優秀的APP？妳到底找誰設計的啊？」

「我找誰設計的啊？」琴抬起頭，比了比門外。「她也跟過來了呢。」

「她？設計者嗎？」五暗星同時往門外看去，但同時露出困惑表情。「傳說中天才星是罕見的美少年耶，外面的人……這不是一台女機器人嗎？」

門外所站的確實不是白色的美少年，而是全身銀色，短髮，曲線優雅，有如鋼鐵藝術品般的機器人安妮。

「那位設計者有嚴重潔癖，無法忍受現實世界的事物，所以躲在地底城市，不過他說他也看不慣政府如此霸道橫行，更對我們硬幫幫未來頗有興趣，就決定派他的替身過來。」琴說，「她叫做安妮。」

「安妮……」

只聽到安妮張開口說話，「你們好，雖然外表上是機器人安妮，但真正控制安妮行動的是在遠端的『我』，『我』是丙等天才星，叫我小白就好。」

「天才星？」五暗星也是識貨之人，一聽到這名字，頓時肅然起敬。「陰界網路第一人，難怪APP可以寫得這麼好？」

「過獎。」安妮昂起頭，就算她只是小白的替身，大家彷彿仍可感覺到她源自於天才星的那份驕傲。

「好啦。」琴站了起來，面露微笑。「我們既然有了好的APP，沒有了後顧之憂，是我們硬幫幫展開大計畫的時刻了。」

「大計畫？」「琴姐，你有什麼大計畫？」「妳的大計畫會不會很恐怖？」

「哪有很恐怖？你們問問莫言，我的計畫哪次恐怖？」琴哼了一聲。

當所有人看向莫言，只見莫言扶了扶太陽眼鏡，露出苦笑。「你們應該問，琴的計畫哪一次『不』恐怖吧，她可是曾經引整條貓街的貓衝入鼠窟，也曾搭飛機到高空跳入颱風中心，還一個人混入三大幫派的道幫中，更陪我一起去僧幫闖十牆偷東西，啊對了，最近還有一個最恐怖的，她……」

「哇……真的，都超級『不』恐怖耶。」五暗星聽得嘴巴一起張大，「最恐怖的是啥？」

「當然就是現在正在做的事啊，成立硬幫幫，光聽這名字就知道很恐怖。」

「對對對，認同認同，我一直覺得這名字很恐怖。」「有恐怖片的味道。」「名字本身是還好，是對加入幫派的人而言很恐怖，你想想看，你大喊『我是硬幫幫成員』，本來劍拔弩張一觸即發的氣氛，肯定馬上軟掉，這想來就很恐怖。」

「莫言！你越描越黑了啦，我這不叫恐怖，這是陰界探險好嗎？而且硬幫幫很好聽，不准批評。我當編輯時都沒有作者敢批評我！」琴比著手上的APP，「為了慶祝我們硬幫幫正式成立，又有莫言，五暗星，以及小白安妮的加入，我要辦一個活動。」

「其實慶祝就慶祝，也不用辦活動啦……」眾人頓時露出驚恐的表情，琴姐又想幹什麼？

「不行不行，我想了很久，這活動如果可以辦起來，肯定可以大大增加我們硬幫幫的聲勢。」

「真的嗎……那活動是？」

「聽清楚嘍。」琴舉起右手，「我要辦『有何不送』活動。」

「有何不送？」

「對，這活動是歡迎各方用戶來挑戰，只要你敢提，我們都送得到。」琴得意地說，「哪怕上山下海飛天遁地，要運送的東西無論多大多小多麼稀奇古怪，只要你敢提，我們硬幫幫都能完成。」

當琴說完這話，現場一片靜默……

最後，只有莫言淡淡的扶了扶墨鏡，微笑。

「你們看，我就說吧，只要是琴提出來的，哪一次『不』恐怖呢？」

「號外！號外！慶祝硬幫幫上架專屬的APP，特地舉辦『有何不送』活動！

硬幫幫下戰帖！有何不送？

只要你敢提，我們就一定送得到！

請各位用戶發揮你的想像力，創造力，誠信力，當然也要準備好足夠的錢幣，來挑戰我們硬幫幫無所不送的極限。

來吧，硬幫幫等你來挑戰。

同步：硬幫幫成員強力應徵中。」

這張宣傳海報被琴放上APP與網路，所有人又再次在硬幫幫總部，看著窗外藍天發呆。

「都對網路上的人們下戰帖了，網路上這群好戰分子，怎麼還沒有回應？」琴嘆氣，

「還是真的得放我的照片，需要一點美色？」

「琴姐不要衝動啊，妳的美色也是一種恐怖……」小蠍說了一半，突然吞了一下口水。

「你剛說，我的美色怎樣？」琴慢慢地回過頭。

那漂亮的眼睛弧線，此刻透著陰森森的殺氣。

「沒……沒怎樣，怕……怕琴姐太美了，大家只看照片，就沒看內容了。」

「我也是這樣想。」琴繼續把目光移向藍天，「啊，硬幫幫得趕快壯大，不然就麻煩了啊，咦？」

也就在此刻，琴突然看見，手機APP的畫面改變了，跳出一個白髮少年的卡通圖案，卡通圖案說著。「來嘍，訂單來嘍。」

「有訂單了！話說，這天才星小白才是真的自戀吧？連APP的提醒圖示，都要放自己的卡通圖案？」琴搖頭，跟著點開訂單。「這筆訂單是送一盤水黎祈……難登山？」

「水黎祈？難登山？」聽到琴這樣說，所有人再次湊了上來。

「梨祈最早是漢人術士煉丹的意外產物，因為營養又美味，故稱『離奇』，後來諧音為『黎祈』。」莫言說，「在陰界，梨祈用的滷水是連續下了九天的雨後，以第九天的雨調製而成，此雨釀成的梨祈最水嫩，可說是入口即化，但也最容易破碎，運送難度很高。」

「莫言你懂好多，聽起來黎祈就是豆腐嘛！唉豆腐就豆腐，幹嘛文謅謅的叫梨祈？對了，那難登山是？」

「難登山故名思義，就是一座極難登的山，宛如一座孤高之柱，因為地勢的關係，周圍容易形成強風，連風系陰獸也難以飛近，不過它之所以難登，是因為它全部都是階梯。」

「階梯？」

「對登山者而言，有坡度，岩石，攀繩等都不算難事，反而是這種全部都是階梯的山，會不斷耗損膝蓋，才是最棘手的，尤其是『難登山』階梯數更是驚人，共有四萬四千四百四十四級階梯，最麻煩者是每階梯寬度高度還不盡相同。」莫言說。「也就是說，人在爬階梯時，會因為高低不均的斷差，使得氣息無法調勻，更難一登而上，故稱『難登山』。」

「這人要我們把極易破碎的水黎祈送上難登山，難度很高？」

「對，難度極高。」莫言點頭。

「難度很高，難度很高，剛好。」琴沉吟了一會，「沒辦法搭乘風系陰獸，只能靠雙腿爬上去，又要維持水黎祈的形狀，這是個超硬的體力活！論體力，自然就是……」琴的目光落向一個人，事實上，所有人的目光也都集中到了同一個人身上。

而那個人，全身肌肉興奮地鼓動著。

「這任務就交給我吧！好歹我也是古瑜伽歷代最強弟子……」他咧嘴笑，「就交給我死不透，罪武宗吧。」

罪武宗跳上了他最熟悉的陸行鳥伙伴，朝著目的地前進，更為了配合這次「有何不送」活動，戴上了隨時可以傳遞影像的視訊鏡頭。

而他的行動畫面，則是透過天才星小白設計的APP，忠實呈現在每個訂戶的眼前。

罪武宗騎著滿是肌肉的陸行鳥，買到了水黎祈，然後小心翼翼地托在手上，朝著難登山前進。

每一下左右搖晃，都足以讓水黎祈支離破碎，每一下高低震動，都會讓水黎祈面目全非。

而唯一能阻止這些晃動的，就是死不透的肌肉與平衡力，所以他雙手捧著這水黎祈，用自己鍛鍊得如鋼鐵的手臂肌肉，精準且完美地抵銷每一次要傳達到水黎祈的衝擊。

乍看之下，水黎祈重量並不重，但要維持它完美的不晃動，卻非常消耗罪武宗的力量。

然後，難登山到了。

肌肉陸行鳥仰頭看了一眼，細細鼻孔深吸一口氣，然後牠踩上了階梯。

四萬四千四百四十四階，每一階的高度、長度、傾斜度、旋度，都不盡相同。

彷彿是一首刻意擾亂登山者氣息的錯亂之歌，透過每次踩上階梯的雙腳傳遞上來。

這隻滿是肌肉的陸行鳥也是強悍，牠硬扛著罪武宗不斷蜿蜒往上，隨著高度不斷升高，周圍自然風景已經都在他們腳底。

「加油，一萬階了！」遠處，琴等人也看著即時轉播對罪武宗吶喊著。

而這場賭上「硬幫幫」的直播影片同樣吸引了不少陰魂觀賞，轉眼間，即時轉播的觀影人數已然破萬。

一搖即破的水黎祈，四萬四千四百四十四階幾乎筆直的難登山，這兩大關卡合而為一，能否難倒硬幫幫？是一場上萬人關注的賭局！

「兩萬兩千階了……」

同時間，肌肉陸行鳥力氣似乎已然放盡，牠顫抖的雙腳越走越慢，最終停了下來。

「謝了兄弟，謝謝你送我到這。」罪武宗雙手捧著水黎祈，從陸行鳥身上一翻而下，他穩穩落地，不帶起水黎祈一絲波動。「接下來，看我的吧。」

罪武宗低喝一聲，開始踩上階梯，往上爬去。

還有兩萬兩千四百四十四階，每一階都是高高低低，左扭右轉，有的小到讓人難以立足，有的又寬大到如同高台。

罪武宗雙手捧水黎祈，奮力地爬著。

「三萬階了！」

三萬？罪武宗自從加入古瑜伽之後，每日每夜從不間斷的訓練，揹著百斤的水在山上奔跑數十公里，單一拇指做滿兩百下伏地挺身，但他從沒有像此刻這麼艱難過。

因為水黎祈太過脆弱，不容許他有一絲犯錯，為維持水梨祈穩定更加倍耗損他的精神與體力。

也因為難登山太過險峻，階梯式登山法又是異常殘忍，這些難關如同小蟲般不斷啃食著罪武宗的力量。

「加油！三萬八千階了！」琴吶喊著。

罪武宗雙手捧著水黎祈，一步一步拚命地往上爬著，汗水流滿了他的身軀，呼吸如同火焰般灼燙。

而即時影像底下開始出現各式留言，「我看他速度變慢了，撐不久了吧。」「快投降吧，水黎祈加上難登山，這是致命招數啊。」「已經四萬階了，破紀錄了，可以了啦回家了。」「難登山越後面的階梯越難爬啊！不吃維骨力肯定撐不下去的啦！」

而罪武宗繼續往上，他低唱著古瑜伽自我激勵的梵歌，一步一步，往上。

直到……他彷彿見到了階梯的盡頭，就在那蜿蜒而上的頂端。

「最後，」罪武宗雙足肌肉用力，帶著如同硬鉛般的腳，再次往上。「一步。」

當他踩上最後一階，難登山上，一個人正在等他。

這個人接過了水黎祈，輕輕嘆了一口氣，把碗面朝前，讓觀看即時影像的所有人都可以看見碗裡的狀況。

「水黎祈，完美無缺。」這人神情是百分之百的服氣，「這筆錢我付了，硬幫幫算你厲害，成功。」

下一秒，琴看見APP匯入了一筆金額，四萬四千四百四十四元，這筆錢的訂價參考的正是難登山的階梯數。

而當死不透完成這任務，觀看即時影像的所有人頓時沸騰起來，各式各樣刁鑽的訂單，瘋狂湧入APP。

「好樣的，水黎祈加難登山都給破了？那看看我的。」「我這筆才難，我賭你們絕對做不到。」「想得到我的認可，接下我的任務再說吧。」「我這次不走體力路線，看你們怎麼破？」

訂單不斷湧入，訂戶也彼此淘汰較簡單的訂單，很快的，第二筆困難訂單終於脫穎而出。

「一籠熱騰騰剛出爐的櫻桃小籠包，於五點二十八分整，送到瘋狂列車暴怒號，車號0528座位5-28處。」

「莫言，為什麼這個任務會被選為最難的一題啊？」琴歪著頭，疑惑地看著莫言。

「不就是……一種火車便當嗎，我們可以等它停止時再送上去啊。」

「這任務最大的困難，就是暴怒號火車，從來不停的！」

「不……不停的火車？」

「是的，它如同暴怒分子絕對不停，就算遇到障礙物，管它是鐵鑄的城牆，還是厚達百公尺的建築，它都會直接把障礙物撞穿！」

「撞穿？媽啊，陰界有必要這麼變態嗎？」

「而且買家透過計算，五點二十八分時列車正好進入下坡，車速處於最高速，這任務最難處，就是我們要如何追上列車，打穿它的鋼甲，把這籠熱呼呼又冰涼涼的櫻桃小籠包送到訂戶手上？」

「追上列車？打穿鋼甲？」琴歪著頭，她嘴角微揚，內心已經有了想法。「我想，有個人可能有辦法，他最大的優點就是……他送貨，不用親自到場。」

「喔？」莫言眉毛挑了一下，畢竟是聰明絕頂的神偷，馬上猜出琴的想法。「讓他一試，倒也不錯。」

「沒錯。」琴轉頭，對著門外喊道。「你聽到了嗎？伙伴。」

門外，一個聲音穩穩飄來。

「有。」

「很好，那就用你最拿手的遠距離射擊，把餐點親手『射』到列車上吧。」琴微笑，「五暗星的絕了情，怒槍紳士。」

這場對決，在五點二十八分零秒時，正式開始。

五點二十八分十秒時，結束。

僅僅十秒，就能決定出一場戰鬥的生死。

因為，在五點二十八分零秒時，三發子彈，砰砰砰，從怒槍紳士手上的長槍中，發射出去。

怒槍紳士，丙等絕星，外型雖然如牛仔般酷帥，卻因為是超級社交恐懼症，而選擇遠距離暗殺。

如今，這個追擊列車的重責大任，就落在他的子彈上了。

他，安靜地趴在鐵路旁的丘陵上，他腦中快速盤算著，陰天，濕度八十，風速每秒六公尺，氣溫是二十四度，目標暴怒列車時速一千公里。

濕度八十不低，他必須考慮到濕度可能對子彈造成的阻力，對火藥熱度降溫的效應，降溫的程度將影響子彈飛行的速度與對目標物的撞擊力。

氣溫二十四度，相當宜人的溫度，他手上槍管與溫度的變形量會變小，也就是說，他必須將這數值回溯到更接近初始設定。

還有最棘手的是風，風向朝西南，每秒六公尺並不慢，且是間歇性強風，會大幅干擾子彈的發射路徑。

最後，是目標物。

目標物若是靜止，所有問題將會簡單十倍，但如今他面對是高速衝刺的列車，而客戶就在列車上某一個小窗戶的後面。

「有點意思。」怒槍紳士微笑，這剎那，他呼吸停止，全身上下全部都停止，甚至是血液的流動，肌肉的收縮，全部都停住。

唯一移動的，就是他的食指。

精準，沒有一絲凝滯，完美無缺地，扣下了扳機。

砰砰砰，他食指移動三次，用了三發子彈。

他停止呼吸，世界，空間，時間，所有一切都靜止的瞬間，他射出了第一發子彈。

子彈軌跡微微往左上，完美抵銷濕度造成的摩擦，火藥威力的偏差，以及變幻莫測風的影響。

最後，在五點二十八分零二秒時，子彈卡入列車窗戶的卡榫上，精巧地把卡榫推開。

卡榫開，在高速強風下，窗戶被打開了一道縫。

然後第二發子彈到了。

這發子彈的重量使用上，刻意比第一發子彈更沉重，行走軌跡也不同，因為它先射中地面上那籠又熱又冰的櫻桃小籠包，然後順勢將它帶起，衝向列車。

於是，第二發子彈宛如信鴿，搖擺間追上了暴怒列車，然後精準穿過窗戶縫隙，將食物送到座位號碼 5-28 的乘客手上。

當這位乘客露出無比詫異神情，雙手接過這依然溫熱的美妙食物時，他聽到了第三個聲音。

那是第三發子彈，撞上卡榫，讓窗戶關閉的聲音。

竟然還有餘裕關窗啊？

「三發子彈。」怒槍紳士起身，拍拍身上的灰塵，看著手上的手錶，以低沉嗓音對手機APP說。「五點二十八分十秒，任務完成。」

而價格，就訂在五萬兩千八百元整。

APP上的陰魂們再次瘋狂了。

第一次任務考驗體力，他們只是驚嘆死不透的強悍耐力，但第二次任務，用子彈送食物？這可是超級殺手等級的運送啊！

「太強了。連這樣都能送！」「有何不送！可惡，真的難不倒硬幫幫嗎？」「還有任務嗎？得想想其他法子啊。」「快點啊，酸民們，你們平常不是老稱自己超壞的嗎？怎麼，遇到真正的壞人就怕了？」

一片喧譁中，上百個任務湧了進來，互相競爭淘汰後，一個任務脫穎而出了。

「去A地點取A貨，然後跟著去B地點換B貨，去C地點把B貨拆成D貨與E貨，然後把E貨和A貨結合後，去F地點換取半個G貨，半個G貨再結合半個B貨會得到H貨，H貨充分攪拌之後回到A地點，可拿到I貨與J貨，再將J貨去K地點和L地點分別取得M貨，M貨記得去N地點兌換成另外半個B貨……最後，會完成Y貨，我在Z地點等你們，限時一小時完成。」

「這次的任務是什麼？」琴看著看著，發現自己的眼睛已經呈現螺旋狀態，那是即將昏迷的前兆。「哪有任務這麼複雜的啦！」

「這是複雜型任務，」連莫言的眉頭都深深鎖住，「就像現在國高中的數學考題，明明計算簡單，但就是要出得很複雜，說什麼是『素養』？根本騙肖。」

「這麼複雜，誰能處理啊？」琴吐氣，忽然，她眼角餘光看見一隻小手，悄悄地舉了起來。

「琴姐，我可以。」

舉手的人，正是五暗星中曾試圖以資訊之蛇逼瘋琴，但反被琴的電能正面擊敗的陰沉少女，如今她更成為琴的熱情粉絲。

「陰沉少女？妳打算怎麼做？」

「我啊，平常就愛玩遊戲。」陰沉少女甜甜一笑，她的周身亮起了一支又一支的手機，轉眼間，亮起了將近三十支手機，讓她有如被亮光包圍的聖誕樹。「我更常打開三十支手機同時操作六十種遊戲。」

「三十支手機，玩六十種遊戲？同時嗎？」

「當然，」陰沉少女得意地撥了撥頭髮，「我的腦已經習慣複雜的記憶與思考了，這個你們以為的複雜任務，哈，對我而言，根本小菜一碟而已。」

「好、好難形容的能力，這就是現在的年輕少女嗎？那，就交給妳了。」

只見陰沉少女站在街頭，同時手一揮，這一揮她面前頓時出現整整二十六支手機，每支手機的畫面都亮起。

每支手機都接下一個任務，有的是A，有的是B，一直排到Z……每支手機下面還有倒數的秒數，方便陰沉少女控制時間，只見她吹著口哨，開始執行第一支手機裡的任務，執行完接著執行第二支手機，一支接著一支，有條不紊又完美無缺地處理完。

而當陰沉少女完成第六支手機的任務，琴用力一拍手。「懂了。」

「懂了？」莫言轉過頭，瞇眼看她。

「是邏輯，對不對？」琴語氣驚喜，「陰沉少女把這一堆複雜的任務，分拆成二十六個步驟，一個步驟讓一支手機管理，接下來她只要按部就班地執行就好了。」

「不錯嘛，我以為妳要第十支手機後才會發現？」莫言冷笑，「沒錯，錯綜複雜的任務只要有邏輯，就可以完全破解，而陰沉少女顯然找到其中的邏輯了，我在她執行第二支手機時就發現了。」

「真厲害。」琴讚嘆，「你們還有誰看出來了？」

「我在她開始之前就看出來了。」天才星控制的安妮開口。

「你不算啦，你是天才耶。」琴想踹安妮機器人一腳，但想到又不是真的踹在小白身上，所以就算了。

「第五支的時候。」怒槍紳士開口。

「第十二支……」墓說話了。

「第十六支。」小蠍有些喪氣，「可惡，原來我邏輯這麼差？」

「什麼邏輯？什麼幾支？」罪武宗眉頭深鎖，「我從頭看到尾，還搞不懂你們在說什麼哩？」

「呃。」琴看了罪武宗一眼，眼神透著同情。「算了，你專心練肌肉就好了。」

互相糾纏混亂的二十六個送貨任務，在陰沉少女以高明的邏輯能力加上二十六支手機輔佐，她竟然只花了三十四分鐘就完成了，其中還包括完成任務後，慢條斯理地去路邊買一杯飲料，順便看著天空嘆氣。「唉，真無聊，有難度高一點的任務嗎？」

而這任務的收費，就參考陰沉少女的手機遊戲數目，六萬元。

就在陰沉少女大破第三個任務的同時，已經騷動到要炸裂的 APP 挑戰者們，端出了下一道題目。

下一道題，也是變化題。

「我們要訂八八六十四根岩漿冰淇淋，送到某某陰間婚禮的會場，請你們分別送到六十四人手上，為了避免岩漿冰淇淋融化減損了美味，希望六十四人收到冰淇淋前後不要差到一分鐘。」

同時送到六十四個人手上，前後誤差不到一分鐘？

「好厲害的變化題，」琴看到這題目，原本就大的眼睛睜得更大了。「岩漿冰淇淋取得不難，運送過程也不複雜，指定地點也不難抵達，但難在同時交給六十四個人。」

「這六十四個人如果有的往東邊跑，有的往西邊逃，有的躲在角落，有的在廁所裡窩著。隨便一下耽擱，就會超過一分鐘了啊。」

「這任務誰接得下？」琴把目光移向五暗星，但就在與小巘眼神對望時，小巘卻笑了。

「琴姐，我可以推薦一個人。」小巘努了努嘴巴，「就是他……墓星，墓。」

「墓？」琴訝異地看著墓，墓生性低調沉默，極少發表意見。

「我……我可以……」墓說這話時，紫色的霧氣隱隱泛紅，彷彿因為害羞而臉紅。

「你打算怎麼做？」

「相信我……我有辦法……琴姐……」

當霧氣中的聲音逐漸飄散淡去，墓已經坐上了他專屬的陸行鳥，這隻陸行鳥的帽子像極了一顆紫色爆炸頭，和墓的紫色霧氣相互輝映。

琴目送著這團紫霧和陸行鳥遠去，喃喃自語。「好快，以速度來說，你會不會是五暗星中最快的一個啊？」

「只是，就算快，要怎麼同時配送六十四個人的岩漿冰淇淋呢？」

墓如霧氣般滾動，快速來到冰淇淋店外，取得了六十四根冰淇淋，然後一個迴轉，轉向了陰間婚禮的會場。

會場內，六十四個人似乎也感受到硬幫幫的送貨員已經逼近，他們開始往四面八方散開。

按照遊戲規則，他們不能離開會場，但他們可以在會場的各處走動，而會場足足有五百坪，其中包括一棟六層樓的建築，寬闊的大草坪，各式的遊戲設施。

墓的陸行鳥速度極快，一人一鳥有如團紫色火焰，在街道上滾動疾行，眨眼間，已經逼近了婚禮會場。

同時間，六十四個人越散越遠，甚至有幾個已經開始奔跑起來。

有如幼兒遊戲「鬼抓人」或日本綜藝《全員逃走中》，他們奮力狂奔，找到自認最隱密的角落藏匿起來，也有數人對自己的體力有自信，他們在草坪上以彎曲的方式跑著，目標是吸引墓的注意力。

只有一分鐘。

要在短短一分鐘以內抓到六十四個人，把冰淇淋塞到他們手上，簡直就是天方夜譚。

他們邊跑邊笑著，邊躲邊笑著。

贏定了。

這第三個任務，他們贏定了，要同時把貨交給六十四個人，誤差在一分鐘內，根本是不可能的事！在陰界，還沒聽說有時間暫停這種技，所以這是不可能的！

只是他們笑著笑著，突然……他們發現了有點不太對勁。

是什麼時候，起霧了？

淡紫色的霧，不知道何時，有如一片重雲，籠罩了整個會場。

「起霧了？」「看不到了。」「霧濛濛的，這是什麼霧，怎麼是紫色的？」「咦？我的手……我的手上怎麼多了這東西！」「哇，搞什麼，這是什麼時候塞到我手中的？」

「這不是……岩漿冰淇淋嗎！」

紫霧降臨速度極快，在一分鐘內就籠罩了全場，一陣翻騰後，而當霧散開，六十四個人同時愕然看著自己的手。

每個人手上，都是一根熱騰騰，冰涼涼的岩漿冰淇淋。

而正當他們愕然之際，他們聽到自己的手機傳來 APP 的提醒鈴聲，他們滑開手機一看，有個可愛的白髮少年卡通圖，正笑容可掬地說著：

「六十四根岩漿冰淇淋已經送到各位手上嘍，請記得支付六萬四千陰界幣喔。」

岩漿冰淇淋確實送達，也就代表硬幫幫再次完成了這次挑戰！

APP 裡的群眾此刻安靜了。

騷動、混亂、鼓譟，都停止了。

這些難以伺候的陰界網民，似乎都已經想不出任何辦法，準備要俯首認輸，直接認同硬幫幫「無所不送」的能力了。

琴知道，只差一步，就可以收服這些刁嘴的網民，讓他們信服於自己了。

就在這片寂靜中，一則留言如同毒蛇鬼魅般出現了。

「琴，記得我嗎？」那訂戶的留言，帶著一股熟悉的冷漠與高傲。「我是道幫毒堂，甲級鈴星的……鈴！」

鈴？琴看到這名字，忍不住和莫言對視一眼。

這陰界，不認識鈴的人恐怕很少。

因為她豔美絕俗的外表，因為她位列道幫毒堂堂主的地位，更因為，她的毒。

她手握在百大陰獸中名列十五的蟾蜍母，其毒不只致命，更帶著一股專屬於她的陰柔萬變，讓人防不勝防。

但琴在道幫時，也見過鈴的另外一面，如蛇蠍般又危險又冷豔的她，卻曾是維繫巨門星天缺老人數十年生命的重要人物。

打造出眾多陰界神兵的天缺老人，被兵器的毒反噬，生命垂危之際，是鈴用上畢生淬鍊多年的毒功，以毒攻毒，硬是護住了天缺老人的生命。

這個鈴，可以說是最惡毒的好人，也是最真誠的惡人。

「鈴，我當然記得妳。」琴回應。

「記得就好。」鈴輕輕笑了兩聲，「我有東西要請你們送，可否？」

我有東西要請你們送？

這句簡單無比的話，卻在已經有數萬人觀看的 APP 中，引爆如火山爆發般的討論。

「鈴耶！」「是道幫三大堂之一毒堂耶！」「甲級星之一的鈴星！」「她要送的東西，肯定很毒吧！」「到底是有多毒的東西？這東西能送嗎？」「天啊都忘了還有這一招，我們玩過水黎祈加難登山，玩過暴怒列車，玩過複雜路線，玩過多人同時收貨，但沒玩過……運送劇毒物品！」「這沒搞好，送貨者就被毒死在路上了。」

「妳……」琴深深吸了一口氣，但她不想服輸，尤其在這上萬名觀眾注視下。「來吧，要送什麼？」

「一碗特製的『臭豆腐』，」鈴慢慢地說著，「是我親自調製，耗時整整三個月，保證絕無僅有，陰界第一的臭豆腐。」

連鈴這個大毒后都用了三個月才製成的臭豆腐，這到底是有多毒啊？琴忍不住吞了一下口水，背脊冒汗。

而且琴隱隱想起，多年前她初踏入陰界時，天下一廚神冷山饌就曾提過這麼一碗臭豆腐。

那時冷山饌正帶著弟子四處擺攤，一方面探索各方食材，一方面也認識各路饕客，以食會友，而某天深夜中，一名冷豔女子突然出現，她端來一碗臭豆腐，色呈乳白，輔以酸白，醬色濃烈，其毒之深，其味之濃，讓冷山饌驚於此食物的美味以及……致命！

這臭豆腐的毒性之強，據說站在一旁的小耗與大耗，光聞到氣味就昏厥過去。

「嗯，這麼毒的東西……總會有辦法送的。」琴握著拳頭，她知道此刻不能退，一旦退了整個計畫就完全白費了。「說吧，妳打算送去哪？」

「我要送去的地方一點都不特別，別擔心。」

「不特別？是哪？」

「我要送的地方……就是妳那裡！」鈴聲音柔媚，就算在螢幕之後，仍可想像她絕代風情的模樣。「這碗臭豆腐，是專程送給妳品嚐品嚐，慶祝妳成立黑幫啊，琴。」

瞎密，送給我？

琴再次吞了吞口水。

我的媽啊，這份臭豆腐送來了，到底能不能吃？自己敢不敢吃？可真是一個大問題啊。

第三章・白玉臭豆腐

這裡是柏。

「太陰殿……」柏又來到了此處。

太陰殿口，遠遠見到一名女子正在餵食陰獸，這些陰獸有的巨大如山，有的佈滿毒刺獠牙，有的卻是溫馴如彩色麻雀，但在這女子面前，各類陰獸都溫馴無比，彷彿這女子就是馴養牠們的主人。

而這名女子，一頭波浪長捲髮披肩，縱然身上沒有華麗衣著，但那英挺的五官，渾身散發的氣質，卻讓人不由得心生敬意。

她乃陰界十四主星之一，專司號令陰獸的女獸皇，月柔。

她見到柏，嘴角揚起。「又來找我？當老娘這裡是你家後院啊？」

不過她話雖如此說，但聲音中卻不帶一絲厭惡。

「參見太陰星，女獸皇月柔。」柏帶著嘯風犬，在月柔面前站定。「我有事想請教。」

「等一下，有話待會說。」月柔卻沒有立刻回應柏的問題，反而往前走了幾步，開始端詳起嘯風犬。

她看了嘯風犬一會，又摸了嘯風犬的長毛，娟秀眉心頓時皺了起來。

「喂！柏你這混蛋！你是怎麼對待你的伙伴的啊？」

「啊？我怎麼對待……嘯風犬的？」

「哼，對啊！看看你怎麼對待牠的？嘯風犬自古以來就是追隨破軍的凶獸，牠是戰場上的魔神，其牙如刀，其爪如劍，咆哮時風雲變色，奔馳如地獄烈火。」月柔聲音雖嚴厲，但手上撫摸嘯風犬的動作，卻極為輕柔。「但，那只是牠的外表，牠真正的內心，就只是一隻很愛主人的狗狗。」

「很愛主人的狗狗……」柏看著嘯風犬，見牠前肢伸起，身體趴下，打了一個哈欠，在月柔的輕撫下，竟露出柏從未看過的放鬆姿態。

「臭破軍，你自己看看，這幾個月來，追隨你的牠身上增加了多少新傷？全身更是髒兮兮的！」月柔坐下，讓嘯風犬的頭靠在她的大腿上。「你這主人是怎麼當的啊？」

「嗯。」柏看向嘯風犬，這向來立在自己身後，雄壯如獅，足以威嚇任何敵人的遠古猛獸，如今卻溫馴地趴伏在地上，把頭靠在月柔雙腿上，像極了備受疼愛的寵物。

「今晚，嘯風犬就不回去了。」月柔瞪了柏一眼，「還有你也給我留下，我會準備一池療傷的藥水，破軍，你給我替嘯風犬好好地洗澡。」

「我，我洗嗎？」

「廢話，主人幫狗狗洗澡，天經地義好嗎？」月柔摸著嘯風犬，轉頭看著柏。「對了，你說你剛想問我啥？」

柏慚愧地抓抓頭髮，然後開口。

「天相他給了我一項任務。」

「天相……」提到這個名字，剛剛還瀟灑脫豪邁的月柔，神情突然變得猶豫且複雜。「他給的任務，肯定都不好辦，怎麼？你收到什麼做不到的任務嗎？」

「這任務倒不難，只是令人費解。」柏說，「他要我去監督行刑，行刑對象是反叛政府之人，木狼。」

「木狼？」月柔一愣，「你是說道幫前堂主木狼？那個道幫中武力僅次於天缺老人的男人？」

「是的。」柏說，「照理說這些人本來就在天相手上，若他要殺，隨時可以動手，為何要特地公開行刑？」

「他要殺木狼，其實是要警告天下所有的反叛勢力，藉此殺雞儆猴。」月柔說，「真正要提防的，反而是他為何要特地告訴你……」

「啊。」柏心一驚，他瞬間掌握了這背後的局勢。「因為他要借我的口，去告訴那些陰界的反叛勢力，讓他們來救木狼？」

「也許真是這樣。天相城府深沉，自然知道你投入政府的目的，當然會考驗你的忠誠。」月柔說，「而且你也要小心，陰界監獄可不是一個普通的地方，那裡靈力深沉巨大，關押了不少厲害惡囚。」

「嗯，那該如何是好？」

「天相計謀比我深，要解這局，我怕是幫不了你。」月柔搖頭，「你恐怕得找天機星商量了。」

「之後我會去找天機，看他是否願意獻策於我？」柏說，「此外，我還想問另外一件事，因為這次我見到天相，發現他被地藏所傷之後，道行竟然更勝以往。」

「更勝以往？」

「是的，天相之強，恐怕已經超過危險等級九，直逼地藏，但如今地藏已死。」柏說，「整個陰界，只怕沒人能打敗他了。」

「強……強……你們男人口中的強，真的有這麼重要嗎？」月柔眼神透著一股惱意，「平靜過日子，養養陰獸，有什麼不好呢？」

「這……」這問題問得柏一愣，「因為完成理想需要力量。我答應過那個女生，要完成——」

「你們這些男生就是這樣！」月柔瞪著柏，「又說完成理想是為了女孩？其實根本就不是，你們只是為了自己，天相就是最好的例子！然後呢，你也要走天相的路子？」

「不，不是。」柏竟被月柔罵得有些心虛，他要取代天相，是為了此刻被政府欺壓的陰界百姓，也是為了與琴的約定。

但類似的話，武曲是不是曾與自己說過？

「好啦，你們男生就愛這樣是嗎？那我就告訴你天相的弱點。」

「天相有弱點？」柏一愣，強如天相，竟然有可以攻陷的破綻？

「有，他的弱點是兩個人，因為他主修黑暗，所以光明的太陽就是他的其中一個弱點，黑暗與光明相生相剋，互為表裡，所以他算是天相的一大剋星。」

「太陽地藏？」柏感到一陣氣沮，「可是地藏已死。」

「是的，天相已經除去他其中一個弱點了，剩下的第二個……」月柔說到這裡，微微一頓。

這一頓，彷彿上百個念頭在月柔心中流過，她在猶豫，也在思量，是否要繼續說下去。

但只見她深吸了口氣，還是開口繼續說了下去。

「第二個是？」

「天相星格為『相』，所以他善權謀，能力無盡，但卻天生被一人所制，那人就是十四主星中的『帝』。」

「十四主星中的帝？」柏訝異，「是誰？」

十四主星中，誰擁有最尊貴的帝王之氣？

「用用腦子好嗎？你覺得是誰？」

「紫微！」柏想起了他進入政府之後，偶爾會聽到的名字。「是紫微星嗎？」

「我可沒說他的名字，是你說的。」月柔雖不說破，事實上已經不言而喻。

「但，紫微在哪？打從我進入政府，就沒有見過他。」柏語氣焦急，「我甚至聽過，紫微已經死在天相之手，只是天相刻意不宣布死訊，暗中掌握了整個政府。」

「不，紫微沒有被天相殺死。」

「為什麼？」

「不為什麼，十年前天相並未像現在這麼……陰沉可怕，那時候他確實沒有殺紫微的念頭。」月柔搖頭，「紫微是自己失蹤的。」

「紫微失蹤，我該去哪找他？」

「這我也不知道。」月柔搖頭，「但要抑制天相力量，就非紫微不可，你可以往這方面著手。」

「嗯。」柏看著月柔，腦海中莫名浮現了一個問題。「月柔，我可以問妳一個問題嗎？」

「你說。」

「妳為什麼要告訴我天相僅存的唯一弱點？」柏沉吟，「妳是要殺天相？還是……要救天相？」

要殺天相？還是救天相？

殺這個權謀算計可怕至極的天相？還是要救那個依然保有理想正直的天相？

月柔突然低頭笑了。

「有些事，就別問了吧。」月柔的笑容，有些哀傷，又有些溫柔，竟讓柏看得有點痴了。

這月柔和天相的背後，也許真有許多故事吧？

「嗯。」柏點了點頭，然後捲起了袖子。「不過，先來處理此刻最重要的事情吧。」

「最重要的事？」

「不就是妳說的，」柏伸手，摸了摸嘯風犬的頭。「親手替牠洗澡嗎？」

「對。」月柔聽到這裡，笑容再次轉為明亮，那是如陰獸慈母的笑容。「我來替你準備一盆陰獸專屬的治癒之水。」

「嗯。」柏看著嘯風犬，此刻最重要的事，就是替這個好朋友，好好地洗個澡，休息一下。

讓嘯風犬好好休息一下，而柏自己，也需要這短暫且純粹的片刻，以應付接下來棘手的未來。

陰界，琴。

「這碗臭豆腐，可用去我鈴整整三個月的時間準備，保證濃純香三者兼備，乃是我製作臭豆腐中的極品，就當是妳成立黑幫的賀禮，琴。」鈴如此說著，「快找人來拿吧。」

「找人拿……」琴吞了吞口水，想起鈴使毒時的恐怖，搖晃起身。「那我自己去……」

「琴姐，不用！」這時，五暗星中的小蠍突然跳起來。「妳貴為幫主不應隨便出馬，拿貨品這件事，交給我就行了。」

「但鈴身為陰界第一毒手，她的東西想必周身是毒……」

「琴姐，別忘了。」小蠍比了比自己，「我也是使毒的，我的萬壽無疆長尾蠍，在百大陰獸中排行八十九，雖比不上鈴排行十五的蟾蜍母，但也是五大毒物之一。」

「也對。」琴仍皺著眉，「但我還是有點擔心……」

「請放心，琴姐，交給我吧。」小蠍表情認真，「我們五暗星其中四人已經上場，也該是我有所表現的時候了。」

而琴看著小蠍，深深吸一口氣，是啊，當幫主就是要懂得知人善用，不用事事親力親為，小蠍身負蠍毒，確實是最適合的運送人選，這次，就相信他的能耐吧。

小蠍跳上了專屬的陸行鳥，他的陸行鳥和小蠍自己一樣，眼前有長長的羽毛遮住一隻眼睛，露出的那隻眼睛則有著深深的黑眼圈，一副睡眠不足的樣子。

「走，啦！」小蠍騎著陸行鳥前進，目標是道幫總部。

一〇一層的沖天高樓，裡頭日夜不停地燒著爐子，不斷生產著牽動整個陰界的各式兵器，更是三大黑幫中「道幫」的堅固堡壘。

而如今，道幫門口正有個身材高挑，波浪捲髮，遠遠望去就散發著令人驚豔氣質的女子，女子手上拿著一個裝飾得相當美麗的保鮮盒。

這美麗女子前，一頭陸行鳥緊急煞車，陸行鳥上正是小蠍。

「喔，你是琴派來拿臭豆腐的嗎？」女子明明只是淺笑，卻美得讓周圍發亮。

「是。您就是鈴吧，我來取貨了。」小蠍戒慎地說，他也是懂毒的人，越是鮮豔炫目的生物，往往就帶著越深刻入骨的劇毒。

當小蠍的手指碰觸到盒子的剎那，他只覺得一陣奇異的冰涼，輕輕滑過自己的手背。一低頭，赫然發現那抹冰涼竟是鈴的指尖，同時她豔麗的紅唇上揚，露出微笑。

「當我用帶毒的指尖與你肌膚相觸，你的毛孔竟然自然應對出另一種毒性與我對抗，喔，原來，你也是我毒派中人。」鈴笑得甜美，「你抗性的毒性屬火，乾裂如沙漠，也是百大陰獸，是萬壽無疆長尾蠍嗎？」

「好厲害。」小蠍只覺得身軀一抖，光從自己手背上這輕巧的一抹，就可以猜出自己的來歷和招式？這女人也太厲害！

「既然是毒派中人，那你也許有資格運送這臭豆腐。」鈴用指尖鉤著盒子的繩子，

「去吧。」

「嗯。」小蠍雙手接過，接過時，暗暗運起全身的毒氣集中到雙手，深怕盒子中湧現什麼詭異的毒物。

不過，鈴的盒子倒是挺安分的，小蠍體內淬鍊多年的「萬壽無疆長尾蠍」的毒，半點反應都沒有。

「要小心喔。」鈴露出美麗燦爛，卻莫名讓人不寒而慄的微笑。「剛出爐的臭豆腐，有時候挺活潑的，願你能平安回家。」

「活潑？」小蠍吸了一口氣，這時，他彷彿感覺到盒子裡面某個東西，因為鈴的話語而產生了反應，更引來小蠍體內長尾蠍毒性的騷動。

不管如何，先回去再說。

小蠍一拉陸行鳥的韁繩，踏上歸途。

從道幫總部到硬幫幫總部，約莫是十公里的路程，一開始是車水馬龍的大路，之後彎向小巷進入商店街，經過商店街之後有一大片空地，硬幫幫總部就座落在那。

小蠍騎著陸行鳥狂奔著，他可以感覺到背後來自鈴的視線，彷彿那美麗雙眼也帶著劇毒，就要穿透自己的身軀，讓自己當場全身泛黑，毒發身亡。

大馬路上，小蠍呼喝著陸行鳥，奮力往前，正跑到約三分之一路程之時……

小蠍赫然看見盒子邊輕輕抖動兩下，似乎有什麼東西要奮力爬出，小蠍驚覺，正伸手要壓住盒子，盒子縫隙已然滲出幾絲墨黑色的氣體。

「這是臭豆腐的氣味？」小蠍微驚，「一般氣味都是透明無色，這毒氣已經濃烈到帶著黑色？到底是有多毒？」

小蠍雖然用手壓住盒子，只讓幾絲毒氣洩出，但風一吹，仍讓毒氣飄到了馬路上，此時正好有一輛龍蛙公車駛過。

在陰界，公車也是由陰獸改造而成，是一頭巨大龍蛙背部扛著一個大車籠，而乘客就坐在車籠之中，一次可載三十到四十人不等。

一般野生龍蛙約莫汽車大小，但這公車龍蛙是由政府馴獸師們親自馴養，以營養更高的飼料，更寬闊的環境，更重要的是，龍蛙們的天敵隱蝮環伺周圍，讓龍蛙為了自保而體型變得更巨大，大到足以承載公車車籠。

也別小看龍蛙公車，其速度可遠比陽世的公車快上兩倍，不過速度快慢全看龍蛙心情而定，在城市馬路時速破兩百也是稀鬆平常，而龍蛙雙腿不受地形限制，蹦上蹦下，常讓乘客一下車就反胃吐了滿地。

如今，這幾絲臭豆腐氣味被風吹過，稀釋後的淡淡毒性，飄入了龍蛙鼻中。

這一聞，短短的一秒，身軀如同公車巨大的龍蛙竟然立刻發出牛鳴般的怪聲，搖晃兩下，轟然倒地。

緊接著，行車籠裡的乘客也紛紛摔出，他們亦聞到那空氣中的臭豆腐氣味，嘴裡發出「我的媽啊好臭，臭得……臭得讓人好餓，也太餓了，餓啊餓啊啊！」然後他們臉色如墨，昏倒在地。

「這毒也太厲害，不過到底是臭令人昏倒？還是餓讓人昏倒？」小蠍只覺得頭皮發麻，但他知道若讓鈴的毒沿路洩漏出去，造成路人中毒倒地，肯定會引來陰界警察，這樣送貨任務也算失敗。

所以，他得阻止這毒才行。

小蠍手往懷內一掏，掏出一根毒針，這毒針色呈豔紅，紅到如沙漠赤日，果然是帶火的長尾蠍毒性。

「去。」小蠍把毒針射向盒子，毒針噗一聲，半根穿入盒中。

當蠍針穿盒而過，奇妙的事情發生了，原本盒子又毒又餓的香氣，頓時不再外散，像是有著自己的意識，咻的一聲收回盒中。

同樣是百大陰獸之毒，果然互相壓制？

「蠍毒暫時鎮住了臭豆腐，但不知道能撐多久？」小蠍咬牙，「不能拖，得快走。」

小蠍再催陸行鳥，一鳥一人在車水馬龍的大馬路上狂奔，更完全展顯了陸行鳥機動力與速度兼顧的優秀特質，在車陣中如流水般蜿蜒前進。

不一會，小蠍已跑完這條馬路，一個右轉，就要彎進小巷。

但當他身軀傾斜，正要順著陸行鳥的離心力滑入小巷之時，忽然，他感到掛在胸口處的盒子，又再次躁動起來。

臭豆腐又毒又香的氣味，暴湧而出。

「這麼快？一根蠍毒已經鎮不住了？」小蠍咬牙，他往懷中一掏，這次五指之間連夾四根鮮紅毒針。

全部給我灌進去。

小蠍手一揮，四根毒針噗噗噗噗四響，盡數射入盒內。

毒針一入，臭豆腐的黑色香氣頓時受阻，像是一隻意圖突破障礙的章魚，縮回了觸手。

「驚險。」小蠍一邊乘坐著高速的陸行鳥，一邊擦去額頭冷汗。「過了這條商店街，就到總部了，一定得撐過去啊。」

眼前商店街行人多過陰獸，人群三三兩兩在商店街中逛著，買著生活用品，也買著食物與零嘴。

而在這些人群中，小蠍陸行不斷地左閃右躲，維持著高速往前衝刺。

「商店街到一半……啊！」小蠍低頭，盒中臭豆腐彷彿感受到終點將近，一鼓作氣施展第三次爆發，滿滿黑色氣味透過盒中縫隙，狂湧而出。

小蠍這次完全沒有思考，往懷裡一抓，抓了滿手的蠍毒毒針，使勁往盒內戳進去。只剩下半條街的路途，就算是硬撐也得撐過去。

但，情況卻大出小蠍意料，因為射入的鮮紅毒針，完全沒有阻止臭豆腐的黑氣分毫……黑氣繼續往外擴出，不只如此，小蠍更看到了……

黑氣中竟帶著幾抹鮮紅紅氣。

不是吧，鈴的臭豆腐毒氣，竟然把蠍毒融合進去了？屬水的蟾蜍母，不但沒有被屬火的蠍毒蒸乾，還兼容並蓄地吞食了長尾蠍毒？

這就是排行十五的蟾蜍母？這就是天下第一毒手鈴的實力？

此刻，小蠍腦海中想起道幫門前，鈴美豔絕俗的臉孔，那帶著毒性的魅惑目光，他懂了。

他輸了。

這場以毒為名的鬥法，他完全敗了。

而且更糟的是，臭豆腐若在此地爆發，那猛烈毒香之氣，恐怕會感染這條街的上千名陰魂。

這會是一場什麼災難？而這場「有何不送」的任務，又會以什麼樣的失敗結果收場？

就在此刻，小蠍感到鼻內微動，他又聞到了臭豆腐的香氣，這是什麼香味啊，為什麼僅僅只是香味，卻能夠同時讓人產生深惡痛絕的臭，與勾引出五臟六腑極致的餓？

他快要喪失意識了，好餓……好餓啊……

「不能輸啊！」小蠍憤怒咆哮，他在最後一刻，伸手入懷，再次夾住四根蠍毒之針。

但，他卻沒有插入盒子中。

他的毒針一扭一轉，猛然插下。

這次插入的位置，不是放著臭豆腐的盒子。

而是小蠍自己脖子上的靜脈。

「賭上一切，都要完成這次的送貨，這是賭上我五暗星中第一毒手！賭上我硬幫幫的名聲！賭上琴姐的知遇之恩！」小蠍吼著，「我毒攻毒，化為毒體，賭上一切，都要完成任務。」

四分鐘後。

硬幫幫門口，所有人等待著。

身邊飄浮著數十支手機的陰沉少女，有如一團紫色毒霧模糊看不清實體的墓，歷代古瑜伽流最強弟子罪武宗，還有不喜露面，故只用一發子彈代表的怒槍紳士，代表天才小白的機器安妮。

甚至是向來低調冷漠的莫言，以及整個硬幫幫中最重要也最核心的人物，琴。

所有人引頸企盼，直到……他們看見了一團煙塵出現，滾滾的煙塵中，一隻跑得搖搖晃晃的陸行鳥，載著一名全身皮膚泛著黑氣與紅氣的男子。

終於出現了。

小蠍！他到了！

他艱困地從陸行鳥上爬下，雙手捧著那裝有臭豆腐的盒子，慢慢來到琴的面前。

「硬幫幫，送貨員，小蠍。」小蠍雙手顫抖著，「準時，平安，送達。」

準時，平安，送達。

這是送貨員最高六字原則，做到了，我小蠍做到了。

說完，小蠍往前一摔，剛好被琴接住。

「幹得好。」琴舉起手機，將鏡頭對準了小蠍與盒子，她大聲喊道。「硬幫幫有何不送，這次的毒物運送任務，完成！」

APP上的網友此刻終於心服口服。

「硬幫幫果然厲害，論毒，這陰界若鈴星說自己第二，沒人敢認第一。」「鈴的臭豆腐更是毒中之毒，連這款臭豆腐都可以運送，這硬幫幫很有實力啊。」「這幾個任務下來，他們可以處理超複雜運送，可以搞定多人送貨，難登山送得上去，高速行駛列車也沒問題，還有什麼能難得倒他們？」「這麼有實力的硬幫幫，嗯，那以後我也來訂餐啊。」「等等，還有一件事……」「什麼事？」

APP留言中，一句話突然提起，頓時引起了所有網友百分之百的關注。

「那就是，鈴的臭豆腐，硬幫幫打算怎麼處理？」

天下第一毒手花了三月製作，毒到連運送都如此危險的臭豆腐，硬幫幫要怎麼處理？抑或說，琴，妳打算怎麼做？

下一秒，APP畫面一閃，竟是一場直播開始。

「咦？直播的按鍵在哪裡？是這個嗎？」只見畫面上出現了琴，她正坐在桌子前，對著畫面影像東挪西挪的。「啊，開始了嗎？」

畫面上，端坐的人，是琴。

而她面前的桌子，擺著一個盒子，這盒子上插滿了密密麻麻的紅色毒針，可見這一路運送的過程是多麼艱辛。

「啊，已經開始了，嗨，大家好。」

只見底下一堆留言快速閃過。「還『大家好』勒，這打招呼也太老套了吧。」「這人沒用過直播吧？」「直播主不是要有自己專屬的手勢嗎？這樣太遜嘍。」「不過她要直播什麼？」「桌上那就是臭豆腐？看起來怎麼沒有想像中可怕……還挺美的耶。」

琴咳了兩聲，決定不理下面留言，她對著鏡頭，慢慢說著。「這場直播，是要給妳的，鈴。」

琴目光如電，看著鏡頭。

「現在，我來吃給妳看。」

底下的留言幾乎炸開。「當真要吃？」「要吃陰界第一毒？」「原來硬幫幫幫主不只會命名，也挺瘋狂的？」「不會是假的吧？真的臭豆腐已經被換掉了？」

但網友們的懷疑在下一秒就被完全推翻，因為當琴打開盒子，那繚繞在空中聚而不散如妖雲般的毒氣，證實了這絕對是蟾蜍母臭豆腐。

而且，讓眾人訝異的是，這盤傳說中的蟾蜍母臭豆腐，模樣竟是如此的美。

這臭豆腐，是白色的。

純白的玉，中心透著一抹幽雅的綠，旁邊點綴著細長的粉紅花。

這粉紅花，原來是泡菜。

白玉，青綠，粉紅花，視覺華麗而可口，讓所有螢幕前的網友們，無法控制地猛吞口水。

但，有道行的人，卻能看見這華麗食物的周圍，散發著有如一級高手的濃烈黑氣，黑氣正告訴著你，這是危險無比的毒。

「鈴，看到了嗎？這就是妳的蟾蜍母臭豆腐？」琴在直播畫面上說著，「我來看看，它是有多厲害？」

而就在琴對著直播鏡頭，舉起筷子，就要夾起臭豆腐之際。

每秒上百則的留言中，鈴回話了。

「好像不太一樣嘍。」

「不太一樣？」琴的筷子懸在空中。

「我的蟾蜍母臭豆腐五行屬水，但這份臭豆腐中，多了豔紅的火性，嘻嘻，推測是運送途中被人加入了蠍毒啦。」鈴眼睛瞇起，「就品嚐者的感覺而言，火就是辣，琴啊，也許妳會品嚐到有史以來最特別的一碗臭豆腐也不一定。」

「有史以來最特別的臭豆腐？」

「正是，又毒又辣。」鈴眼睛瞇起，語氣挑釁。「妳敢吃嗎？」

「當然敢吃！」琴對著直播鏡頭說著，說完，她將臭豆腐舉到了嘴邊。

臭豆腐那濃烈刺鼻的氣味瞬間衝入琴的鼻腔，讓她感到一陣奇異的暈眩，暈眩中味蕾卻又分泌出大量唾液，引誘她大口吞下。

「吃！」琴深吸一口氣，把臭豆腐放入口中，緊接著整塊吞下。

而就在吞入的瞬間，琴的牙齒咬破了豆腐外皮，豆腐中飽滿的湯汁隨即盈滿她整個口腔。

鹹香中，有著非常細膩的酸，酸勾起了食慾，帶領著味蕾領略豆腐如泉水般的微甜，炸物產生的厚重感，古老的中國藥材餘韻，最後則是鮮明而挑逗的長尾蠍辣味。

「好吃。」琴摀住了嘴巴，眼眶泛淚。「這臭豆腐超好吃。」

但就在此刻，毒性來了。

那被包含在臭豆腐中，被鈴千錘百鍊的劇毒，伴隨著驚人的美味，一起迸裂開，毒性透過咽喉，滲入血管經脈，瞬間在琴的體內擴散。

如果不收拾這毒，琴知道，自己可能會死。

但就在此刻，所有目睹直播的人們，都呆住了，呆到下巴咔一聲落下，甚至連他們最愛的鍵盤酸語，都忘記寫了。

因為，他們看見了……琴閉上眼，似乎在專注品嚐，但這瞬間她背後，卻出現了數十隻，甚至是上百隻，金色的手。

這些手的姿態好美，有的指尖捏成花朵，有的握拳如金剛，有的合掌如此虔誠，有的指尖朝天彷彿在祝禱，有的指尖比著大地有如在傾訴。

仔細一看，每隻手的手指尖端，都帶著一抹黑藍之色，然後黑藍之色順著指尖往外，如同水墨揮毫，畫在空中後就逐漸轉淡，悄然消失。

散毒，這是地藏千手觀音的散毒之力！

原本是殺人滅體的狂毒，在千手散毒之下，竟變得如此高雅美麗。

當琴背後上百隻金手都不再有任何黑藍色澤，這一頭，琴也放下了筷子，她輕輕吐出了一口氣，並端起盤子，對著鏡頭微笑。

「蟾蜍母臭豆腐，完食。」琴笑得甜美，而手中的那只盤子，也確實清潔溜溜。

表示歷時三個月淬鍊而成的蟾蜍母臭豆腐，加上小蠍長尾蠍的辣，都沒能傷到琴，甚至被她化成一頓美食，滋養了自身靈魂。

當鈴看見琴竟安然無恙地破解了這一道「臭豆腐」，她笑了。

鈴美麗的臉龐，笑得好開心。

「原來是這招千手觀音，妳學了這招，確實什麼都能吃了。」鈴聲音甜甜的，「妳可知道，這臭豆腐可抵三年道行，就當這次送貨的費用，順便祝賀妳開幫立派。揪咪。」

「三年道行，妳還真大方啊。」琴一笑，她知道鈴這人正邪難斷，她送這盤臭豆腐，到底是要毒死琴？還是要透過這臭豆腐送三年道行？真的讓人分不出來啊。

「咳咳。」琴對著手機的鏡頭，目光如炬，凝視著此刻線上的數萬名觀眾。「既然我們硬幫幫已完成所有任務，且連最後一份劇毒臭豆腐都已經吃下，那各位還有任何難度更高的送貨任務嗎？」

留言板上，此時是一片安靜。

這不是噤若寒蟬般的安靜，更不是壓抑炸裂情緒的安靜，而是一份心服口服的敬意。

「好。」琴那漂亮又任性的臉蛋，露出驕傲的笑容，比著鏡頭，大聲說道。「那我硬幫幫幫主琴在此宣布！『有何不送』任務，大成功！」

硬幫幫有何不送任務，大成功！

就在琴宣布任務成功後的五分鐘，陰界子民們給了她一個最直接也最溫暖的回饋。

叮咚叮咚叮咚叮咚叮咚，來自手機的訊息，如驟雨般響個不停。

「訂單來啦！」死不透舉起手機，語氣興奮，大聲朗讀著內容。「有人要訂一百二十年的陳年老音樂酒十罐！五十份海鮮陰獸炸物拼盤！澎湖黑玉斷糖糕來九十九份。」

「瞬間一百，不，兩百，甚至是三百筆訂單湧入了。」陰沉少女歡呼，「我來用手機計算一下運送路線，這下賺翻了。」

「還有東北海灘一百支烤魷魚！」中毒未癒的小蠍躺在床上，卻高舉右手歡呼。「還有黑色戀人三百份，送去學校。」

「鬼魂舞會的屍熱狗四百份……交給我……」向來低調的墓，也感染了這氣氛，語調興奮了起來。

「百斤石板蟲岩燒，兩百份，哇這活兒很吃體力，交給我來辦。」罪武宗也歡欣地說。

只見手機仍不斷地響著，訂單一筆一筆地進來，而五暗星也紛紛跳上陸行鳥，帶著歡愉的氣氛出發。

但五暗星在出發前，停在琴的面前，猶豫了一下，才開口。

「琴姐，謝謝。」

「謝謝？」琴一愣，「幹嘛對我說謝謝？」

「就是，嗯。」罪武宗抓了抓光頭，「我們以前在政府，只會殺人，以各式各樣的方法殺人，暗殺，虐殺，傷及無辜的屠殺……我從來不知道，用『服務』這種方式來過生活，是……是……是這麼開心。」

「真的琴姐，我覺得妳超帥的，我以後一定要一直一直跟著妳。」陰沉少女眼睛發著光，「這是我們進入陰界百年以來，最開心的時光了。」

「是……是的……謝謝……琴姐。」墓也這樣說。

「嗯。」琴看著這五暗星，她感受到眾人的誠意，她笑著。「那我們就繼續好好幹，賺給他飽。」

「只是訂單爆量，我們幫派的人數可能不足……」衰過頭遲疑地說。

「這倒不用擔心。」

「不用擔心？」

「因為，」琴把手機螢幕轉向了眾人，上頭也是一筆數字，雖然沒有訂單動輒百筆這麼驚人，但它也穩穩的以十為單位往上跳增著。「當完成了『有何不送』任務，來應徵硬幫幫的人數，也開始激增了。」

「這是應徵人數？哇，四十，五十……七十了！」

「放心，關於伙伴的部分，我會和莫言好好的選，」琴一邊說，一邊勾住了莫言的肩膀，而莫言只能聳肩苦笑。「你們就專心送貨吧，硬幫幫的伙伴們！」

「是！」

這一刻，琴再次看向總部窗戶外的天空。

藍色的，明亮的，還吹著暖暖的風，這陰界真的開始變得有點好玩了。

忽然，琴想起了還在陽世的朋友，小風，小靜，妳們看到了嗎？我在陰界越玩越愉快了呢。

前來應徵的魂魄比琴想像中來得多，也比琴想像中來得厲害一些。

其中幾個更是活了上百年的老鬼，在陰界的世界裡，活得久未必強大，但絕對有其獨到之處，這老鬼名叫宿舍老鬼，潛伏在學生宿舍之中，最愛聽學生晚上講鬼故事，更藉此吸收能量與養分，雖然不至於化成大惡鬼，卻也安然活了百年。

宿舍老鬼說：「我跟妳說，宿舍學生最愛點外送了，而說到宿舍外送訂單，還有誰比我更懂？我來加入硬幫幫，恰好不過了。」

當然，他也牽來了他的陸行鳥，此鳥耳朵大大，頭頂禿禿，帽子是便宜的舊款鴨舌帽，確實頗有宿舍舍監的味道。

老鬼之中還包括棲息在老物品的鬼，一只傳了四代的大陶，甕內的滷汁被反覆燉了百年，更經歷過搬遷，逃難，戰爭，而當年製作陶甕的師傅，也因為這份羈絆，一直留在甕邊，成為一抹不老不死的亡魂。

他的陸行鳥頭上的帽子就像倒扣的甕，形象與老鍋魂配合得可說是天衣無縫。

老鍋魂說：「說到宵夜最佳良伴滷味，還有誰比我懂？我來加入硬幫幫，恰好不過了。」

一名外型酷帥，沉默寡言的年輕人也想加入，他說他是電競亡魂，日日夜夜每天苦練十八小時，他打入世界冠軍賽，遇到與他糾纏多年的宿敵，最後一秒擊殺對方拿下世界冠軍……但就在夢想達成的瞬間，他的心臟卻戛然而止，從此化成一縷電競亡魂，在電腦世界遊走。

遺願倒不是電動，而是沒牽過女孩的手就死了，實在不甘心。

他的陸行鳥頭上是一個會發七彩炫光的大鍵盤，除了炫沒有第二個形容詞。

電競亡魂說：「這些愛打電動的鬼，超常訂外食，說到電動加外食有誰比我懂？我來加入硬幫幫，恰好不過了。」

除了一些臭男生，女亡魂想加入的也有，她生前可是壽終正寢，只是她熱愛拍照開美肌，使用各種美化軟體上傳網路，所以一直到她八十幾歲離開陽世，仍有一大片追隨者，爭吵著她究竟是五十五歲？還是十五歲？

她帶來的陸行鳥頭上戴著面紗，也讓人看不清臉孔。

美肌魔女魂說：「陰界是一個想像力就是超能力的地方，正適合我。我立志要成為外送界第一濾鏡美魔女！我來加入硬幫幫，恰好不過了。」

這些陰魂們各有特色，各有所長，他們潛伏在陰界多年，忍受著高壓死板的政府統治，如今出現這稀奇古怪離經叛道的「硬幫幫」，更利用一場「有何不送」活動證明了自己的能力，於是這些陰魂再也按捺不住，紛紛從低調的晦暗之處浮出，想加入硬幫幫。

轉眼間，通過硬幫幫面試的人員已經激增到三十幾人，琴也給他們幾筆小單試試身手，更發現他們對陰界熟門熟路，無論是深涯底下的神秘小屋，建築於高樓之上的顛峰小巢，巨大足球場館的屋簷角落，他們都能輕易送達。

「真是厲害。」此刻，琴正看著硬幫幫門口，來來去去熱鬧的送貨場景，她的背影顯示出高挑纖細的身材，長髮及腰，雙手扠腰。「我們真是厲害啊，對吧，莫言。」

而站在琴旁邊，比她更高上一個頭的男子，俐落的光頭，精壯的身軀，臉上戴著招牌墨鏡，他輕輕點頭。「嗯。」

「現在的你，很難得喔。」

「難得？」

「難得沒有酸我啊。」琴轉過半邊臉，露出甜美可愛的笑容。「你一定真心覺得我很厲害，啊，你一定很開心當這個硬幫幫副幫主吧？」

「放屁，妳只是狗屎運！」

「唉呦，別害羞啦。」

「誰跟妳害羞，妳一定要逼我罵妳笨蛋嗎？」

「哈哈。」琴吐了吐舌頭，「才不要。」

「知道怕就好了。」莫言哼的一聲，目光再次移向門外，來來往往的送貨員，每個人臉上的表情。

臉上明明有著辛苦的汗水，卻仍不自覺笑著，那是做著開心的事情時，才會露出的笑容。

多久了呢？在這政府強勢，黑幫黯淡的陰界，莫言已經想不起自己多久沒有看過這樣的笑容了。

「也許，妳終究不是我記憶中的武曲，」莫言用自己才聽得到的聲音，輕輕說著。

「但，妳確實是妳自己，琴，一個讓人忍不住想追隨的女孩。」

很快，硬幫幫開始茁壯，幾個月內，以五暗星為首的送貨組織，已經成長到破兩百人，送貨的範圍也擴及一個又一個城市。

每天的訂單數也從一天十筆，急速成長到如今每天上千筆，大量的生意帶來不小的財富，琴和莫言也隨之提升硬體設備，但多數的錢仍回饋到這些送貨員身上，讓他們能更開心地替硬幫幫做事。

硬幫幫此時的規模，已經稱得上小型黑幫，雖然仍不及海幫，公路幫，靜慈街等……但也已經有一定的影響力。

當硬幫幫終於擺脫滅幫的命運，開始站穩腳跟，逐漸擴大之時……另外一個琴完全沒有預料到的問題，卻悄悄的降臨了。

第四章・黑幫互戰

此刻，柏又到了十四殿。

這裡同樣是十四殿之一，只是此殿完全不同於破軍殿的霸氣，天相殿的低調，或是太陰殿的柔和，這一殿造型除了古怪，已經沒有第二個形容詞。

此殿的主體乍看之下是一條往上蜿蜒的曲線，曲線上掛滿了各式各樣奇怪的物品，像是倒著走的時鐘，古老的圖騰，難以分辨的文字，牆上更刻著怎麼算都算不出來的算式，下到一半已經無子可下的圍棋棋局等……

能夠如此稀奇古怪離經叛道，卻又駕馭自如者，此殿當然非他莫屬。

天機殿，正是天機星吳用。

「天機星吳用，我有事相求。」柏站在吳用面前，而吳用正埋首於書堆之中，不知道在計算著什麼？

「太簡單的問題，你問了我，是污辱我的智商，太難的問題，我答了你聽不懂，是污辱你智商，不如不問，如何？」

「這……」正當柏被吳用以幾句話堵住，不知道該如何回答時，柏的背後輕輕走出一個人影。

「吳用叔叔。」

聽到這聲音，吳用連抬頭都沒有，只嘆了一口氣。「我說啊，女孩兒長大了，胳臂就往外彎了。」

「叔叔。」

「好吧，既然是解神女開口。」吳用終於放下筆，抬起頭。「那破軍，你有什麼問題，就問吧。」

這跟著柏一起來的女孩，不是別人，正是初來陰界時被吳用收養，然後練出陰界第一醫術的解神女。

「謝謝天機吳用，天相要我去監督一場行刑，對象是木狼，恐怕是要引來反對勢力予以殲滅，此局該如何解？」

「……」吳用繼續用筆謄寫著書本，沉默了數秒。「無解。」

「無……無解？」

「蘭陵監獄有三險。」

「三險？」

「一是陰界蘭陵監獄乃是百年圖書館，館內以書為獄，囚禁了各方罪魂，罪魂乃是一險。」

「了解。」

「二是守護監獄者，其必為政府菁英，隱匿各樓層間，更有一頭S級陰獸棲息此處，其能力乃是幻化人形，誘騙入侵者，這為二險。」

「一群菁英與一隻S級陰獸？好個二險。」

「三險為籌謀者就是天相，天相城府深沉，若他佈的局，肯定思前顧後，巧奪天工，他要木狼死，恐怕誰也救不了他，此為第三險。」

「嗯，第三險確實最險。」柏咬了咬牙，「那我究竟該不該告訴陰界伙伴，免得他們前來送死？」

「到底該不該說啊？」吳用抬起頭，寓意深長的看了柏一眼。「這件事，還得你自己決定。」

「我自己？」

「等會。」吳用忽然安靜下來，手指在桌上寫字。「剛剛有人跟著你進來了。」

「啊？」柏一呆，他被跟蹤了，以他的道行對方竟可以無聲的跟蹤？究竟是誰？

「就算是六王魂，不打聲招呼就闖入他人宮殿，實在不禮貌吧？」吳用一笑，忽然把筆往前一扔，撞上擺得亂七八糟的書櫃與雜物櫃，這看似隨意的一扔，竟然啟動了所有書櫃的連鎖反應。

筆撞上一本書，書往左邊倒去，撞下第二本書，第二本書因此滾落，落到地上的木槌子，木槌子因此往上甩，打到旁邊的大圓球，大圓球滾動了數公尺，擊中了旁邊的棋盤，而棋盤上的數十枚旗子整片撒落。

短短的剎那間，包括書等所有的雜物轟然倒下，剛好埋住了某件東西。

那東西似乎頗有力量，奮力掙扎著，不過所有雜物之間似乎存在著某種強大的連結力，透出銀藍色的光芒，又繼續把那東西反壓在下。

「是否要告訴武曲，你可以自己決定。」天機淡然一笑，笑容卻充滿深意，手指則繼續寫著。「但我有句話要給武曲，算是供她參考。」

吳用的手指，快速在桌上寫著。

沒有沾水，但指尖透著銀色光流，光流成字，讓柏能清楚辨識。

「監獄之中，有人知道第五食材在哪。」

當柏離開，那個雜物堆動了動，然後轟然炸開。

滿天的書，棋盤與棋子，木槌與圓球，圓盤與盆栽，這些看起來亂七八糟的東西，被往外震開之後，隨即竟像是受到吸引般，一口氣回到自己本來的位置。

而雜物下的人，終於露出了真面目。

一襲寬大白衣，眼睛上吊，臉色慘白，一臉陰煞凶相。

竟是十四主星之一的白無常。

「好樣的，天機星，你竟敢用陣法困住我？」白無常長手一比，伴隨身上詭異的鎖鍊鈴鐺聲。「你可知道我奉了天相之命？」

「只有你嗎？」吳用微笑，「你以為只有你奉了天相之命在辦事？」

「啊，連你也是……」

「如果你有疑問，親自去問問天相啊。」吳用淡淡地看著白無常。

「嘖，親自去問……」白無常想起這些日子，自從天相擊敗了地藏之後，整個人的樣子越來越不同，原本天相的強，白無常還能夠理解，但現在的天相，連白無常都快不認識了。

看著天相，就像看著一個看不見底的黑暗深淵，每一句話，都像是深淵中迴盪而出，震盪著白無常的魂魄。

白無常好歹也是十四主星的凶星之一，竟也感到膽寒。

天相到底練到了什麼境界？怎麼會練得這麼可怕？

「易主時刻快到了。」吳用仰著頭，嘆了口氣。「能爭奪易主之位者，就剩下這麼幾個了，天相就快到達終點了啊。」

當天機殿透出層層鬼謀之際，另一頭的硬幫幫也出了大事。

這個下午，忽然，陰沉少女衝了進來。

「不好了，琴姐。」陰沉少女慌張地說著，「出事了。」

「出事了？」琴抬頭。

「我們的人和其他黑幫產生衝突了，現在被扣住了。」

「其他黑幫？我們怎麼會和其他黑幫產生衝突？」

「因為我們最近業績蒸蒸日上，加上我們總是可以把食物在最完美的時機送達，所以引來其他也有送貨能力的黑幫覬覦，他們甚至扣押了我們人！」

「也有送貨能力？是哪一個組織？」

「是『賣到老』黑幫！」

「『賣到老』黑幫？」琴一呆，這名字唸起來怎麼怪熟悉的啊？

「對啊，『賣到老』專做速食餐飲，分店遍佈全國，實力堅強，他們也會外送自己的速食，連全家團聚的除夕晚上都有送，是陰界裡有名的血汗黑幫，他們的外送陰獸外型像獾，又名『獾樂送』。」

賣到老？獾樂送？這秒鐘，琴明白自己為什麼充滿熟悉感了。

因為賣到老，根本就是陽世的麥當勞啊！

對啊，當硬幫幫開始擴張，首先會遇到的，便是原本就盤據在這個區域的黑幫，自然就是賣到老等這些原本擁有外送團隊的黑幫了。

賣到老，獾樂送。

可說是琴在陽世的重要回憶，總是在熬夜寫報告，與室友一起看棒球，甚至是下雨天偷懶不想外出時，撥打這支象徵食物應援的熱線。

然後，二十分鐘後，戴著紅色帽子的小哥，就會帶來滿袋的食物。

可樂，雞塊，漢堡，食物健不健康咱們先不說，至少能吃到美好的童年回憶。

只是沒想到，琴到了陰界，當硬幫幫拓展送餐業務時，會遇到這熟悉又親切的對手。

「賣到老，他們也是黑幫？」

「對，賣到老專賣陰界速食，其規模比靜慈街還大，賣的東西包括陰界滿蝠漢堡，陰界鬼薯條，陰界妖可樂，賣的是陰界的年輕人，不過它真正賺錢的據說是玩具就是了。」

「玩具？」

「它的兒童餐裡頭含玩具，那種會啃人頭蓋骨的玩具，會召喚地獄亡靈的玩具，才是它壯大的關鍵。」陰沉少女說，「不過會瘋狂購買蒐集兒童餐玩具，然後上網交換的，都是四十歲以上的大叔比較多。」

「呃，四十歲以上的中年大叔，最愛麥當勞玩具？」琴差點翻了白眼，怎麼和陽世那麼像。

兒童玩具市場的最堅強客群，往往是中年大叔們。

「因為賣到老也有自己專屬的外送集團，所以對硬幫幫頗為不爽，和我們在馬路上衝突，已經不是第一次了。」陰沉少女一臉煩惱，「琴姐，我們該怎麼辦？他們和之前客戶的惡作劇不一樣，他們算是黑幫同業耶。」

「嗯。黑幫就是利益團體，我們侵佔到了他們的利益，他們就會反擊，這是天經地義。」琴想到這，轉頭看向莫言。「喂，莫言，我問你喔，黑幫間的談判，我們該怎麼辦啊？」

「黑幫間的談判？」此刻，正坐在沙發上，蹺著二郎腿的莫言，笑了。「妳問我黑幫間的談判，就只有一種方法啊。」

「一種方法？」

「那就是，」莫言單邊嘴角揚起，那是他招牌帶著邪氣的笑。「比誰強啊。」

「啊，要開戰？」

「這倒不用，比誰強的手段倒是很多，其中一種，就是讓他們知道害怕。」莫言慢慢起身，一身合身西裝，身材高挑。

「害怕？該怎麼做？」

「怎麼做啊？」莫言慢慢起身，雙手插在口袋中。「陰沉少女，妳能查到賣到老食物倉庫的位置嗎？」

「最大倉庫的位置嗎？馬上來。」陰沉少女畢竟是網路重度中毒者，只見她同時操作面前二十幾支懸浮在空中的手機，不用數秒，答案就出來了。

「好，謝啦，接下來就看看我……」莫言看了一眼地址，長笑一聲。「神偷的手段吧。」

莫言到底做了什麼事？一個半小時後，沸騰的網路揭曉了答案。

因為，「賣到老」最大的食材倉庫，整個宛如三個足球場大的倉庫，如今，竟一夕之間被人完全搬空。

重達百噸以上，蛀蟲麵包、血漢堡肉、油脂薯條，這些「賣到老」引以自豪的食物原料，變魔術般消失了。

就在「賣到老」幫主與長老對此變故感到驚恐不疑之際，他們發現這空蕩的倉庫中央，一張紙條端端正正地擺著。

紙條是這樣說的：「不惹硬幫幫，保你整年都平安。」

「是硬幫幫？這數百噸的食材在數分鐘內全部搬空？這是甲級星等級的高手才做得到的啊。」賣到老的主管嘴唇泛白，「這種對手，我們怎麼惹得起啊！」

這晚，賣到老把幾個被綁架的硬幫幫幫眾，畢恭畢敬地送了回去，不只如此，獾樂送更對硬幫幫全面停戰，以後在路上遇到，不只不再故意挑釁，甚至讓路先行。

而琴這裡也相當有魄力，她親自出馬找賣到老的母公司談判，接下獾樂送部分業務，其中的運送費用更直接打了六折。

賣到老與硬幫幫不再敵對，甚至成為伙伴關係。

不過，當莫言親自出手處理賣到老的問題，緊接而來，又有第二個黑幫與硬幫幫產生了摩擦。

而且這黑幫乍看之下正義凜然，實則惡名昭彰，可說是所有運送型幫派的共同敵人，正是「檢舉達人幫」。

檢舉制度原本就是一個頗有爭議的制度，源自政府的怠惰，所以將執行公權力的權力扔給普羅百姓，而荒謬的制度創造出畸形的黑幫，隨著時間過去，某一群人以檢舉為樂，甚至互通訊息，分享狩獵地點，彼此掩護，形成了黑幫。

他們有的人不務正業無所事事，在大街小巷閒晃，找到一絲違規就檢舉。有的人性喜潛伏在特定地點，拍攝每個短暫違規的車輛，有的人只要有一點不開心，就不斷拍照上傳，他們無論何種特性，但有一點是共通的，就是他們是一群棲息在暗處的黑幫。

「你說我們惹到了『檢舉達人幫』？」琴聽到這名字，「這是什麼？」

「這是一群專門躲在暗處以檢舉為樂的黑幫，他們盯上我們了。」和琴對話的是小蠍。

「可是，本來就不應該違規，不是嗎？」琴說。

「當然，」衰過頭點頭，「違規確實是我們的錯，但他們太有針對性了，他們會刻意躲藏在我們經常出沒的地點，有時候我們真的並未影響交通，只是短暫的停留，就被他們拍照上傳，讓很多兄弟辛苦了一天的薪水付諸流水。」

「針對性啊……」琴雙手抱胸，「這樣就有點過分嘍。」

「琴姐，那我們可以做什麼？」衰過頭握拳，「他們盯上硬幫幫，有的甚至對我們提出勒索，要不付錢給他們，要不等著吃罰單。」

「你說他們會刻意潛伏在我們經常出沒的地點？」

「是的。」

「那就有跡可尋了。」琴沉吟半晌，突然她提聲一喊。「怒槍紳士，你在嗎？」

遠遠的，傳來一個聲音。「在。」

「要請怒槍紳士出馬？啊。」小蠍一愣，隨即懂了。「我們老大最擅長狙擊，難道妳是要……」

「你說檢舉達人幫最擅長躲在暗處？」琴一笑，「我們當然是以其人之道，還治其人之身啊。」

第二天晚上，硬幫幫的人員出動了，他們依照慣例，從天才星小白所寫 APP 上接下訂單，接著騎上自己專屬的陸行鳥，接下貨物，然後送去目的地。

當不接單的空檔，他們會聚在某些商店前面，喝點飲料，聊聊天，打發時間。在他們附近，幾隻陸行鳥或站或坐，也呈休息姿態。

不過他們不知道的是，此刻他們的背後，一個陰暗的角落，一道陰冷的鏡頭光芒，正對準著他們。

「只要有一點點違規，一點點，陸行鳥的腳踩到紅線，我都會拍照！拍照！然後檢舉你們！」那鏡頭的主人，臉部都藏在陰暗之中，正發出獰笑。「什麼硬幫幫？取這麼蠢的名字，你不知道這國家所有道路真正的主人是我們嗎？不知道使用道路要來和我們拜樹頭嗎？」

他舉著手機，手機的鏡頭反射著冷冽光芒。

「我們檢舉達人幫，咯咯咯咯，要你們生，你們才能生，要你們死，你們會連屍骨都找不到！」

鏡頭下，一名硬幫幫成員接到了電話，確認了任務，正要離開，就在此刻，他的陸行鳥有那麼一秒鐘，腳踩到了紅線。

「就是現在啦！」檢舉達人眼睛亮起血紅光芒，然後拇指朝著拍攝按鈕，就要按下。

但同一時間，他卻突然發現他的拇指，竟然按不到按鈕。

按不到的原因，是因為原本手機螢幕上按鈕的位置，竟然多了一樣東西。

正冒著煙的，滾燙的，嵌入螢幕的，一發酷似吹箭的子彈。

「啊啊啊啊。」檢舉達人慘叫，猛然回頭，這是吹箭？不，這是子彈！這是怎麼來的？怎麼會這麼準？剛好射入自己的螢幕中？

不只如此，被吹箭子彈嵌入後，有如蜘蛛網狀的手機表面，竟然突然整個泛黑，如同被駭客入侵般，浮現一行字。

『這次是螢幕，下次就是你的後腦勺了。』

「啊啊啊啊。」檢舉達人尖叫，扔下手機，頭也不回的跑了。

之後的三日內，共有三十一名檢舉達人在準備偷襲硬幫幫時，發現自己的手機上，被嵌入一枚火燙的吹箭子彈。

下次就是你的後腦勺了。

每個檢舉達人看見自己手機上的字，都嘴唇發白，他們喜歡躲在暗處，看著被檢舉者憤怒與痛苦，但他們從來沒想過，還會有人躲在他們背後，更深更黑暗之處，狩獵著他們。

躲在暗處之人，其實比誰都膽小，一旦知道自己是獵物，頓時害怕得大哭起來。

這群人原本就是以檢舉當樂趣，一點忠誠度都沒有，一旦遇到危險，立刻鳥獸散。

短短三日，所有檢舉達人消聲匿跡，甚至謠傳他們直接被滅幫了。

這時候，另外一則命令則在硬幫幫內部發酵。

任何人都可以登入的硬幫幫 APP 上，多了一個檢舉欄位，還有幫主琴親自寫下的一則公告。

「硬幫幫內部公告，嚴禁幫眾因為送貨做出任何危險行為。若有可能傷及無辜，或造成他人困擾的具體事實，可直接上傳至 APP，硬幫幫將會在第一時間受理，我們會嚴懲該名幫眾，最嚴重者會將該幫眾直接驅逐。」

公告一出，立刻收到幾則民眾反映，說硬幫幫幾位幫眾駕駛陸行鳥惡意逼車，甚至放任陸行鳥攻擊民眾寵物，而琴和五暗星也立刻做出反應，調查是否屬實，更給予適當懲罰。

「荒謬的政府政策，有如充滿瘴氣的沼澤，明明是健康的植物也會培養出有毒的種子，政府透過這制度獲得大量的罰款金錢，卻造成人民間彼此仇視，善良百姓甚至萌生互相傷害的衝動，終有一天，我們該給這樣的混帳政府一個深刻的教訓！」

硬幫幫再次取得勝利，而且透過這次與檢舉達人幫的對抗，更完成了一次小小的自我紀律提升，讓硬幫幫的名氣與力量，又再往上提高一個檔次。

但就在此時，硬幫幫的黑幫版圖之爭，出現了一個極強的對手。

它，不再是小型黑幫或地方型黑幫，它的規模已經超過靜慈街，與海幫相同等級……

它是掌握全國公路的王者：公路幫。

公路幫。

其規模約為十萬之眾，主要經營的生意為公路運輸，也就是舉凡路上跑的交通工具，都是他們幫派的管轄範圍。

就如海幫掌管海洋漁獲，雪幫掌控冷藏冰庫，公路幫就是公路的王，專屬司機們的幫派，數十年下來，他們規模早已超脫一般地方性黑幫，成為僅次於三大黑幫的存在。

而他們的處事方式，果然也不像賣到老獾樂送或檢舉達人幫這樣小家子氣，他們直接送來了一張戰帖。

如今，戰帖就這樣大剌剌地躺在硬幫幫基地的桌子上。

琴撥了撥長髮，唸起這封信的內容。

「硬幫幫，你們最近生意做很大嘛！各種食物，不管熱的、冷的、大的、小的，稀奇古怪的，你們都送！但我要和你們說，只要是在公路上跑的，都是我們管的，因為我們是公路幫。

既然我們都是在路上混的，那三日後黃沙廣場，找你們幫裡最強的人過來，我們一對一單挑，比一場公路競技。

你們贏了，你們以後在公路上怎麼跑，我們都管不著，但如果我們贏了，嘿嘿，就乖乖成為公路幫的一支附屬幫派吧。

註：硬幫幫這名字取得挺好啊，不過就看你們是不是真的硬幫幫？還是軟趴趴啦。」

「公路幫啊。」琴放下了戰帖，看向圍上來的幫眾，其中當然包括莫言和五暗星。

「怎麼辦？老大。」所有的眼睛，都盯著琴。

「……」琴閉上眼深吸一口氣，然後睜開眼。「那就迎戰吧！誰怕誰啊！」

硬幫幫，接戰！

黃沙廣場。

這裡之所以被稱做黃沙廣場，是因為這裡是一片寬達百畝的大平地，空曠沒有樹木，沙塵吹來無所遮擋，終年吹著黃沙的風。

但也因為這裡空曠，更成為許多玩車者最愛的場地，摩托車競技，汽車賽速，甚至是各種交通工具型的陰獸大賽。

如今，公路幫對硬幫幫下戰帖，選擇黃沙廣場，其背後意圖相當明顯，那就是這會是一場車子的競賽。

三日後，這座廣場上聚集了黑壓壓的千台車，許多陰魂不只現場觀看，更拿起手機現場直播，透過直播往外渲染的力量，這場對決，觀看者已經超過二十萬。

這時，兩方競技中的公路幫，已經先到了。

公路幫的幫眾都是車，其陰魂已經與車完全融為一體，車子就是魂魄，魂魄就是車子。

而車子的種類則應有盡有，摩托車、各類汽車、卡車、貨車、吉普車等，或大或小，或平凡或奇特，它們亮著車燈，聲勢浩大，而所有車的中央，群車圍繞的是一台聯結車。

正確來說，是一台聯結車的車頭。

它又大又圓，有如一個黑色的圓形彈丸，上面貼滿各種符號標語，海賊王、當紅女星、棒球標語，讓人眼花撩亂又心生畏懼。

它，就是公路幫的幫主。

它的現身，讓周圍數以千計的車子，同時按下喇叭，有如歡迎帝王般的瘋狂喧鬧，喇叭聲響徹了雲霄，讓大地都為之震動。

喇叭聲喧鬧無比，長達數分鐘，但卻在一個人影出現的瞬間，戛然而止。

那人影，自然是她。

騎著一頭類似鴕鳥的陸行鳥，緩緩地，沉穩地，踏入了有著上千台車聚集的廣場。

硬幫幫幫主，武曲星，琴。

她慢慢地走著，廣場上如今一片死寂，車子們除了訝異她的膽識，更突然發現……這勇敢挑戰整個陰界體制，囂張強勢的硬幫幫幫主，竟然長得這麼正！

長髮，高挑，可愛的五官中，更帶著一股天生的頑皮與任性，因為這任性，讓她的美麗多了一點不平凡。

「是美女啊……」「有正喔，這是哪來的辣妹啊？」「她真的是硬幫幫幫主？」「真的是大鬧鼠窟的武曲？」「哇塞，聽說她還進過颱風核心？」「政府懸賞上億元獎金要抓的就是她？」「她就是統御整個硬幫幫，在黑幫建立新勢力的人？」「怎麼辦，我一看到她，心跳好快，我戀愛了嗎？」「你不是心跳快，你是車子耶，要跳也是引擎火星塞吧？」

當琴帶著陸行鳥阿勝停下腳步，她一躍而下，手臂前伸，比著聯結車。

「看樣子，你就是公路幫幫主，是吧？」琴小巧的指尖，比著巨大的聯結車頭，宛如巨人與少女。

「哈哈。」聯結車頭發出低沉的聲音，它在陰界已經不具人形，它就是一輛聯結車。

「硬幫幫幫主好膽量啊，這裡上千台公路幫幫眾，妳一人赴會？」

「不是說好一對一？」琴雙手扠腰，露出微笑。「堂堂大黑幫公路幫，難道要行以千打一的卑鄙手段？」

聽到卑鄙手段這一詞，上千台車子鼓譟起來，喇叭、大燈閃個不停。

「當然不必，我一車就可以輾壓你。」聯結車冷笑，「我公路之主不殺無名之輩，我乃丙等華蓋星，轉輪王，報上妳的名號！」

「轉輪王是嗎？」琴也擺出架勢，「我是硬幫幫幫主，武曲星琴，這是我的坐騎，陸行鳥阿勝，放馬過來吧。」

「好，既然我們要公路競賽，那我們就從公路競技中最基本的開始吧！」

「哪件事？」

「當然就是，速度！」說完，轉輪王引擎突然發出巨大無比的咆哮，然後轟的一聲，車頭已然衝了出去。

琴見狀，右手輕拍陸行鳥阿勝，阿勝也是速度好手，老早就心癢難搔，急著雙腳猛踏，追了上去。

這片一望無際的黃沙廣場，兩個極速物體，一前一後奔馳，更帶起滾滾塵煙。

「喂！轉輪王！說比速度，又沒有終點，該怎麼分輸贏？」琴騎著阿勝，長髮飄揚。

「規則很簡單，就是超過我。」轟隆隆聲中，轉輪王聲如牛鳴。

「超過你？」琴笑，「這也太簡單。」

「簡單？」

「陸行鳥之王，」琴眼神泛著驕傲冷光，「讓它看看你稱霸陸地的速度吧。」

曾經統御上千隻陸行鳥的鳥王阿勝，速度是牠的絕對領域，當牠卯足全力開始奔馳，超過了風，超過了聲音，那是一個名為「速度」的領域。

阿勝一如其名，好勝心強大，當牠開始追逐這公路之主，獸類的直覺就告訴牠，這對手很強，強到牠可以毫不保留用上全力。

牠發出歡暢的叫聲，然後不斷提升速度，提升，再提升，牠跨入了一個又一個速度領域，一口氣逼近自己的極速。

在所有的公路幫幫眾眼中，這瞬間，阿勝竟然帶著琴，消失了。

快到肉眼無法捕捉的，消失了。

而在前頭猛力馳騁的轉輪王彷彿感受到了什麼，它從後視鏡看到追逐者陡然加速，然後突然消失。

「消失？果然是高手，進入『速度領域』，所以消失了蹤跡？」轉輪王低沉地笑了，「硬幫幫幫主，找妳來挑戰，果然沒讓我失望啊。」

下一刻，轉輪王引擎發出震天吼聲，輪胎猛然加速，捲動沖天的黃土，完全遮蓋了車身，而當黃土緩緩散去。

竟然，連它也消失了。

一鳥與一車，竟同時進入了速度領域。

「嘎！」阿勝看到前方轉輪王的引擎咆哮，竟然跟著跨入速度領域，阿勝仰頭，發出不知是興奮還是憤怒的長鳴，翅膀一振，尾巴微微翹起。

下一秒，阿勝有如全力衝刺的低空戰鬥機，猛然往前衝。

這一衝，讓琴感覺到周圍的光影彷彿經歷一次跳躍，連續不斷的景物產生斷層，空間跟著扭曲，沒錯，這是琴認得的……更高階的速度領域。

當時琴為了馴服阿勝，兩人曾追逐過數個「超速度領域」，琴曾體驗過這樣的世界，同時琴感到吃驚的是，阿勝竟然沒有任何猶豫，直接把速度領域提升到最高階。

因為對手太強嗎？連阿勝一開始就要全力以赴？

阿勝進入最高的速度領域後，速度之快，已經撞破音速障壁，超過戰鬥機與火箭，瞬間逼近前方的聯結車頭。

逼近。

再逼近。

再再逼近。

但數秒過去，竟然就只是逼近。

竟然無法超過？

這一剎那，琴懂了，因為對方，也進入了相同的速度領域中。

不愧是公路之王，華蓋星轉輪王！

叭！一聲高亢而威猛的喇叭聲，從聯結車的車頭響起，彷彿在狂笑，笑著宣告自己終將擊敗這陸地上最快的雙足動物，陸行鳥。

「嘎嘎嘎嘎！」阿勝嘶吼著，冷靜的雙眼透出血紅，這確實已經是牠的極速了。

追不上，轉輪王的背影明明如此的近，竟然就是追不上，而且甚至隨著阿勝體力下降，距離竟然慢慢一點一滴的拉開了。

「阿勝，別放棄啊，這不是只有你的戰鬥。」琴坐在阿勝背上，她以雙手環抱住阿勝細長的脖子，在阿勝耳邊低語。「也是我的。」

「嘎。」

「如同每場賽馬競賽，是賽馬與騎士的共同戰鬥。」琴一邊說，全身電能開始湧現。

「嘎？」

同時間，細小的電流開始在琴的周圍流動，越流越快，越流越澎湃，到後來竟然從琴的身上，跟著流到了阿勝身上。

阿勝身軀一抖，彷彿有什麼力量，正灌注到牠身上。

牠的肌肉在怒吼，想要奔馳，想要再次奔馳。

「阿勝，教你一件事。」琴低聲說著，「這招叫做『電偶』，我第一次嘗試用在別人身上。讓我們一起，跑吧！」

跑啊。

這剎那，琴整個身體突然被往後一拉，這是反作用力，當乘坐的交通工具突然加速數倍時，所帶出的物理力量。

反作用力出現了！這表示……速度再次暴升了！

「衝啊，阿勝。」

衝啊阿勝！這剎那，阿勝化成一枚兇猛的流星，貫穿地平線上的空氣，在地面轟然燃起猛烈的直線火焰，衝向前方頑強的聯結車背影。

而轉輪王彷彿感覺到什麼似的，驚愕地看向後照鏡，但更驚愕的卻在後頭，因為它什麼都沒有看到。

後照鏡是空的？

會空的只有一個理由……那就是它必須改變目視方向，不再向後，而是向前！。而前方，搖晃的鳥屁股，還有那長髮飄飄的女子背影，不是陸行鳥與琴是誰？

「該死！」轉輪王的怒吼震動了這片黃沙廣場，「我竟然被，超過了！」

同時間，所有的圍觀汽車，同時發出尖銳吵雜的喇叭聲，因為它們也發現了，遠處那兩個快到肉眼幾乎無法捕捉的黑點，竟然前後對調了。

以雙腳奔馳的陸行鳥，反超過以輪胎在地面轉動的轉輪王？這表示……

「速度的競技，是老子輸了。」轉輪王速度開始轉慢，它低沉而充滿力量的聲音，響徹了整個黃沙廣場。

「知道誰比較快就好。」琴看見轉輪王減速，她拉著陸行鳥也跟著降速，然後轉過身子，與轉輪王面對面。「怎麼樣，知道我們的厲害了嗎？」

「還早，接下來，我們來比第二局。」

「第二局？」琴微微皺眉，忽然間她看見轉輪王的車尾，急甩出一條鋼纜，鋼纜前面還有一個純鋼的倒鉤。

鋼纜在空中轉動了幾圈，最終朝著琴的方向直墜而去。

「接好了，硬幫幫幫主。」

「這是什麼？」琴見狀，手上凝聚電能，以電能緩衝鋼纜倒鉤的傷害力，穩穩單手抓住。

「這是第二局的比賽用具。」

「比賽用具？」琴抓著鋼纜，正自疑惑，忽然，鋼纜陡然往前一扯，竟是轉輪王調轉方向，伴隨引擎聲轟然響起，開始朝相反方向前進。

這轉輪王的引擎馬力十足，可是專門用來拖拉巨大聯結板的，其力量之強，拉力之猛，眼看就要把琴和阿勝甩倒，在地面上拖行。

「喂！跑不贏就用拖了嗎？太過分了吧！」琴和阿勝在地面上磕磕撞撞，忍不住大叫。

「第二局，比的就是馬力。」轉輪王聲音低沉，混在轟隆隆的引擎聲中。「誰能拉動對方，誰就是贏家！」

誰能拉動誰？琴雙手同時抓住鋼纜上的倒鉤，但來自對面的力量太強，把她直直地往前拖，幾乎要凌空飛起。

「等等，你是說馬力？你是說要和陰界最強的聯結車車頭比力氣？」琴叫著，身體無法控制的被拖向前。「你在開玩笑嗎？」

「我公路幫會喝酒，會打架，會鬧事，會撩妹，但從不拿比賽開玩笑。」轉輪王的聲音穿過引擎聲，轟隆隆地說著。「乖乖被我拖著走吧！妳的速度不錯，在我們公路上，至少能當個跑腿的，哈哈哈。」

「放屁！誰要被你拖著走？」琴雙手抓著鋼纜，但感覺到鋼纜傳來強橫到難以抗拒的巨力，拉得她與阿勝不斷地往前。

琴感到不妙，因為自從進入陰界以來，她的招牌招式是電箭，電箭追求精準與速度，但「力量」這一塊，她一直未曾練過。

她一個弱女子，手無縛雞之力，要怎麼和力大無窮的聯結車比力氣？要怎麼反拖聯結車，硬把它拖回自己的方向？

這，這不是開玩笑嗎？

第五章・公路三局

「監獄之中，有人知道第五食材在哪。」

柏帶著天機沒有說清楚的一句關鍵啞謎，獨自離開了天機殿，他走著，直到他發現自己又回到了這充滿回憶的小店。

周娘牛肉麵。

「老闆娘，來碗牛肉麵。」柏一坐下，聞到熟悉的香氣，感受到牛肉麵店中一貫的吵雜，包括人們談笑的話語聲，陶瓷筷子湯匙清脆撞擊聲，還有老闆娘中氣十足的罵人聲。

「十碗？老娘這裡牛肉麵每人限點三碗！你沒看到外面排隊排了三條街嗎？混蛋，只准給我點三碗！」

「什麼？嫌我牛肉麵大辣口味不夠辣？敢情是無辣不歡的我輩中人？好，阿建！去把我鎖在鐵櫃的那甕陳年老辣椒拿出來，我讓你知道辣上有辣，辣外有辣的世界！」

「喂，那個阿建，上菜啦！別老是玩你的蚊子！再混老娘今晚不煮飯給你吃了，還有別讓蚊子掉進碗裡，我們的牛肉麵不額外加料的！」

老闆娘罵啊罵，突然停住，因為看到了熟人。

「啊，我說誰來啦？那個帶走我兩個重要員工，欠我一屁股債的柏是嗎？」老闆娘哼的一聲，「快給老娘坐下！我來給你上一碗特製的牛肉麵，喂，那一桌的吃完了是嗎？別乾坐著聊天，快滾，老娘要接待客人。」

柏笑了，他看著老闆娘周娘雙手扠腰，半威嚇地趕走了一桌剛吃飽的客人，然後招手叫柏來坐。

柏剛坐下，只見老闆娘連菜單都沒有給他。

「雙倍牛肉，小辣，麵軟一點，另外加一小碗牛肉湯，黑白切一份，對吧？」

「嗯。」柏聽完老闆娘劈哩啪啦唸完這一串，不禁有些感動，老闆娘竟把他當年最愛的菜單記得一清二楚。

而且，他從老闆娘身上，彷彿感覺到了不同。

原本纏繞在她周圍，那陰鬱糾纏的黑氣，不見了。

「老闆娘，妳身上的禁咒，解了？」柏訝異。

「解了啊，多虧那個琴。」老闆娘說到這，難得地露出笑容。「她和神偷莫言一起，把老娘的咒從僧幫偷出來，解掉了，我現在特別的神清氣爽。」

這時，柏聽到旁邊的客人低聲碎唸道：「所以現在罵人也變得好大聲，耳朵快聾了。」

「喂！剛那句話誰說的？等會你那一碗麵價格漲五倍。」

「啊啊啊，我知道錯了。」那客人唉唉叫著，「老闆，我萊恩也吃好多年了，別說漲就漲啦。」

「敢說老闆娘壞話，就是要漲價，沒得談。」老闆娘哼的一聲，「不過說我嗓門大這我承認，頂多送你一盤以『昂貴到世間不容的滷蛋』、『爽脆到人間絕味的海帶』與『軟嫩到陰間也熱的豆乾』製成的黑白切。」

「哇，太棒了，我賺到了。」那名叫萊恩的客人發出歡呼，「五倍就五倍，還可以吃到特製黑白切！」

「屁。」老闆娘瞪了一眼萊恩，轉頭向柏說。「你好好等著，菜一會就上。」

「謝謝老闆娘。」

「謝什麼謝，要謝就去謝小曦和忍耐人，你敢虐待他們，老娘就辣死你。」

「呵。」

柏坐在這牛肉麵店的椅子上，感受著熱鬧與歡愉的氣氛，這是專屬市井小民的快樂。但若仔細聽他們說話，內容卻是對現況帶著一絲的無奈。

「聽說政府最近又要加稅了。」

「什麼？又加？不是幾個月前才加過嗎？」

「是啊，因為陽世最近天災不斷，養出許多可怕陰獸，為了收服這些陰獸，所以需要更多的金錢。」

「根本就是中飽私囊吧，真是可惡，要不是僧幫被滅，現在道幫也不靠譜，紅樓壓根就是政府鷹犬……」

「噓噓，別說了！有些話不能隨便說的，你害死自己就算了，可別害到我。」

「是是是，不能說，唉，沒關係至少還有好吃的牛肉麵，還有好喝的酒，算了，今朝有酒今朝醉吧。」

「是啊，黑幫扶不起，政府就是無盡坐大，唉，我們就吃麵喝酒就好，別管那些政治之事了。」

「說到黑幫扶不起，最近倒有一個黑幫才崛起，我很關注，你聽過嗎？那個名字很好笑的……」

「你是說硬幫幫吧？」另一個人說，「名字蠢歸蠢，它可是挺厲害的，短短幾個月勢力就盤據了大半個城市，那場直播『有何不送大賽』，我也從頭到尾看完了，超精采的。」

「那一場直播我也有看，最後道幫毒堂鈴出現時，簡直就是高潮。對了，你知道硬幫幫今天有場厲害的對決嗎？」

「厲害的對決？」

「對，好像在黃沙廣場，對手是中型黑幫公路幫，這硬幫幫如果連公路幫都能吃得下來，將來很可以期待啊。」

「期待個屁，現在政府這麼強勢，連僧幫都被滅掉了不是嗎？一個硬幫幫算什麼？」

柏聽著這些食客竊竊低語，一邊感受著人民的怨氣，一邊暗暗稱奇，這硬幫幫的幫主聽起來好像是琴啊？而她今天在黃沙廣場與公路幫對決嗎？

政府與黑幫的傾斜，確實已經影響了陰界子民，而柏能做什麼？就是走自己的道路，從政府內部拿到權力來改變它。

而柏正想著，眼前已經乒乒乓乓被擺上了好幾個大碗，碗內那淺咖啡色濃郁的牛肉麵香氣，讓柏飢腸轆轆。

他舉起筷子，就開始低頭猛吃。

越吃，柏越是驚嘆，他明白這裡每吃一碗都要排上如此久的原因了，因為老闆娘的廚藝，竟然又進步了。

彷彿被高人指點過般，原本就已經出類拔萃陰界第一的牛肉麵，如今，更是跨越成生命中的傑作，如同一場最美好的，璀璨煙火般的存在。

「老闆娘難道還有奇遇？遇過哪位廚藝高手？」柏一口氣吃了半碗，才因為要換氣稍微停下筷子，正想舉手問老闆娘，但他手才半舉，忽然，發現自己前方不知何時，竟然已經坐上了一個人。

此人坐到椅子上，竟然沒有半點聲響，彷彿一抹陰風，吹到了椅子上，然後當陰風吹走，此人已經在這了。

能有這樣無聲無息的身手，讓柏想起了一個政府內的特級高手。

「你竟然親自出動了？」柏冷冷地說，「貪狼星，白無常？」

「破軍，天相交代了任務給你，你倒是有閒情逸致，還來這吃麵啊？」眼前這抹陰風，全身慘白喪衣，笑容陰沉，他正是黑白無常中的白無常。「不過，你這麵倒是挺香的啊。」

「哼，堂堂貪狼星，警察機關之首，竟然來監視我？怎麼？是警察系統沒人了嗎？」柏回嗆他。

「我黑白無常絕技乃是無限分裂，分身眾多，分百分之一來跟蹤你，可說是輕鬆寫意呢。」白無常陰惻惻地笑著，「你可知道，我受天相之命，只要你稍有異心，我可以馬上殺了你。」

「笑話，被地藏的第二招打到元氣大傷的你，殺得了我嗎？」

「當然可以。」白無常冷冷笑著，「只要召喚百分之三十，喔不用，百分之二十五的我，就可以讓你變成一攤死風，別擔心，你這碗香香的麵如果沒吃完，我還能幫你接收。」

「連你這樣的人，也懂吃麵？」柏冷笑一聲，心裡卻快速盤算一下，此刻自己孤身一人，沒有嘯風犬和其他伙伴，若真要打起來，確實不是黑白無常的對手。

話說，嘯風犬此刻正在女獸皇月柔那，度過牠難得的寵物假期。

沒有了嘯風犬，就算找來小曦和忍耐人，也不會是白無常的對手，得用點計策才行……對了，這裡是周娘牛肉麵，柏可不是孤身一人。

然後，柏起身。

「你要幹嘛？」白無常皺眉。

「沒事，去加個辣。」然後，柏端起碗，快速朝廚房走去。

柏來到周娘的廚房，「周娘，我需要妳的幫忙。」

「幹嘛？嫌欠我的牛肉麵不夠多是嗎？想欠上萬碗嗎？」周娘嘴上兇悍，但仍把手在圍巾上擦了擦，轉身面向柏。

「事成之後，加上一萬碗也沒問題。」柏聲音壓低，說話速度則變快。「我要妳幫忙，把白無常留在這裡。」

「我幫忙？」周娘朝門外看了遠處白無常一眼，「老娘可打不贏他。」

「妳不用打贏他，用妳最拿手的一招就好。」

「啥意思？」

「煮麵。」

煮麵？周娘眼睛瞇起，她瞬間明白了。

「哼，專出難題給我，我超討厭政府官員，尤其是這個透過警政系統欺壓我們百姓的傢伙，還要給他煮麵？」周娘瞪了柏一眼，「你要多久時間？」

「半日。」

「半日！不短吶。」

「事關琴，拜託請協助。」柏低下頭，聲音懇切。

「琴……為了那小姑娘，幫你一次！」周娘轉身，手抓起一大團麵，往滾水裡扔。

「記住，這可是看在琴的分上。」

「謝周娘。」

就在柏拿著碗走向廚房後約十分鐘，白無常皺眉想到，「這小子也太久了，他是要加了多少辣？」

忽然，白無常面前，發出砰的一聲。

緊接而來的，是一陣濃烈無比的食物香氣，有如夏季溫熱南風，朝著白無常撲面而來。

「怎麼，這麼香啊啊啊！」

白無常生性陰沉，最愛報仇虐殺，陷害詭計，向來對陰界食物喜愛冷淡，但他從沒想過，竟有一種食物會散發出如此迷人且瘋狂的氣味。

「特製牛肉麵，肉麵加倍，特製辣椒，用的是日本古老富士山三百二十四年前噴發的岩漿製成。」周娘聲音冷淡，「柏請你的。」

這秒鐘，白無常哪裡管是誰請的？他眼睛睜得大大的，只瞪著眼前的牛肉麵。

這一碗，比整間餐廳每一碗牛肉麵都還要濃郁火辣，引得他全身火燙，不斷吞嚥口水。

「快吃吧。」周娘放下筷子，轉身而走。「最好噎死你。」

而當周娘轉身走到一半，她聽到背後傳來一陣讓她放心的聲音。

那是唏哩呼嚕，猛力吃麵，大口喝湯的激烈聲響，其聲響之劇烈，甚至整間麵店都可聽到。

看樣子，她這碗不惜血本，用上三百二十四年前富士山噴發岩漿辣椒的麵，確實打中了這個陰沉的壞蛋。

「我就知道，越是清修的道士，越難抵抗火辣女子的勾引。」周娘冷笑，「你這白無常，果然抵抗不住我的超級特製牛肉麵。」

周娘走入了廚房，她已經開始著手準備第二碗麵。

這一碗麵，她打算用上另一種更珍貴的食材：婆娑麵。

其麵生長於純粹黑土，其特色與栽種者息息相關，若女子栽種便會口感軟柔極度美味，若為男性種植則乾澀難以入口，栽種者越是青春美女，麵越是美味。

此麵若生長得好，結穗時會宛如少女跳舞般迎風輕扭舞動，恰如婆娑起舞，當千株麵在殷紅夕陽下舞動，更被譽為陰界十大美景之一，故名婆娑麵。

這麵是周娘和某位特定美女小農取得，數量稀少，這美女小農在此麵生長整整三個月內，禁止任何男性進入，方能完成此款頂級的婆娑麵。

周娘原本打算將婆娑麵用在特定節慶時與朋友同歡，但此時面對白無常這棘手角色，加上又是與琴相關，周娘不再私藏，決定用上這頂級食材。

「半日是嗎？」周娘一邊注意著滾水中的婆娑麵，其在水中隨著水溫舞動，展現其曼妙姿態。「老娘就跟你拚了，三百年富士山熔岩辣椒，頂級婆娑麵，眼淚止不住之淚眼牛之肉，千萬滋味集一身之百燉牛肉湯，最後不行，還得動用上寶物……『破去一角的老碗』。」

門外，白無常已經吃完了這一碗，他眼神依舊銳利，但臉上已經潮紅，來自味蕾的巨大震撼，讓他產生迷醉之感。

但他不知道，後面還有更強大的震撼等待著他。

「老娘就不信，留不了你半日！」周娘嘴角揚起，「柏你這個臭傢伙，不管任務為何，你得好好幹啊，別讓琴這小姑娘有什麼危險啊。」

黃沙廣場。

就在琴與轉輪王進入第二局戰鬥時，周圍的觀眾隱隱有了異狀。

千台圍觀的車子，有幾台車隱藏在陰暗角落，正竊竊私語著。

「第一局，老大竟然輸了耶。」

「老大也太丟臉了吧，竟然在公路比賽上輸給硬幫幫？」

「聯結車太老派了！什麼公路硬漢？什麼講究比賽公平？如果真的被它輸了，從此讓硬幫幫崛起，可就糟糕了啊。」

「不然，我們來動點手腳？」

「怎麼動？」

「還不簡單，這女子孤身赴會，擺明就是夜郎自大，我們就趁她比賽時，用帶著傷害性能量的燈光射擊她！」

「好，就這麼做！」

當然，琴不知道這些充滿惡意的念頭，因為她現在還困在鋼纜的巨大拉扯中。

「我的天，我在陽世的時候，每次拔河比賽都因為本人體重太輕沒法參賽，只能當啦啦隊。」琴咬著牙，用力拉著鋼纜。「現在怎麼會要玩這個單人拔河啊！」

「這是公路之王決定賽第二局！」轉輪王引擎咆哮，「一般汽車的馬力是一百到兩百，載重貨車可以到三百以上，特別打造的紀錄是五千馬力，而我，至少是一萬起跳！看我第一波攻勢，一萬馬力！」

最初的馬力定義，就是指一匹馬拉動貨物的力量，如今的一萬馬力，就等同上萬匹馬同時踏出馬蹄，奮力往前。

這是可以讓山壁移動的巨大力量。

如今，這股巨力全部灌注在一條鋼纜上，要把琴往前拖去。

「太不公平啦，我這麼纖瘦，這比賽肯定贏不了啊。」琴感受這力量猛力襲來，她已經準備放棄。

但也就在這時，她忽然感覺到一陣風吹來，這風帶著濃烈的懷念情感，讓琴不自覺地回頭，這剎那，她在車陣人群裡看到了一雙眼睛。

眼睛如鷹，銳利且明亮，帶著一股熟悉感，就算是在閃爍著各種刺眼燈光的車陣裡，依然讓琴內心感到一絲悸動。

這雙眼？

這不是那個老愛玩風，老是把招式打得亂七八糟的柏嗎？

他怎麼會出現在這裡？琴的疑惑還沒解答，身體已經被這鋼纜往前猛拖，她的電能與阿勝的腳力再也無法支撐，往前衝去。

但也在這時，她忽然感受到一陣風吹來，吹過了她耳邊的長髮，更震盪她的耳膜，傳來了一陣耳語。

「我們在陽世念國中的時候，學過一個實驗，記得嗎？」

一個實驗？

「纏繞線圈，通電，產生磁力，就吸取鐵性物質。」那聲音隨風而來，「就叫電磁鐵，對吧？」

琴被拉下了陸行鳥，更跟著被鋼纜往前拖行了將近二十公尺，一邊拖她還一邊想著。

電磁鐵，纏繞線圈，銅線通電，對啊，雖然她後來選擇了念文組，但主要因為是數學念得太煩，但科學實驗本身倒是挺有趣的。

國中時，只要把銅線纏繞在一個圓柱物體外圍，然後兩邊接上電池正負極，這圓柱就會產生磁力，當時這圓柱順利吸起鐵塊時，琴還跟同學一起興奮尖叫。

「可是，我沒有銅線啊！怎麼製造線圈？」琴哇哇大叫。

風再次吹來。

「妳是陰界電系的掌控者，製造幾個電力圈圈，還需要銅線？」

對啊，琴瞬間懂了。

在陰界，想像力就是超能力，所以她想像出一條綿延不絕的金色電繩。

然後琴開始轉動自己的手，每轉一次，金色電繩就纏繞鋼纜一圈，當琴手越轉越快，電力就這樣一圈接著一圈纏上鋼纜，有如一道綻放著金光的空心電柱，其中正是那條鋼纜。

當琴面前的空心電柱成形，轉輪王不自覺露出戒慎神情。

「這是什麼？絕招？」

「這叫做電磁鐵啊！」琴大叫，同時間電力催動，灌入這圓桶型態之中，只見圓桶的電能開始加速轉動起來。

但才一開始，事情卻完全出乎琴的意料，因為她不但沒有因為電磁鐵的力量把鋼纜拉回來，反而整個身體被往前拖去，甚至拖到了轉輪王的面前。

「為什麼，為什麼沒用？」琴整個人被鋼纜往前拖，放聲尖叫。

風的聲音陡然鑽入琴的耳中，裡面是柏的大叫。

「笨蛋！安培右手定則！妳電線圈的方向繞錯了啦！」

繞錯了？

琴一愣，手腕一轉，展現陰界最強電力主宰者的姿態，電力頓時翻轉，而當電力翻轉，原本鋼纜的拉力頓時戛然而止。

琴的雙腳猛力停在地上，與轉輪王幾乎正對面。

「你這個笨蛋，我又不是念理工的，我怎麼會記得什麼左手右手定則啦！」琴大叫，隨即，她使出百分之百的力量，全部灌入電線圈中。

只見電線圈越轉越快，更接收了琴全部的力量，顏色瞬間從紅色跳到黃色，又跨過綠色，衝向了藍色。

藍色電光高速旋轉，照亮了整片黃沙廣場，又美麗又粗暴，然後，在這片美麗與粗暴之中，力量來了。

所有的電，透過線圈，換成了磁。

而磁，更轉化成最直接的，力量！

力量，是鋼纜的方向的絕對主宰者。

「糟糕！」轉輪王瞬間感覺到它勾拉的鋼纜傳來狂暴的拉力，把鋼纜拉得筆直，直到幾乎斷裂。

「給，我，過，來！」琴大吼，單手一抓鋼纜，而鋼上是高速環繞的藍色電光，往後一拉。

這秒鐘，廣場上所有的車子都睜大了眼睛，它們見到今生難忘的一景。

一名身材纖瘦的長髮女孩，單手拉著粗大如手臂的鋼纜，鋼纜甩動，周圍都是燦爛的藍色電光，而鋼纜的末端在半空中，正連著一台已經失控的巨大聯結車頭。

琴要贏了。

她的電磁鐵就要贏了。

而就在這一刻，周圍蠢動的陰暗汽車，它們把車燈灌入能量，有如雷射砲，打算要暗算琴。

可也在這時候，它們的車燈前面，卻出現了一個個透明如水母的物體，竟是不知道從何飄來的袋子。

透明袋子看似薄弱，但材質特殊竟然有如凹凸透鏡，折射了雷射砲，幾個袋子排列的位置更是精巧，讓雷射經過三四面高高低低的鏡子，最後竟然精準地射回了發射者的位置。

「搞什麼？這些塑膠袋？竟然還可以折射雷射砲？」

下一秒鐘，它們被自己的車燈雷射砲正面轟中，在炸裂的火光中，輪胎和車門亂飛，全身碎裂，只能說一整個自食惡果。

而當它們發出慘叫的同時，一片片透明袋，火光，雷射之中，一個光頭男人正扶著他的墨鏡，露出邪惡的微笑。

「竟然說我的收納袋是塑膠袋？找死啊。」那男人冷笑著，「看我把你們全部都收了。」

說完，這些陰暗的車子偷襲者突然感覺世界上下顛倒，才發現他們竟然縮小後被關入了收納袋中，而且還被這墨鏡光頭男提在手上。

「拿去廢鐵廠去賣，應該可以賣到好價錢吧。」這光頭墨鏡男拿起了手上的袋子，袋子中數十台車子正慌亂地響著喇叭與燈光。「敢動我神偷莫言的女人，只有死路一條啊，懂嗎？」

誰敢動我莫言的女人，就是死路一條啊。

同時間，廣場的中心，第二局的勝負也已經完全分了出來。

鋼纜，已經被琴扯了過來，轉輪王則被琴硬拖三百公尺，被迫停在她的正前方。

一人一車，一低一高，一大一小，正彼此對望著。

「好，第二局算我輸了，接下來是第三局，」轉輪王聲音低沉中帶著一股森森怒意，「請硬幫幫幫主，準備接招。」

就在第三局即將開始時，車陣人群中的莫言，開始在人群中移動了。

他剛剛收拾了那些要暗算琴的傢伙，敏銳如他，也察覺到了「風」。

風吹過了琴的耳畔，琴之後便想出了以電化磁的方法，這陣風應該是友非敵，但莫言卻仍感到不妥。

莫言之所以潛藏入車陣人群中，目的就是要保護琴，但這陣風會成為他無法掌握的未知數，所以他開始在車陣中移動，試圖要捕捉風的主人。

這風之主也同時察覺到莫言的存在，於是他開始隱匿潛行，於是，兩大高手就在這擁擠混亂的車群與人群中，展開了一場高速，靜默，又各展神通地追逐。

「收納袋，出來。」莫言憑著對道行的追蹤，緊咬著風之主的行蹤。

當此聲一出，只見他雙腳頓時被收納袋包覆，平滑的袋面將地面的摩擦力一口氣降為零，讓莫言如一名奧運滑冰選手，雙手負在背後，左右腳交替在人群中滑行，瞬間就逼近了風之主。

當風之主被追近，他皺眉，低聲說了一句話。

「以我風之主，柏之名，阻止他，忍耐人。」

風之主，柏之名，果然就是破軍柏嗎？他說完這句話，同時隱入一輛公車後方。莫言一個側轉，左右腳交替滑動，跟著急轉到公車後方。

但就在此刻，迎莫言的面而來的，卻是一個碗缽大的鐵拳頭。

「給我留下！」鐵拳的主人正是忍耐人，他低吼，拳壓驚人，宛如一顆鑄鐵球，朝著莫言的臉，直砸了過來。

「嘿，要我留下？得掂掂你有多少斤兩。」莫言藝高人膽大，不但不退，反而直趨上前。

鐵拳逼近，只見莫言頭一側，任憑拳風擦過耳際，驚險避過此拳，同時間，他右手張大，一團收納袋已然成形。

「給我入袋為安，打開吧，收納袋！」

打開吧，收納袋！這剎那，忍耐人拳頭揮到一半，只覺得周圍景物陡然一變，像被一層薄膜包覆，然後身形開始急速縮小。

「空間技能？糟糕，要被抓住了！」忍耐人驚疑之際，耳邊卻吹來一陣風。

風低語著，用你的滾燙鐵汁吧。

滾燙鐵汁？忍耐人收到柏的指示，生性憨厚的他也不多想，立刻讓道行傳遍全身，他全身化鐵，溫度破千，化成一團亮紅火燙的鐵水。

收納袋一碰高溫鐵水，竟然瞬間起泡融化，轟然破開。

「高溫鐵水，是我收納袋的天敵嘿？」莫言難得露出吃驚表情，手指再轉幾圈，一層一層的收納袋朝忍耐人捆了上去。

「喝！喝！喝喝喝喝！」忍耐人也無其他招數，只是不斷催動道行遊走全身，高溫鐵汁從他身體噴濺而出，化成炙熱子彈，將收納袋不斷燒穿。

收納袋包上一層，就被燒融一層，再包上一層，跟著被燒融一層，一時間莫言的收納袋與忍耐人鐵汁竟鬥了旗鼓相當，難分高下。

「真不錯。」莫言笑，「一個名不見經傳的小子，能和我擎羊星神偷打成這樣，值得幾句嘉獎，不過，可別以為我收納袋只有收納功能！」

「咦？」忍耐人忽然察覺古怪，一抬頭，只見一個小小收納袋緩緩飄來，這收納袋口封起，顏色紅綠相間，封口處還綁著蝴蝶結，活像聖誕禮物。

忍耐人只是歪著頭，不解地看著這奇異的收納袋禮物，在自己頭頂上緩緩飄動。

這時，一陣急促的風鑽入了忍耐人耳中。

「快躲開。」

「躲開？」忍耐人才要反應，莫言右手舉起，打了一個響指。

「打開，收納袋，把禮物全部倒出來吧！」

這剎那間，忍耐人頭頂的收納袋打開了，緊接而來的，是一大片黑壓壓的影子，夾著驚人氣勢從上方猛墜而下。

「這是什……」

忍耐人的反應終究慢了一步，轟隆隆聲中，他已經被數十台歪七扭八的汽車壓住。

而他正處於全身帶著滾燙鐵汁的狀態，更讓他融化了這些汽車的表面，導致他直接與數十台汽車黏在一起，一時間難以動彈

「不錯嘛，這些想偷襲琴的笨車，這麼快就派上用場了嘿。」莫言一笑，再次滑動雙腳，朝著風的方向追去。「鐵人，你就好好待在這裡吧。」

徒留下奮力掙扎的忍耐人，以及這些偷襲者的哀號。

柏見狀，繼續在數千台車子中潛行，但莫言不愧是神偷，感受著柏的道行與風的痕跡，再次逼近了柏。

「不行，時機還未到。」柏注視著場內，琴與聯結車的對峙，他低聲說道。「小曦在嗎？我還需要一點時間。」

就在柏的聲音，順著一股滑溜的風，傳到了莫言身後，莫言像是感應到什麼似的，眉頭一皺。

然後他回頭。

這次他看到的，是一張和卡車等大的巨型猴臉。

「大頭猴？」莫言一愣，他是懂陰獸的人，他想不通，這種喜愛棲息於深山村落襲擊旅人的危險陰獸，怎麼會出現在人潮眾多的此時此地？

猴臉的嘴巴猛然張開，裡頭密密麻麻的尖銳牙齒，就朝著莫言身軀直咬而來。

「放肆。」莫言怒喝，手上凝聚一團收納袋道行，朝著大頭猴的臉上拍去。

而莫言的手拍過這隻大頭猴，眨眼間，大頭猴已經消失了蹤跡，不，不是消失了，而是被莫言手上的收納袋所吞食，吞成了一隻小小的猴子，在袋中跳來跳去。

「我就不信每個人都有燒融收納袋的能力。」莫言一笑，轉身，就要繼續追逐風的足跡。

但他才轉身，忽然就聽到一個女子聲音。

這女子聲音清脆悅耳，明明是少女嗓音，卻帶著一股百年的莊嚴森然。

「隱匿在無光黑暗中寂寞的野獸，容許你思考並應承我的約定，」那少女聲音是如此說著，「蠻山之顛，雪地之崖，冰森之丘，三大巢穴的大頭猴們，請你們傾巢而出吧！」

蠻山之顛？雪地之崖？冰森之丘？莫言一愣，他熟知陰獸，這三個地方不就是大頭猴數量最龐大的棲息地嗎？

下一刻，莫言看見了，他眼前出現了上百張巨大的猴臉，有的猴臉和卡車差不多大，有的則小到如孩童尺寸，有的猴臉滿是蒼老白毛，有的猴臉七彩斑爛，猴臉各式各樣，但全都張開滿嘴獠牙，殺氣騰騰。

「好樣的，來者竟然可以把三大巢穴的大頭猴都給招過來？妳和太陰星月柔是什麼關係？」莫言聲音揚起，眼前已經被密密麻麻的黑影籠罩。

這猴群速度極快，蜂擁而來，莫言能做的就是開始揮動雙手，每一次揮動，就是一個收納袋撲去，收納袋如同水面湧出的巨大食人魚，張開大口，一口口吞掉了面前的大頭猴。

只是來自三大巢穴的猴群太多了，數目已達數百，多到莫言的收納袋跟不上，一個閃失，一隻猴子的尾巴已經鉤住了莫言的右臂。

「哼。」莫言動作一滯，左臂又跟著被另外一隻猴子的尾巴鉤住，當莫言雙手受制，緊接而來越來越多的猴尾巴鉤了上來，肚子，雙腳，脖子……不用數秒，莫言全身上下已經被大頭猴鉤成一團。

遠遠看去，倒不覺得莫言是受到包圍，反倒像是躺在一堆猴子布娃娃裡的幸福小孩，只要那些猴子的臉不要那麼恐怖的話……

當上百隻大頭猴一口氣壓住了莫言，強大壓力強襲之下，莫言頓時喪失了行動能力。也就在此刻，一聲嘻嘻笑聲傳來，猴群的操縱者終於現身，她穿著獸皮背心，七分短褲，笑容可掬，正是周娘的嫡傳弟子，小曦。

「我是向月柔學過陰獸召喚術。」小曦單手扠腰，「而我最拿手的，就是召喚大頭猴，怎麼樣？鼎鼎大名的神偷莫言，也會被大頭猴群所困嗎？」

「被猴群所困？」莫言的聲音，從猴子堆中傳了出來。「小女孩，妳好像搞錯了什麼事喔。」

「欸？」

「我只是把猴子聚在一起，方便一次解決而已。」

「什麼？」

下一瞬間，小曦察覺地面微微晃動，竟然是一個巨大無比的收納袋破土而出，有如海底躍上的超巨大鯨魚，張開了大口，在嘩啦啦的泥土崩塌聲中，把數百隻猴群，連同小曦一口氣全部吞噬。

當收納袋吞盡一切，卻有一人傲然而立，他一手提著收納袋，看著袋中數百隻猴子不斷爬動。

他正是莫言。

隨即，莫言笑了，因為他發現，滿滿猴子的袋子中，竟少了始作俑者的女孩。

逃掉了？

「不錯嘛，女孩，竟然在我閉上袋子最後一刻逃掉。」莫言笑了一下，「猴子們啊，別擔心，我莫言最珍惜陰獸了，等等事情辦完，我就把你們放了，等我一下嘿。」

才剛擊敗了小曦，莫言正要繼續追逐風，忽然他像是感覺到什麼，猛一回頭，卻見到了另一名女子，正站在車陣之中，定定地看著莫言。

車陣是一個充滿機械的環境，老舊的車體、閃爍的車燈、吵雜的喇叭、污濁的廢氣，但這樣末世荒涼感十足的環境，卻一點都沒有影響到這女子全身散發的氣質。

她身穿白色旗袍，儀態典雅，立在此處，彷彿一朵獨立白花，看似嬌弱卻又美麗絕俗。

「妳是？啊。」莫言吃驚。以他在陰界打滾多年，一眼就看出此女身分非凡。「妳是陰界第一醫者，解神女。」

「是的。」解神女露出婉約的笑。

「那妳為何在此處？難道妳也是那一陣風的同夥，要與我一戰？」

「不，我不懂也不會戰鬥。」解神女搖頭，「更何況對手是名動陰界的甲級星神偷莫言，我無力阻止你。」

「那很好，」莫言見到解神女這宛如另一個世界的女神存在，連他都莫名的有些顧忌，他哼的一聲。「那就別擋路。」

莫言說完，雙腳再次往前滑行，就要繼續追上車陣中隱藏的風。

但莫言的腳方才開始移動，忽然間，他就聽到了那女子開口，竟唱起歌。

關關雎鳩，在河之洲。窈窕淑女，君子好逑。

參差荇菜，左右流之。窈窕淑女，寤寐求之。

求之不得，寤寐思服。悠哉悠哉！輾轉反側。

參差荇菜，左右采之。窈窕淑女，琴瑟友之。

參差荇菜，左右芼之。窈窕淑女，鐘鼓樂之。

莫言一聽，頓時愣住，因為他竟然感覺到全身道行順著此歌旋律開始流轉，又緩又長，感覺怡然舒緩。

她在替我療傷？

莫言這些年來多次隨琴出生入死，闖過鼠穴地窟，上過高空颱風，衝過僧幫大戰，更戰過主星廉貞……雖然跟隨著琴，讓他功力不斷突破極限往上攀升，但事實上也累積了不少暗傷。

暗傷不重，卻隱隱潛伏在莫言體內，有如大河內隆起的礁石，時不時讓他道行在經脈流轉時受阻。

但這解神女一開口唱歌，道行順著曲調，竟一點一滴地化開了那些礁石，河流順暢了，那隱患也逐漸減輕。

因為如此，莫言不由得放緩了腳步，側耳聆聽著解神女的歌聲。

一字一句，一揚一頓，莫言不想漏過任何一個音符，有如求道者來到菩提樹下聆聽高僧講道。

莫言的腳步停了，他聽著，這一刻，他沐浴在解神女天下第一的歌曲療傷中，甚至忘記追逐那道風。

「為什麼，替我療傷？」莫言看著解神女。

「因為我不會戰鬥，只會療傷。」解神女微笑，「替敵人療傷，就是我的手段。」

「這，可是一個荒謬又有效的手段啊。」

「是這樣嗎？但替你療傷，我滿開心的喔。」

「為什麼？」

「因為你的傷，都在正面。」解神女語氣帶著無比溫柔，「而且還有雙手手臂處。」

「什麼意思？」

「因為，你一定是張開雙手，用盡全力保護後面的人，才受這些傷吧？」

張開雙手，用盡全力保護後面的人？莫言這剎那想到了天空島的那一戰，在小屋內，他確實張開了雙臂，擋住三大甲級星霜、地空、地劫的聯手狂轟，就是要讓琴乘坐紙飛機陰獸逃走……那時候留下的傷，原來一直未清啊？

「原來從傷口，可以看到這麼多故事啊？」莫言低頭笑了，「不過，我真的不能再待了。」

「喔？」解神女微笑。

「因為，」莫言抬起頭，同時遠處的戰場，傳來了一聲震盪大地的轟然巨響。「我那時所保護的人，她的第三局戰鬥，就要開始了。」

琴與轉輪王的第三局戰鬥，正式開始。

「第三局！」轉輪王引擎轉動，與琴拉開了將近一千公尺。「準備接招！」

然後，一聲劃破天際的引擎咆哮，轉輪王開始加速。

朝著琴的位置，直線的，百分之百油門踩到底的，極致全速的，直衝而來。

「是公路上最基礎，且最事關生存的……」轉輪王引擎怒吼著，此刻它的身軀外圍轟然一聲燃起熊熊藍焰，讓它有如一顆破壞力驚人的藍色火球，朝琴筆直而去。「撞擊！」

琴看著轉輪王巨大的聯結車身軀，以極驚人的速度朝自己衝來，速度摩擦空氣燃起熊熊火焰，撞破音速障壁更引起震耳欲聾的巨響。

「什麼撞擊？根本就是隕石撞地球吧你！」

這根本就是一枚打算在地面上撞出巨洞，激起地球氣候異變，然後把恐龍全部滅絕的毀滅性隕石。

如今，這顆在空中狂暴滾動的隕石正朝自己而來。

她確實感到驚恐，這是來自陽世時的回憶，琴就是被小貨車撞死，如今再次面對正面而來的卡車，再次喚醒她內心恐懼。

不過，一陣風給了她勇氣。

「別把它當陽世的車子，當一顆陰界大石頭就好，妳可是能擋住我風招的人，可別在這裡像個遜咖一樣的輸掉。」

可以擋住嗎？這些話雖然讓琴感到生氣，卻也莫名的激起了她的鬥志。

「什麼叫做擋住你風招的人？老娘是把你的臉摁在地上摩擦的人好嗎？」一邊對著風回嘴，琴一邊挺直她的胸膛。

她側過半邊身子，同時左手臂筆直朝前，對準了前方的轉輪王，同時間，一道美麗至極的金色弧線，出現在她的左手之中。

雷弦。

然後琴慢慢閉上眼，神情平和，右手往前一拉，雷弦弓箭上，一條綻放著猛烈電光的箭，已然出現。

箭體電光豔麗，色彩不斷變化，當琴右手將弓弦拉到了底，箭體的顏色也穩定了下來，這是比藍更深，這是深海的顏色，靛色。

七色電箭中靛色之箭。

同時間，轉輪王也到了。

全身浴火，引擎震天，速度狂暴，有如地獄火球，直直朝琴撞了過來。

而這一刻，有如巨人與少女對決的一幕，轉輪王面前十公尺的，是長髮飄飄，身材高挑，拉弓姿態高雅的琴。

「正面對決，我喜歡。」琴的手指一鬆，箭在這一剎那，離了弦。

深海般的靛色電箭，化成一條直線，指向轉輪王。

而轉輪王也沒有一絲閃避，以全身最強的力量，硬是撞向了深海汪洋般的靛色之箭。

時間，在這一刻彷彿暫停。

硬幫幫與公路幫的幫主對戰，三局分高下的賭局，在此刻，終於就要結束。

裂。

裂開。

有如蜘蛛網般裂開。

裂紋快速往外延展，裂過玻璃，裂過鐵殼，裂過了聯結車的車燈，裂出了超過三公尺的圓形。

圓心，是箭的尾羽。

而箭的簇，閃爍著燦爛耀眼的海洋靛光，穿入聯結車前方的正中央，捲起扭曲漩渦，漩渦帶出了蜘蛛網裂紋。

而聯結車的前方，那高挑美麗的女子，她挺直而立，放下左手的長弓，伸出了右手。

然後，她食指指尖輕按了聯結車上箭的尾羽。

「結束。」女子的聲音清脆，然後食指微微用力，往下一按。

然後，蜘蛛網應聲碎開。

一片片玻璃、鈑金、車燈蓋，完全碎開，化成滿滿的美麗雨珠，此情此景美到現場一片寂靜。

而當聯結車的外殼不斷崩落，露出裡面滄桑的骨架，它的威勢與尊嚴仍在，只聽它的引擎聲仍然低沉震動著，開口了。

「我，公路幫幫主，華蓋星轉輪王，在此正式宣布，」轉輪王聲音遠遠地傳了出去，傳遍了遼闊的黃沙廣場。「硬幫幫，連贏三局……」

連贏三局。

此刻，上千台車與人，不再喧囂，不再胡亂閃燈，安靜無聲地注視著廣場中心的這一車與一人。

此刻唯一的聲音，就是轉輪王那低沉的引擎聲。

「此戰過後，公路幫對硬幫幫完全服氣，從此互為盟友，公路幫以硬幫幫為尊！」

這句話一出，廣場仍然安靜，安靜了足足一分鐘，接著聲音才像是潮水湧出般，嘩一聲噪動起來。

「太強了。」「你有看到剛剛那一箭嗎？威！好威！」「連三敗，也沒什麼好說的啦。」「連我們老大都打不贏，這硬幫幫可能真的有料。」「讓我們手牽手，一起共創運輸界的光榮吧。」「除了名字怪了一點，這硬幫幫也許是個角色。」

當然，也有一些酸言酸語流散其中，「還敢稱自己是轉輪王勒，連一個小女孩都打不贏？改叫轉輪王好了。」「聯結車太重，六個輪子又怎麼樣，應該讓我來跑，我好歹也是特斯拉！」「內燃已死，純電當立！內燃已死，純電當立！」

而就在琴高舉右手，接受車陣的歡呼，享受著此刻短暫勝利的光榮時，她把目光移向了車陣的某一處。

她露出微笑，「喂，你在那裡對吧？剛剛是你告訴我，用安培右手定則的是嗎？」

那處，有一風聚集著。

而風正在凝聚，慢慢凝聚出一個人形，不，正確來說，應該是這人一直用風將自己包圍，來掩蓋身形，如今他解除了風的隱身，逐漸露出了本來的面目。

「不過你真的很好笑耶，我差點搞不懂什麼叫做安培右手定則！你是把我當成理工同學嗎？」琴雙手扠腰，「柏！」

風散去，裡頭高挑英挺的身形也完全顯露，正如琴所預料，是破軍星柏。

「我有另外一個消息要告訴妳，」柏說，「關於木狼。」

「木狼？」琴一愣，「道幫刀堂堂主，他現在在哪？」

「他被政府拘禁在蘭陵監獄裡，」柏說，「而且近期就會問斬。」

「問斬！」琴大吃一驚，「那不行，我們得去救他！蘭陵監獄在哪？」

「蘭陵監獄就是陽世的老圖書──」柏嘆氣。

柏尚未把話說完，忽然，一個聲音打斷了他。

「小心，這也許是個陷阱。」說話的人，戴著一副墨鏡，頭頂光亮，身材高挑，正是莫言。「政府怕是要以木狼為餌，要引出殘餘勢力，然後再一鼓殲滅。」

莫言離開了解神女後，加速來到此地，終究慢了一步，讓柏將這消息轉達給了琴。

「是的。」柏沉默了半晌之後，再次開口。「連我都無法肯定，這是否是個陷阱，我只是盡我告知義務。」

「既知危險，為何還要來？」莫言說。

「因為還有一句話，我非轉達不可。」柏說，「『監獄之中，有人知道第五食材在哪？』」

「第五食材？」這剎那，琴和莫言互看一眼，當年武曲留下的「聖．黃金炒飯」，共需要五道食材，米、油、高麗菜、肉，以及……始終下落不明的蛋。

第五食材，所指者必定為「蛋」。

蛋在何處的線索，原來藏在圖書館中？

「但是……」莫言內心則是充滿懷疑，蘭陵監獄是一塊古老而神秘的土地，更是黑幫與政府禁地，在此處行刑已經頗為可疑，如今這消息更由叛離黑幫的破軍送來，更是啟人疑竇。

莫言腦海諸多想法百轉千迴，不自覺地皺起眉……一回頭，卻見到琴那調皮可愛的笑容。

「你在想，我們該不該去，對吧？」琴的笑容，有種與生俱來的魅力，彷彿陽光破雲而出。

「嗯。」

「但我沒想那麼多啦。」琴伸出手，拉住了莫言的袖子。「有些事情如果非做不可，那就沒什麼好猶豫的，不是嗎？」

「但是會有危險……」

「危險是嗎？」琴笑著，把臉湊近了莫言，那對小小的虎牙反射著陽光，讓莫言覺得有點耀眼。「既然非做不可，那就沒啥好多想的，不是嗎？」

「妳也動點腦筋，別老是硬闖！別人要照顧妳很累耶！」

「嘻嘻，幸好有你當我的硬幫幫副幫主啊。」

「喂，我可是還沒答應要當副幫主。」

這一秒鐘，在莫言氣到跳腳的時刻，他內心卻輕鬆了許多。

對啊，想這麼多幹嘛，他的伙伴可是琴耶，反正無論怎麼想，這個傻琴都會往前衝，而他莫言能做的事反而簡單了……那就是保護她。

只要保護琴這個笑容，就足夠了。

第六章・蘭陵監獄

這裡是陽世。

網路上幾個知名的網紅正在熱烈討論著一首歌曲，這首歌最近才開始被人傳唱，一開始被放在網路上時只有三句歌詞，然後五句、十五句，最終才被湊成一首完整的歌。

因為這歌手的歌聲太過獨特，那是如海嘯般的巨大感染力，配上神乎其技的飢餓行銷，讓這首歌短短數個月內紅遍了網路，成為年輕世代朗朗上口的歌。

也因為這首歌一開始是以單句歌詞名揚網路，讓很多懂音樂，又充滿玩心的玩家，自行替這首歌的後續填詞譜曲，用自己的方式串接，又意外掀起一場小小的音樂盛會。

這首歌的名字，叫做〈給琴〉。

而歌者正是歌唱大賽的第二名，「海之聲」小靜。

而如今這個原唱者小靜，正坐在圖書館的大桌子邊，翻著書，享受短暫的平靜。

她眼前，忽然出現一個女子人影，這女子動作帥氣，舉手投足間帶著一股尊貴領袖氣質，她坐在小靜的面前。

而她，正是這次超成功網路行銷的操刀者，小風。

「妳真是一個喜歡安靜的人耶，明明歌聲這麼有威力，最喜歡的地方卻是圖書館？」

「小風學姐？妳怎麼有空來這裡？」

「我來關心一下我旗下唯一的歌手啊。」小風坐下，左右端詳一下。「這一間圖書館很老了，我小時候就有了喔。」

「小風學姐住在附近啊？」

「是啊，這裡算是我小時候的樂園，念書念累了，圖書館裡面有很多雜書可以看，連愛情小說都有，以圖書館來說，它進的書包羅萬象，算是很前衛的。」小風微笑，「別說妳，就連琴也很喜歡這。」

「琴？琴學姐嗎？」小靜驚喜地說。

「對啊，她大學時候還來打過工，當圖書管理員。」小風微笑，「那時候我已經在校外辦一些活動，隨便幾個案子賺的錢都是她的十幾二十倍，但她就是愛在這裡打工，她說這裡的氣氛很舒服，她喜歡。」

「這裡的氣氛？」小靜眼睛亮起，「我也是這樣覺得，這裡氣氛很特別，很安靜，又有點古老，讓人的思緒能安靜下來。」

「我常說妳琴學姐是個怪人，沒想到妳和她一樣怪。」小風眼睛瞇起，三十幾歲的她已經管理好幾家新創公司，平素笑容中帶著一股威嚴，只有說起琴時，她的五官會變得柔和而放鬆。

「嘻嘻，說我和琴學姐一樣，對我而言是一種稱讚喔。」小靜笑。

「妳們說的那種氛圍，我也能感覺到喔。」小風閉著眼，「因為我從小就在這圖書館裡跑來跑去，這裡共有七層樓，哪一種書藏在哪，或哪裡有小小的秘密空間，甚至是情侶要躲在哪裡偷情才最不容易被發現，我都瞭若指掌。」

「對啊，但是……」小靜微微一頓，欲言又止。「不過，小風學姐妳有感覺到嗎？」

「感覺到什麼？」

「最近的氣氛好像有點改變了。」

「改變？」

「對，這裡的氣氛一直是古老而靜謐，但最近……好像變得比較躁動了。」

「太玄了喔，氣氛這東西怎麼會改變？還是妳的心境最近比較……」小風說到這，忽然眉頭微微一皺，下意識地抓了抓自己的胸口，才又繼續說道。「可能是新的歌曲正在籌備中，妳比較緊張吧？」

「小風學姐，妳怎麼了？」小靜察覺到小風那一剎那的不適，低聲問道。

「沒事，最近老是會這樣，突然心悸一下。」

「心悸？那妳去看醫生了嗎？」

「看了。」小風搖頭，「但什麼都沒有檢查出來，最後醫生說，也許是心因性的疾病，又說我年紀輕輕就弄了這麼多家公司，壓力太大了。」

「是壓力啊？那妳還來幫我……」

「呸呸，和妳沒有關係，而且我根本沒壓力好嗎？」小風吐出了口氣，「別擔心，不把妳捧紅，我是絕對不會倒下的。」

「不要這樣說，小風學姐，妳要照顧自己的身體啊。」小靜焦急地說。

「沒事啦。」小風再次露出充滿魅力令人信服的微笑，「我們得先討論，下一波的行銷該怎麼做？這一次，我想從不可能的角度爭取聽眾，這次主打公園裡的阿公阿嬤怎麼樣？」

「咦？怎麼讓公園的阿公阿嬤聽我的歌？我的歌適合他們嗎？不會差太多嗎？」

「我對妳的歌有信心，絕對是跨越年齡的，若現在我們去擠已經戰成紅海的青少年市場，加上網路盛行，中文歌的世界也不只我們，要打出一片天難度很高，下一步，我打算讓妳成為中老年人的巨星。」

「真的假的？」小靜聽得是一愣一愣的，「那我該怎麼做？」

不過她雖然吃驚，信任感卻一點也沒有下降，因為提出這瘋狂企劃的人，可是小風學姐，年紀輕輕就具備超凡經濟實力，光憑一首歌的操作就把小靜從谷底拉出。

更重要的是，她是琴學姐最好的朋友。

「該怎麼做啊？」小風露出神秘的微笑，「我們就用最年輕的招式，來收服最高齡的族群吧，我們來『快閃』唱法。」

此刻，小靜仍聽得一頭霧水。

這次目標客群是阿公阿嬤？用快閃的方式？聰明如小風，這次又在打什麼主意呢？

而小風，則悄悄地摸了一下胸口，那心臟所在的位置。

她發現自己突然理解了，小靜口中『這圖書館氣氛改變』的這件事，對，她從小長大的圖書館，確實有點不一樣了。

圖書館裡，那原本如大海般深邃寧靜的力量，如今開始有了波動，彷彿有什麼事情要發生了……而就是這要發生的事，牽動了她的心臟。

心臟中，某個點正在顫動。

不安地顫動著。

接下來，到底會發生什麼事呢？

陰界，硬幫幫總部。

「道幫木狼將於陰界蘭陵圖書館處刑。」

「監獄之中，有人知道第五食材在哪。」

當時，柏在風中留下的這兩句話，在硬幫幫總部，引發不小的風波。

五暗星中留著遮住半邊臉的長髮，有如動漫鬼太郎的小蠍，率先反對。「先不說圖書館何等危險，政府要在此地行刑，如果我們出手介入，擺明就是和政府對幹，怕救人不成，先被滅幫。」

「不過，這位木狼與我頗有淵源。」琴看著小蠍，「當時甚至曾經救我一命，他的命，非救不可。」

「政府就是打算用他的命來引出琴姐啊，琴姐一出，剛好甕中捉鱉。」小蠍激動地說，「而且這老圖書館歷史悠久，底下更是陰氣凝聚的亂葬之處，陰氣濃烈，就算是一般的魂魄也不敢隨意進入，擺明就是絕佳陷阱啊。」

「來到陰界，我只知道仁義為先。」琴語氣依然堅定，「非去不可。」

「這……」小蠍急了，轉頭看向五暗星的其他人。「陰沉少女，妳說說話啊。」

「我嗎？嗯……」陰沉少女沒有第二句話，「琴姐就是這麼帥，我支持她。」

「妳太盲目了吧！吼！」小蠍把頭髮越抓越亂，「罪武宗，你修練古瑜伽，最懂武術，你必然知道此行風險吧！快點一起勸阻琴姐。」

「仁義為先這句話，對武者來說，也是基本教義般的存在啊。」罪武宗抓了抓光頭，「你問我該不該救，當然該救啊。」

「可惡，那……墓，你總該懂我吧。」

「我……我覺得……該聽琴姐……」墓是一團紫色霧氣，說話帶著氣音，微弱而模糊，但他的意思倒是表達得非常清楚。

「你這吃裡扒外的傢伙！怒槍紳士老大，幫我說說話吧。」小蠍大叫，對著硬幫幫的門外，這個慣於隱藏於暗處的老大。

砰砰砰，幾發子彈射入總部門上，剛好寫出一個「可」。

「可什麼可啊？你們都不懂蘭陵監獄是多麼危險嗎？」小蠍大叫，「我們不是一起待過那間監獄嗎？你們不怕再回去嗎？」

「等等，小蠍，你們在蘭陵監獄關過？」琴露出好奇的表情。

「我，我……好吧我承認，我被關過。」小蠍嘆氣，「我是第三層的囚犯。」

「第三層？」琴聽到這裡，更感興趣了。「所以監獄不止一層嗎？」

「當然不止，既然是陰界監獄，自然關了不少凶神惡煞，其中更有些人像我們一樣具備星格，監獄共計七層，但通常只有下面六層有關囚犯，第七層是空的。」小蠍嘆氣，「越是危險分子，被關得越高。」

「真的？所以小蠍你才第三層而已？」琴感到微微吃驚，小蠍可不是一個簡單的角色，竟然才被關到第三層。「那你是為何入獄？」

「入獄之前，我在西北一帶出沒，人稱『沙漠毒針』小蠍，我以下毒和勒索為業，我對旅人下毒，再勒索重金，後來有個叫做獨飲的人來了，我拚命逃，他在沙漠追了我五天五夜，我用盡各種手段都甩不開他，最後我被抓，丟進了監獄裡。」

「獨飲……」琴自然識得此人，此人手握青龍偃月刀，以武為痴，當今的政府南軍之正，算是一個是非分明的漢子。

「後來我之所以能出獄，是拜白金老人推行以金錢換取刑期之賜，按照罪刑，我要罰一千兩百萬，我哪來這麼多錢？所以我轉為替政府擔任殺手，論件計酬。」小蠍想起那段苦日子，臉都皺起來了。「那當真不是人過的日子，幸好遇到了琴姐妳，在硬幫幫可以靠著自己的能力賺正當錢，當真開心。」

「嗯。」琴好像稍能體會小蠍的心情，基於好奇，她轉頭問其他的五暗星。「那你們呢？」

「我也被抓進監獄過，同樣是第三層。」陰沉少女摸了摸長髮，「我被人稱做『惡夢製造者』，我擅長用手機之陣製造資訊之蛇，晚上侵入他人腦中，尤其是富豪，搞到他們精神衰弱，然後上門說我可以化解，藉此斂財。」

「哇，原來妳是騙徒啊，」琴問，「那妳是怎麼被抓的？」

「我不是被政府抓的，我是被道幫劍堂天策抓的，因為我有一次勒索的富豪是個壞人，他長期向道幫購買軍火，製造戰爭，他發現自己被惡夢糾纏後，天策就出來了。」陰沉少女嘆氣，「我怎麼會是劍堂堂主的對手，沒幾下就被抓到，然後送去了政府。」

「劍堂天策啊。」琴提到這人，也皺起了眉頭，畢竟琴也曾被天策的劍穿入心臟，差點喪命。「那其他人呢？墓？」

「我……第四層……」墓說話仍是緩慢而虛弱。

「你第四層？」琴訝異，「看你個性溫和，原來政府覺得你比較危險？」

「是……」

「對，墓講話太慢了，我幫他講！」小蠍開口，「這小子本來在北城一帶，北城終年常有大霧，墓躲在霧氣裡面，到處偷東西，其實也沒傷什麼人，倒楣被『甲等化科星紫羅蘭』碰上了，被咒術所抓。」

「原來你本來是小偷啊？嘻嘻。」琴笑，「那罪武宗你呢？你崇尚武術，怎麼會犯罪被抓？」

「琴姐，我也位在第四層，正是這份好武的精神走火入魔了，才會犯罪的。」罪武宗摸了摸因為修練而沒有半根頭髮的頭，「我古瑜伽武學初成，因為好鬥，四處找武館挑戰，戰了九十九間武館，那時自己太過衝動，下手不知道留情，打傷了不少人，唉，其中一個以鋼拳著稱的武館，甚至被我滅了館。」

「滅了館？你那時那麼兇啊？」

「年輕衝動啊。」原名罪武宗的死不透又摸了摸光頭，「但就在我滅了鋼拳會館後，被一名男子攔住，他身穿黑色公牛外套，身旁還有一個小女孩，手裡拎著肉圓。」

「公牛外套？拎著肉圓的小女孩？好怪的組合。」

「是的，他的武技在我之上，拳頭帶著強烈旋勁，一拳就破了我古瑜伽各種招式，我在十招內落敗，之後我就被關進了監獄裡的第四層。」

「原來是武鬥狂？」琴在陰界久了，看過不少怪人，她笑了。「那最後一個，五暗星中的老大，怒槍紳士你呢？」

正當眾人都想著他要如何回答這問題時，一個人影突然出現，他竟然出現在門邊。向來不愛顯露真身的怒槍紳士，竟然罕見地再次現身。

高挑的身材，英式紳士的穿著，右手握著幾乎和他身高相同的狙擊槍。

「琴姐，妳還記得，妳曾經問我名字中為什麼帶著『怒』嗎？」

「對啊，那時候你沒有說……」

「過去的我，並非那麼喜愛躲藏在暗處，我組成了獵槍隊，算是一個攻擊型的小型黑幫，我們在不同城市間遊走，接單搶劫，對過幾次警察，交戰中甚至殺了政府警察。」怒槍紳士語氣淡然，但內容卻十分驚人。「那時候我兇暴得很，幹架時直接拿著槍桿加入戰場，那些平常魚肉鄉民的警察，設局圍攻我時，甚至被我用槍桿直接打爆腦袋。」

「用槍桿？哇塞，怒槍紳士，你好暴力！超難想像……難怪名字中帶著一個『怒』字啊！」琴眨著眼睛，看著眼前這溫文儒雅的老紳士。

「不過，當時那個男人突然出現，他說：『黑幫不該是這樣，我代表政府來抓你。』我對他連發幾槍，卻完全傷不到他，只見他一路慢慢朝我走來，沿路幫眾竟然紛紛倒下，連慘叫都來不及發出，我就知道夜路走多，遇到高手了，我生性頑強，拿起手上長槍，就要用槍桿以近戰方式會一會他。」

「然後呢？」

「他身穿藍袍，我的槍桿從背後由上而下擊中他肩膀，觸感卻意外古怪，像是打入水裡，整個陷落下去，卻沒有傷他分毫。」想到當時情景，他表情依舊難掩沮喪。「而他回頭，俊朗五官對我一笑，然後手朝我的臉抓來。」

「啊。」

「當他手一覆蓋上我的臉，我竟然像是整個臉埋入水中，完全無法呼吸，只能發出咕嚕咕嚕的聲音。」怒槍紳士苦笑，「我睜著眼睛，瞪著眼前這藍袍男子，呼吸越來越窘迫，你知道那種恐怖嗎？死亡正隨著每次呼吸不斷逼近，但我卻只能睜眼看著一切。」

「能一招打敗怒槍紳士？難道是甲級星等級？」琴轉頭看向莫言，「莫言，這人你認識嗎？」

「藍袍，以水化刀，此人為水力主掌者，他該是政府的東軍之正，左輔星浪蛟。」

「東軍之正，左輔浪蛟？」琴吃了一驚，「感覺很厲害啊。」

「當然，左輔浪蛟與右弼木狼齊名，都是甲級星的頂尖高手。」莫言說，「不過這幾年他確實與政府天相理念不合，已經許久未見到他了，上次僧幫大戰，政府發動全力包圍僧幫，也沒見到他的身影……」

「原來是東軍之正？這樣慘敗在他手下，也沒什麼好說的啦。」怒槍紳士笑了，「就是當時死亡的恐懼，讓我收起怒槍紳士的狂氣，從此退入暗處狙擊，而那一次，他最後沒有殺我，只聽他說：『去監獄好好蹲著吧，也許有天政府需要你，你會重獲自由，喔不，替政府做事不會是自由，只是另一種形式的監獄吧，哈。』」

「他沒殺你？因為你可能還有利用價值？」

「我想是的，只是我從他的語氣聽出，他似乎也不怎麼認同政府，後來我被抓進監獄，又因為有暗殺的能力而被保了出來。」怒槍紳士說，「以上，就是我的故事。」

「等等，老大，你說了半天，沒說自己第幾層啊？」小蠍問，「陰界監獄共有七層，越是危險分子關得越高，你不會和我是同層獄友？啊不，難道你住我樓下，第二層嗎？」

「不，我是第五層。」

「第五層啊……不愧是老大，比罪武宗和墓還高。」

「這種犯罪之事，有何好比？」怒槍紳士嘆氣，「你們都已經知道當年抓你們入獄之人的身分，我倒是想再會一會他，我功力已非當年可比，也許可以過上幾招，以抹除他留在我記憶中的恐懼。」

「好！恭喜你們！」琴突然用力拍手。

聽到琴拍手傳出好大一聲啪，所有人同時看向她，露出「幹嘛啊嚇人一跳」的表情。

「恭喜你們。」琴比著五暗星，「五暗星，什麼死不透、絕了情、墓好空，全部都是政府要你們當殺手時取的代號，太難記，我要恭喜你們換回本名。」

「恭喜我們，換回本名？」

這剎那，五個人同時一愣，但也在下一秒，莫名的一股熱流，湧上了眼眶。

小蠍，當年縱橫沙漠自由自在。

墓，喜歡海邊霧氣，自得其樂。

陰沉少女，喜愛操作多支手機的重度網路成癮者。

罪武宗，曾立下要讓古瑜伽武術發揚光大才會四處挑戰武館。

怒槍紳士，愛槍，喜歡槍，曾是戰場上揮舞槍桿奮戰的男子。

他們突然懂了琴所說的，找回名字等於找回自己身分，不用再繼續棲息在黑暗中，為了不知道何時是終點的暗殺生活而賣命。

找回了名字，就代表自己真的找回了生活，而不是始終活在政府陰影下的晦暗殺手了。

「我要你們從此忘記當殺手時的名字，」琴比著五人，豪氣地說。「小蠍、墓、陰沉少女、罪武宗、怒槍紳士，現在你們是你們，不再是殺手了。」

「好。」五人同時低頭，努力忍住眼眶中不知道何時湧出的熱流，不要成為晶亮的淚珠，滑落下來。

拿回了名字，就代表終於回到了最初，真正擺脫政府替他們刺上的詛咒。

「但是，」怒槍紳士遲疑了一下，才開口。「政府對殺手的規範嚴格，為了怕有更多殺手藉此叛逃，恐怕會來追殺我們，以殺雞儆猴。」

「嗯？」琴歪著頭。

「所以，如果會因此危險，我們不一定要用回名字……」罪武宗用力咬著牙。

「對，怕您會危險……」陰沉少女、小蠍、墓也這樣說。

「別鬧了。」琴突然伸手，指尖如電，啪啪啪啪啪五聲，對著五個人的額頭，快速點了一下。

指尖帶著細微電勁，讓每個人額頭上都是微微一麻，也是這短暫麻痺說不出話的時刻，琴說：

「說好換回名字就是換回名字！人生最討厭的事，就是只能用別人取的名字活著？不是嗎？」

用別人取的名字活著，是人生最討厭的事？

五個人同時笑了，對，必然要解開的枷鎖。

不過，五個人仍在額頭的麻痺感中，互相望了一眼，琴剛剛那一指，瞬發即至，五個人竟然沒有一個人可以避開。

難不成，她又變強了？

「好啦，你們認同就好，接下來是第二件事。」琴說，「既然你們都去過陰界監獄，那這件事就非你們不可啦。」

「哪件事？」五人同聲問。

「帶路啊！」琴微微一笑，「咱們再闖一趟陰界監獄吧。」

五人同時吸了一口氣，又要回到監獄嗎？跟著這琴姐找回自己的名字固然是好事，但怎麼會接下來要幹的每件事，一件比一件危險啊？

「這間蘭陵圖書館歷史百年，裡頭藏書百萬，更因為立於戰場聚陰之地，可說是一塊得天獨厚的寶地，百年前才會被政府建設為監獄，專門用來監禁各方強大魂魄。」此刻，說話的是怒槍紳士。

「不過，我們連木狼被關在哪一層都不知道。」小蠍說道，「監獄裡面有一隻S級陰獸棲息著，據說牠還會幻化成人形，非常危險。」

「而且政府若是擺下陷阱，此刻肯定會加強警力，恐怕會有更多高手在監獄內巡邏。太危險。」陰沉少女說。

「監獄……犯人……也危險……」墓氣虛的聲音如此說道。

「沒錯。」小蠍與墓是多年好友，他開口道。「危險的可不只是陰獸和政府人員，還有犯人，監獄中不知道關押了多少危險分子，更是其中一項危險。」

「……」琴聽著五人輪流說話，只是點著頭，連連點頭。

點到所有人都不說話，安靜地看著她。

「琴姐，所以剩下三日，妳到底打算怎麼做？」所有人一起看著她。

琴依舊只是點頭。

「感覺琴姐有對策了，不愧是琴姐，都不說話，肯定想出十多種計謀了吧。」

「我們先不要吵她，讓她將整個計畫佈局清楚。」

而琴，依然只是用手托著下巴，點著頭。

「太強了，能夠沉思這麼久，想必想出複雜萬千的計畫。」

「一旦琴姐開始動腦了，連天機星都要遜色啦。」

直到，莫言忽然笑了。

「她啊，跟本啥都沒想。」莫言冷冷笑著，「唯一的計策，我老早就知道了。」

「是什麼？」

「妳要直接闖入陰界監獄圖書館，是嗎？」莫言冷哼一聲。

「哈哈，」琴笑了，「對，就是這樣，沒有第二個計策了。」

「等等！琴姐！只有一個計策？」「還是硬闖？」「挖勒，那剛剛妳微笑沉思，到底是在沉思什麼鬼啊？」「對啊，看起來很厲害的沉思，到底是啥啊？」這一刻，五暗星紛紛大叫。

「嘻嘻，你們問，我為什麼不說話嗎？因為我在想……」琴露出了虎牙的可愛笑容。

「肚子餓了，等一下要吃什麼啊。」

肚子餓了？五暗星同時睜大眼睛，剛剛琴姐露出深思宛若智者的神情，竟然只是……肚子餓了？

「沒錯，做勇敢的事情之前一定要吃飽喔。」琴笑著，「那我們晚上一起去吃雙雪片流星黃金脆玉米烤餅吧。」

雙雪片流星黃金脆玉米烤餅，用上頂級流星雨時才有的特殊天運，配上陽世情人夜晚追星的情愛所烘焙而成，是陰界當中口味甜蜜又舒爽的美食之一。

五暗星楞楞的看著琴，只為吃飽？要執行這麼危險的任務之前，竟然只是吃飽？

「你們啊，很快就會習慣琴了。」莫言拿起手機，快速按了幾下。「我訂好位了，七個人，走吧。」

而這五暗星看著琴與莫言的背影，陰沉少女率先邁開腳步，追了上去，其餘四人也緊跟著追了上去。

也許，琴姐真的是對的，越是危險的戰鬥，越是要吃飽，人生，何必這麼複雜？不是嗎？

蘭陵監獄座落在城市中央，沒有天空城或颱風這麼難以到達，加上琴好歹成立了專司運送食物的硬幫幫團隊，整個城市的交通網絡已經在她手機 APP 地圖之中，很快的，她就找到了這傳說中的陰界監獄。

只是當她看到這棟建築，她忍不住啊了一聲。

「幹嘛啊？剛剛的脆餅沒吃飽嗎？妳都已經吃了六個，遠超過一般美少女的食量設定值了。」

「呸，臭莫言，什麼叫做一般美少女的食量設定值？美少女就是美少女，哪來設定值？」琴對莫言白了一眼，「我是想說，這棟圖書館，我在陽世的時候常來耶。」

「喔？」

「它歷史悠久，當我考上大學之後，偶爾會和朋友一起來，嗯，是最好的朋友，小風喔。」琴說，「因為她在這邊長大，這棟老圖書館，就像是她兒時的遊樂園。」

「那女孩喜歡這間圖書館啊？也許是一個靈覺很敏感的人呢。」莫言點頭。

「以前只覺得每次外面很熱，一來到圖書館附近，涼涼的很舒服，那並不是讓人骨子發寒的『青冷』，而是從土地中滲出，像是森林般的清新。」琴閉上眼，回顧著當時仍在陽世的記憶。「裡面藏書又多，而且常常只是在書架上隨意瀏覽，就會突然遇到一本好書，彷彿圖書館幫你挑選好似的。」

「嗯，妳魂魄中命帶武曲，所以和這間圖書館互相呼應吧。」

「不過，這是我陽世的記憶，此刻從陰界角度來看，當時所遇到一切關於圖書館的神秘點滴，好像都是合理的。」琴看著眼前這棟白色七層建築，優雅而俐落的白色外觀，此刻正從地底，散發出溫和流轉的七色光芒。

琴在颱風之後，為了躲避小傑與小才的追殺，曾隱身到土地守護者之中，她知道這溫和光芒是土地的顏色。

三大能量寶物中，土地能量就是如此。

「說不定，」莫言精悍高挑的背影，凝視著這棟圖書館。「要進入這間圖書館監獄，最難的關鍵並不是政府、陰獸，或是囚徒……」

「那是什麼？」

「而是圖書館監獄本身。」

「啊？」

「希望是我的錯覺，畢竟土地魂只是傳說而已。」莫言一邊說著，一邊把背後斗篷的帽子戴了上來，帽子一戴上，頓時變得低調而神秘。「不管怎麼樣，走，我們去探探這間圖書館吧。」

「嗯。」琴點頭，她思考了莫言剛所說的土地魂這件事，她想起自己曾經待過守護者保護的土地。

的確，守護者們的土地也充滿了能量，但卻完全比不上這塊圖書館的土地，眼前圖書館的能量更加深沉，更加豐富，那是帶著歷史洪流與人生故事的一種能量。

不過讓琴比較放心的是，至少她沒有感覺到這片土地帶著惡意，它是公正而溫和的，如同風和日麗下天空下的大海，至少此時此刻的現在是如此……

於是，琴也把背後的帽子戴上，化身一襲飄逸的魅影，奔向了圖書館。

她背後，是其他的五暗星伙伴，也紛紛戴上斗篷帽子，跟上了琴的背影。

當琴帶領的眾人奔入後，唯一一個沒有進入圖書館的人是陰沉少女，她手在空中一揮，頓時出現六支手機，在她身邊高高低低的漂浮著。

六支手機各自切換出獨有的畫面，畫面上分別指向六個人，六個人都穿著斗篷，在最前方速度如虎的是莫言，緊跟在後是纖細如豹的琴，然後是飄忽的墓、長髮露出單隻眼睛的小蠍、肌肉壯如小山的罪武宗，還有一個落在最後面，但警戒心十足的怒槍紳士。

「開始了。」陰沉少女操作著六支手機，面露自信微笑。「硬幫幫硬闖陰界蘭陵監獄！」

此刻是晚上八點，圖書館中仍有少數陽世民眾，他們有的在看報紙，有的在看書，有的學生掛著耳機正在準備會考，這是圖書館的日常。

他們同時感覺背後有一陣細微的陰風吹過，那是琴六人奔馳而過殘餘的能量。

「一樓。」莫言在最前方，他速度放慢，避免太引人注意，同時觀察周圍環境。「這裡我還沒感覺到什麼厲害角色，僅僅角落幾個魂魄在看守。」

「等等，我進來這裡，並沒有看到任何監獄牢房啊？」琴身體藏在斗篷中，小心地尾隨著莫言前進。

「原來妳不知道所謂的陰界監獄是用什麼當牢房的啊？」

「啊？」琴愣住。

同時間，她聽到耳內傳來聲音，這是類似陽世藍芽耳機的機器，叫做「迴音虺」，攻擊力低到連C級陰獸都排行不上，但卻能精準傳達每個人的聲音，而這些聲音總管理者，就是外頭主導一切的陰沉少女。

「琴姐，陰界監獄的牢籠雖然被稱做最堅強的結界，但監獄並非由鋼鐵打造。」陰沉少女的聲音從迴音虺傳來，「陰界這麼多年來能人輩出，技的變化千奇百怪，就算再強的陰界物質也無法真正完全抵擋。」

「陰界物質無法抵擋？等等，妳的意思是，陰界監獄中用來關押重刑犯的，不是陰界物質？」

「對，只有陽世物質才能讓陰界高手們束手無策。」陰沉少女說，「當年我們被關進去，也根本逃不出來。」

「那到底是什麼陽世物質可以當作牢房？」

「琴姐，妳還想不通嗎？這裡原本是陽世的哪裡？」

「圖書館……」

「對，圖書館什麼最多？」

「……啊。」琴一愣，「書？」

「沒錯，陰界監獄的牢房，就是……書！」

書，陽世的書竟是陰界監獄的牢房？對，書一本一本的，就像是監獄的隔間？而且書因為承載了閱讀者豐沛的情感，人類情感就是強大的能量，形成類似三大能量來源體「寶物」的物體，最終成為對陰魂而言牢不可破的鐵籠。

「書，是牢房？」

「沒錯！一樓的書都是當月雜誌，能量不強，只能關關小犯人，但越往上……」

「越是樓上，就存放著越古老，越知名，越多人借閱的書本，就是越強大的監牢？」

「正是。」

「竟然是書……」琴臉上泛起古怪微笑，用書當監牢？這對在陽世把書當成工作的她而言，乍聽之下有點難以接受，但仔細想想，卻也著實有些道理。

越是古老的書，越能羈押陰界強者，而整座圖書館，就是一座巨型監獄。

此刻，以莫言和琴為首的五人，在圖書館一樓各區散開，他們都是經驗老到且具備星格的好手，利用道行與陽世人民的掩護，順利通過了第一層。
「左方有兩個守衛。」這時墓的聲音傳來，「不強，危險等級一。」
「右方書櫃後面有一個守衛在巡邏。」怒槍紳士也傳出訊息，「也不危險，最多危險等級二。」
「廁所入口有一個假裝睡覺的傢伙也是，他危險一些，但也不是我們的對手。」罪武宗也同時傳出訊息。
當所有人的訊息都集中到了陰沉少女這，她快速地彙整資訊，並做出判斷。
「一樓共有五名警衛，危險等級都低於二，樓梯在圖書館東南角落，請各位分批上樓。」
「等到右方櫃子警衛繞到門口時，罪武宗和墓你們兩個先上去。」
「兩分鐘後，當警衛走過樓梯，會有一分鐘左右的空白時間，莫言和琴姐再上去，最後，請怒槍紳士壓後，避免變數。」
陰沉少女下了一連串的指令，清楚而快速，眾人同聲說：「了解。」
陰沉少女之所以能如此清楚掌握情勢，因為她從手機中看到了每個人的行動狀況，她在每個人身上放了與「迴音虺」功能類似的「視訊蟎」，視訊蟎體型微小，攀爬在眾人身上，並將畫面回傳給陰沉少女。
加上陰沉少女原本就是擅長統整與運籌帷幄的高手，不然在「有何不送」的競賽中，她也不會這麼輕易地破解那個「二十六個連續任務」了。

在她完美的指示下，眾人迅速上到二樓，成功迴避一樓的巡邏守衛，不過，就在琴踏上樓梯的同時，她彷彿感覺到了什麼，長髮輕飄，她回過頭來。

在琴眼中，依然是平靜的圖書館一樓，幾張長桌，幾座櫃子，幾個身在陽世的民眾，還有正在遠處的監獄巡守員。

這份瞬間的不安，是從哪裡來的？

「怎麼？」莫言停下腳步。

「我好像感覺到什麼，有誰在看著我們……」

「嗯……」莫言順著琴的目光，快速掃了一遍全樓層，但卻什麼都沒有發現。

「是我多心了嗎？」

「不確定，妳是主星，就算道行低於我，但有時直覺卻更勝於我。」莫言畢竟是高明盜賊，語氣謹慎。「妳多注意，有什麼狀況立刻和我說。」

「好。」

琴才說完，耳中的迴音虺已經傳來陰冷少女催促的聲音。「兩位請不要停下，守衛隨時會過來。」

「好的。」莫言和琴加快腳步，離開了樓梯口，踏向二樓，唯獨琴內心惴惴不安，剛剛的目光是怎麼回事？如果真有人看著他們，他竟然可以避開莫言的道行感應，與陰冷少女的影像監控嗎？

那此人，若不是頂級高手，就是身負驚人隱藏能力的特異之士了。

懷疑歸懷疑，這次的任務仍要繼續，琴等六人步上二樓，映入眾人眼簾的，依然是一片平和的圖書館景象，隨意坐著或站著的民眾，有的站在書櫃邊拿書閱讀，有著坐在椅子上翻閱書籍，其中也有陰魂正在周圍巡邏。

眾人彼此之間默契十足，將觀察情報回報給圖書館外的陰沉少女。

「有四個巡邏員，等級二喔。」

「這邊三個，武器陰氣頗重，有點厲害，要注意，危險等級二到三之間。」

「這裡還有一個，這個人應該是這樓層中最強的，類似樓管的角色。」

從五暗星的對話，琴明顯感覺到這層樓比上一層危險許多，巡邏者變多之外，危險等級也拉高了。

只是雖然如此，仍可感覺到陰沉少女的聲音維持著冷靜。

「你們上去之後往左走，躲在第四書櫃歷史區附近，那裡暫時是安全的，過兩分鐘後，小蠍和墓你們先出來，我會確實把這樓層的地圖描繪起來。」

在陰沉少女完美的指揮下，第二層的地形與人員，也都完整地呈現被手機記錄起來。

當地形與人員記錄完成，也就是進到下一個樓層的時候了。

而琴也跟著陰沉少女的指揮移動，她穿過了幾個書櫃，而她忍不住將注意力集中到一旁的圖書上。

這些書，原來是一間又一間的牢房？

想到此處，琴忍不住伸出指頭，輕輕碰了一下書本，書本卻只是一般的書，沒有反應。

這一碰沒有反應，讓琴想到，這圖書館藏書百萬，如果每本都是牢房，哪來那麼多囚犯可以裝？

莫言不是曾經和她說過，很多事物只透過肉眼看不清楚，得透過道行才行。

知行合一，琴立刻凝聚道行於眼睛之處，當她雙眼透著紅色電光，她赫然發現，整個書櫃的書，其外觀竟然發生了變化。

整個圖書館二樓內，並不是所有的書都有異狀，只有數十本書透出森然的黑色氣息，冉冉地往外飄散，這些書的特色都是比較老舊，有的書皮甚至已經斑駁掉落。

琴忍不住伸出指頭，朝其中一本書碰了下去。

而同時間，她聽到莫言發出低吼。「小心。」

這一碰，琴頓時感覺到某些紊亂龐大的訊息，透過指尖，轟然傳入她的腦海。

河童水鬼，刑期六十九年，犯罪原因，棲息在湖中偷襲路過陰魂，將其拖入湖中並吸食其魂魄，共殺害四人，藉此壯大自身能量。

現今已服刑二十一年，關押地點，二樓，書本：《撒哈拉沙漠之旅》

不只這些訊息，連帶那名河童水鬼的形象，也一併傳入琴的腦海，那是一個酷似日本妖怪河童的綠色傢伙。

他正頹然坐在一大片無垠的沙漠之中，周圍一點水都沒有，原名河童水鬼應該全身濕淋淋的他，如今卻皮膚乾裂，精神萎靡。

但也因為琴的接觸，讓河童水鬼也感受到了琴，抬起頭，開始找尋琴的方向。

「誰？」綠色河童發出尖叫，「快來救救老子出去，我快乾死啦！」

琴也嚇了一跳，但河童水鬼似乎已經察覺到琴的方向，奮力朝琴的方向奔來，奔跑間全身不斷噴濺綠色汁液，目露血腥紅光。

「啊。」

「快救我出去，我要吃人，把魂魄給我，我餓啊。」河童的頭頂，在這一瞬間裂開，裡面竟是一張滿是獠牙的嘴，嘴朝琴狂咬而來。

琴吃了一驚，急忙縮手，收起道行，影像頓時消失，書本也再次黯淡下來。

「這些書裡面關著不少重刑犯，得小心。」這時，莫言的聲音透過迴音虺傳了過來。

「嗯。」琴回想起剛才河童的恐怖模樣，她只覺得心跳加快，拍了拍胸脯。「沒事。」

下一秒，他們又聽到了陰沉少女的指令。

「各位，二樓已經搜索完畢，請聽我的指示，繼續往三樓推進。」陰沉少女說著，「請注意，越往上，關押的犯人等級越高，防備也會越嚴密，請各位收斂道行，更加小心。」

「小蠍，你必須由第四個書櫃的後方繞到樓梯，這條路線你不會碰到巡邏的人員，然後你有兩分鐘的時間可以上樓。」

「墓，你跟著上去，你無明確形體，只要貼著天花板飛行就好，但記住不要碰到書桌附近那個藍衣男子，他危險等級三，是這樓層的老大。」

「然後是莫言……」

聽著陰沉少女的指令，琴也順利地移動到了樓梯附近，然後腳步一跨，就要上樓。只是才一踩上樓梯，那詭異的感覺又來了。

一道目光不知道從何而來，正注視著琴的一群人。

琴猛一回頭，卻又什麼都沒有發現。

「琴姐，怎麼了？」耳中，是陰沉少女的聲音。

「沒，我好像感覺到有人在看我們。」

「咦，是嗎？在我的監視中沒有看到異狀。」陰沉少女仔細地檢查了畫面，搖了搖頭。

「那沒事了，我們繼續上樓。」琴皺起眉頭，「按照妳的推測，木狼應該在幾樓？」

「我認為，他應該在六樓。」陰沉少女說，「畢竟是甲級星，應該被關在接近頂樓的地方。」

「我們按部就班上去。」琴說，「真的不行，我們就撤退。」

「可以，至少我們把地圖繪製完成，下次要再闖，也可事半功倍。」

「好。」

短短的對話間，琴已經步上三樓。

而三樓，又是與二樓相近的環境，書櫃、書桌、零星的陽世民眾，還有更多的巡守者。

當琴將道行化成電能集中到雙眼，讓瞳孔透出紅色電光，琴才明顯地感覺到這裡的不同。

書本冒出的黑氣變得更強了。

原本只是冉冉往外透出，但眼前的書，黑氣卻往外噴出，似乎透露著牢房內的怪物更強、更兇暴。

琴再次忍不住，伸出了指頭，碰向其中一本噴著黑氣的書。

剎那間，與上次類似的影像，再次衝入琴的腦海。

電視冥嘴，刑期九十九年，犯罪原因，電視冥嘴的嘴中長著一條黑色毒舌，當毒舌捲動，惡毒話語變自然吐出，並以此話語害死他人，藉此獲取名聲，吸引他人並藉此得到財物或寶物，目前至少害死二十餘人。

現今已服刑十九年，關押地點，三樓，書本：《靜思語》

同時間，琴又看到了書中的影像。

一個人正坐在地上，但他的外型頗為古怪，古怪之處就是他的嘴巴大得不成比例，而且他的嘴巴正打開，裡面伸出一條黑色巨大如同蛞蝓的舌頭。

不過舌頭被數十根釘子釘在地面上，釘子排出了一個「靜」字，展現其優雅強大姿態。

但這舌頭頗為厲害，就算被如此釘住，仍可見到這舌頭猛力顫動，彷彿隨時可拔起釘子，飛騰如惡蛇。

同樣的，這電視冥嘴也發現了琴。

他舌頭被釘，無法說話，只是發出含糊的怪聲，伴隨著不斷扭動的舌頭。

但就算沒有說話，琴卻仍可感覺到隨著那條大舌頭顫動，琴的耳中竟然嗡嗡作響，彷彿它正說著什麼誘人的事，要讓琴不斷傾聽下去，聽幾天幾夜都沒有問題。

緊接著，那舌頭開始奮力扭動，顫動更是劇烈，劇烈到琴的耳膜開始疼痛，甚至腦海也混亂起來。

以聲音殺人？這就是電視冥嘴的可怕？

「好可怕。」琴感到不對，手指一收，頓時脫離這影像。

「不錯嘛。」這時，一個聲音傳來，竟是莫言，正倚靠在書櫃旁，帶著笑看著琴。

「幹嘛？什麼不錯？」

「有點佩服妳的膽識，或者說妳的好奇心。」莫言笑，「妳知道裡面關押著惡刑犯，仍要用手指去碰？」

「就，就好奇啊。」

「沒錯，就是要好奇，不然我們會找不到木狼被關在哪。」

「等等，我要碰了才知道書裡面關了誰？如果到了六樓，有好幾本書透著黑氣，我要每一本都碰嗎？……」琴吞了一下口水，她可以感覺到越高樓層，裡面關押的囚犯越強大，自己每次碰觸也越難全身而退。

「這倒不至於。」莫言單邊嘴角揚起，「木狼是右弼星入命，在甲級星中數一數二，他的樓層在六，那裡的囚犯之書最多三四本而已。」

「就算沒幾本，還是用碰的吧？」

「對，而且碰完之後，還要能夠全身而退。」莫言一笑，「妳準備好了嗎？」

「這，這為什麼是我要碰？」

「這是誰說要來的？」

「……」琴一呆，「是我。」

「那還用懷疑嗎？」莫言冷笑，「不過，也只有妳可以碰，一旦上到四樓以上，五暗星們若去碰監獄，沒道行，星格也不夠高，怕沒幾下就被囚犯拖進去了。」

「拖進去？」

「沒錯，要全身而退，得看兩項，一是道行，二是本命星格。」莫言說，「這裡本命星格誰最高？」

「是我。」琴吐了吐舌頭，「我是十四主星。」

「這就對了。」

然後，就在他們對話之際，五暗星也完成了他們的探勘任務，讓陰沉少女完成了地圖繪製。

「可以往上了，琴姐，接下來是四樓了。」

眾人再次踏上四樓，在陰沉少女指揮下，所有人散開開始繪製地形與偵察巡邏員。

而琴則在莫言旁，伸出食指，準備碰書。

她碰之前，像是想起什麼似的，轉頭看向莫言。「如果我有危險，你應該也可以碰碰書，然後進來救我吧？」

「救妳？」莫言瞬間嘴角揚起，「當然啊，若妳危險，我第一時間救妳。」

「呃。」

「幹嘛？」

「你沒有先罵我廢？罵我笨？直接說要來救我？」琴歪頭，說這話時幾乎是自言自語。

「怎麼？」莫言說，同時比著一本黑氣正張牙舞爪往外噴出的書。「這本書看起來不錯，要不要先碰它？」

「喔好。」琴用力吸了一口氣，面對著這比三樓更旺盛的黑氣。這樓的黑氣已經不再單純只是往外衝，而是如同生物，長出了類似觸手的東西，試圖捕捉每個路過的魂魄。

琴手指一按。

比剛才兩本更劇烈，更令她吃驚的訊息順著指尖湧了上來。

投毒慈母，刑期一百八十六年，犯罪原因，外型如慈母，引來幼童追隨，但隨之給幼童投入毒物，幼童毒發後，吸取其能量，以增強其慈母毒之能力。曾殺害超過四十名幼童，殺人後的冤氣在她身上形成紫色的毒甲冑，連乙級星都可能被她擊殺。

逮捕她之人為火星鬥王，鬥王一拳如火直接轟碎其毒衣，拽著其長髮拖入監獄中。

火星鬥王並定下「若毒心不去，絕不釋放」的鐵則。

現今已服刑六十一年，關押地點，四樓，書本：《健康書：別把毒吃進肚子裡》。

當這些文字衝入琴的腦袋，她更進一步看見了書裡的世界，一名面容姣好，儀態慈祥的中年女子，將頭髮仔細盤在腦後，正端坐在地上。

她見到琴，露出慈祥的微笑。「妳來啦，辛苦啦。」

辛苦？琴聽到她聲音如此溫暖慈悲，莫名的，琴這些年在陰界打滾的辛酸委屈一股腦湧了上來。

「不辛苦的。」

「別逞強啦，妳這傻姑娘。」慈母伸出手，就要撫摸琴的頭。「我都知道，放下心，有婆婆在呢。」

「婆婆……」琴這一刻彷彿迷途多時的小船終於找到了靠岸的港灣，頭一低，就要讓這慈母摸頭。

但也是這一低頭，琴見到慈母乾淨整齊的衣服上，竟有著一道淺淺的焦痕。

焦痕灰中帶黑，有如曾被極熱極炙的烈火之拳，狠轟而入。

見到這拳印，琴腦海瞬間想起那曾在土地守護者中短暫交手的男人，這男人拳頭浴火，自身強大對弱者又不失溫柔，他正是火星鬥王。

「來吧，來我慈母的懷抱……」這慈母說到一半，忽然愣住，因為她臉的正前方，突然出現了一個手掌。

手掌掌心帶電，而且電能正在增強。

而手掌的主人，正是琴。

「慈母是嗎？投毒慈母是嗎？把妳打成豬頭慈母！」琴低喝，手掌瞬間往前，夾著金黃色電勁，就要一口氣把投毒慈母的臉打陷。

「啊！可惡！」投毒慈母發出一聲尖叫，全身上下湧現滿滿黑色毒液，同時急退。

看到慈母已經退開，琴也沒有再追擊，只見慈母不斷往後退，而她退到原來的位置，忽然一片清澈的水從地面湧出噴了她全身。

原本被清水所淋，最多就是濕答答不舒服，但投毒慈母卻發出淒厲慘叫，全身的黑色毒液瞬間被清水洗掉，彷彿硬是被剝下一層皮般慘烈。

只是當她一身毒皮被剝下洗淨，她身上皮膚又開始滲出黑液，黑液凝結，又是一層毒皮。

但她毒皮才剛長成，地面上的潔淨之水又跟著噴出，再次噴了她一身。

伴隨著她憤怒慘叫，全身毒皮又被清水洗淨，洗下了一層皮。

「好痛，好痛啊，可惡，這他媽的什麼臭監牢，什麼健康餐？什麼無毒生活？痛死了啊！」

而琴就這樣駐足看了這投毒慈母一會，輕輕地說：

「在陰界，技由心生，妳心裡有毒，就會不斷長出毒皮，在此書領域為去除毒液就會不斷清洗，如此反覆，有如酷刑。」

「那又怎麼樣！那又怎麼樣！」投毒慈母尖吼著。

「若妳心中無毒，不長毒皮，潔淨之水又如何傷妳？」

心中無毒，不長毒皮，潔淨之水又如何傷妳？

這剎那，投毒慈母愣住，嘴裡喃喃唸起相同的話。

而琴也只搖了搖頭，轉身而走。

徒留投毒慈母一人在這本健康書中，而她眼神迷濛，嘴裡輕唸著：「心中無毒，不長毒皮，潔淨之水又如何傷妳？那個人，那個全身是火的人，是不是也對我這樣說過？是不是……也說過一樣的話？」

五樓。

在陰沉少女的指揮佈局下，琴等人終於要踏上五樓了。

「琴姐，踏上五樓後要小心，因為這裡的囚犯已經超過怒槍紳士的等級，也代表這邊任何一個囚犯，五暗星都可能無法戰勝。」

「我知道，我們會小心的。」琴深吸了一口氣。

悄然踏上五樓，而她離開四樓之前，那詭異的目光依然短暫出現，然後又隨即消失。

如果那目光表示有人已經發現他們，那這個人肯定從一樓就已經開始跟蹤，然後跟到了五樓。

琴有點不安，但又想到為了拯救木狼，冒險是必須的，她還是繼續往五樓邁進，映入眼簾的，又是一般的圖書館擺設，書櫃、大書桌，以及零散的陽世民眾。

琴首先觀察到的是，這一層樓，散發黑氣的書數目變少了。

雖然數目少了，但每一本書散發黑氣的強烈程度，卻完全不可同日而語，那黑氣已經是兇暴與猙獰的融合體，像是書被澆上了最易燃的松油，然後放上一把火。

黑氣如火焰，以書本為起點，熊熊地燃燒，甚至燒上了天花板。

一團又一團燃燒黑火，這就是監獄的第五層？

「這裡比樓下危險上百倍，」這時，耳中的陰沉少女語氣雖緊張，但仍穩定地指揮著。「小蠍，你出樓梯之後往右邊探查；罪武宗，你出樓梯之後請往左；墓，你貼著天花板往前推進；怒槍紳士跟在最後面，還有琴姐和莫言，請你們找一個書櫃區域藏身。各位伙伴，每次移動十公尺都要停一下，確定沒有危險再繼續往前。」

「了解。」眾人往前散開，而琴和莫言則在書櫃間小心前進。

這時，莫言停在一本書前面。「也不知道哪一本比較好，不如這本？」

「這是你神偷的直覺嗎？」琴端詳了一下莫言推薦的書，黑氣不只猛烈，更隱隱聽到黑氣中發出呻吟，裡面似乎囚禁著一縷痛苦惡魂。

「反正挑哪本都沒差，我會保護妳。」

「呃，你竟然說會保護我？」琴再次瞄了一眼莫言，然後她轉頭看了這本書幾秒，搖了搖頭。「我不要。」

「不要？」

「我想換這本。」琴又往外走了幾步，停在一本同樣散發著黑氣的書前，這本書的黑氣同樣強大，從書裡往外湧出，但差別是，這股黑氣沒有聲音。

這是一道寧靜且巨大的黑氣，遠遠看去，竟有點像是植物，由書本長出，攀附了整個書櫃。

「啊？為什麼選它？」莫言皺眉，「這本書……」

「緣分。我覺得我和它比較有緣。」琴已經站好，看著眼前這本書，這本書有著白色的精裝外皮，尺寸比一般的書更大，但上面的印刷已經斑駁，透著一股充滿歷史的古書氣息。

琴用力吸了一口氣，然後手指往前伸去。

而當她指尖碰到書皮的瞬間，一個宛如大型看板般的訊息，躍入她的腦海。

開花者

刑期三百零一年。

他的技能是一朵花，歲數至少三百年以上的古老魂魄，多年來都深藏山林過著與世無爭的平靜生活，但卻因為某日一名登山少女坐在其旁，對他說了一些話。

關於政府日益膨脹，人民日子苦悶，還有少女有個男性友人，竟然替政府效忠，令少女難過與悲傷，不過少女的內心中，似乎還有另外一個煩惱……這煩惱不是這男性友人，而是另有其人。

花傾聽著。

它想安慰少女。

於是它展開了花瓣，但它修為不夠，無法發出聲音，只有花瓣展開時那細微到只有昆蟲才能聽到的窸窸窣窣聲。

它感到沮喪，但少女卻聽到了，她伸出手，輕輕摸著這朵花，笑著說：「我知道你的好意，謝謝。」

花很開心，因為它發現，少女聽得到它的聲音。

當少女離開，這朵花開始等待少女，一日、兩日、三日……轉眼十年過去，少女沒有回來。

因為等待，給了花朵意念，十年間它緩緩化成人形，一個害羞懦弱的少年，且有了雙腳，他決定踏上尋找少女的旅程。

他踏入漫漫江湖，打聽少女下落，也逐漸了解了天下局勢，他隱隱猜到了少女身分，於是他決定去找一切的始作俑者：政府。

他是一朵花，他能做的事情也只有一件，就是坐在政府十四宮殿之前，做他唯一能做的事。

那就是：開花。

數百年的修行完全釋放，他的花瓣不斷往外伸展，從數公分到數公尺，然後又延展成數十公尺，甚至到了上百公尺的等級。

這幾枚巨大的花瓣，完全遮蔽了政府的天空。

遠遠望去，他優雅而美麗的姿態，是一朵巨大參天的蘭花，從政府往上延伸而出。

竟有人敢來政府侵門踏戶？政府內部感到震驚，高手紛紛現身，從持著無錠槍的士兵，到具備丙等星格的戰士，甚至是乙級星格的高手，政府高手雖然很強，卻都無法傷害開花者的花瓣。

而他卻也沒有任何攻擊，只是展現巨大無比力量地開著花。

因為他相信，只要在這裡開花，少女必定會知道，若少女真的不在了，開花者也可以將少女的悲傷與憤怒，傳遞給政府。

這朵巨花，就這樣足足開了一日，方圓百里的陰魂都目擊了這場百年來最大的入侵政府事件。

只是當第二天，太陽初出，他突然感到身體一震。

他抖動花瓣，低頭看去。

底下一個男人，正露齒而笑。

「堂堂政府之所，豈能容一朵花招搖？」那男子笑著，「讓我東軍之正左輔星浪蛟，親自收了你這朵花吧。」

這剎那，花朵看見這男子擺動雙手，彷彿一條巨龍擺尾，每擺動一次，就有一團團沉重的巨大水球擊向他，而他是植物，原本就不怕水，他舞動細根，攔截水團，並將水分吸收殆盡。

只是這男子的水彷彿無底湖泊，不斷炸來，細根終於無法再吸收，過多的水，讓根膨脹到炸裂，失去底根，花朵終於承受不住，花瓣萎縮，片片飄落下來。

當花瓣盡落，少年又回到了原本花的樣子，一朵失去了花瓣的花，矮小而萎靡。

此刻，換成這名為浪蛟的男子由上而下俯視少年，他露齒而笑。

「我們老大紫微帝星說你丟了政府顏面，要我斬草除根，不過啊，我覺得你很特別，你是修行了三百年的花，有識之魂，就這樣滅了好可惜。」浪蛟笑得爽朗，「你是來找人的吧？找誰？她是一個漂亮的女生，是嗎？」

花朵微微點著前端，算是同意浪蛟的話。

「這心情我懂啦。」浪蛟坐在地上，與花朵緊緊靠著。「窈窕淑女君子好逑啊不是嗎？不過你要找的那女孩，是政府敵人是嗎？」

花朵又點了點前端。

「這可就難辦了，不然這樣吧？」浪蛟小心翼翼地把手插入土裡，然後連著土把花朵捧了起來。「我帶你回去，在政府裡面慢慢等，總會等到那女孩的。怎麼樣？」

「對了，總不能一直叫你喂吧，你這麼會開花，叫你開花者？怎麼樣？」

花朵再點頭，他感到開心，這世界上果然像那登山少女一樣，能夠聆聽萬物之音。

不過，花朵的開心卻在後來的某日戛然而止，因為，這位名為浪蛟的男子，終究與政府行事不合，黯然入獄。

浪蛟沒有抵抗，他被抓住時，只是低頭對著這朵花說：「開花者，接下來會有點辛苦，如果入了監獄，我會被關入第六層，以你的道行應該是第五層，辛苦幾年，這世道會扭轉的，扭轉時，咱們就一起出來混。」

如果沒有扭轉呢？開花者無聲地問。

「如果沒有扭轉？哈哈哈哈。」浪蛟大笑，「那我們可能就死了，那真的就可惜了，哈哈哈——」

為什麼這時候還能笑呢？開花者歪頭。他真的搞不懂這浪蛟啊。

不過開花者卻仍有信心，因為他覺得那登山少女遲早會回來，而且不只如此……當她回來之時，就是世道扭轉之時！

當她回來之時，就是世道扭轉之時！

開花者已服刑二十八年，關押地點，五樓，書本，《白痴都能養活的植物：綠手指聖經》。

當她回來之時，就是世道扭轉之時？

琴站在這本監獄中，她莫名地感到悵然，這被關押的人，開花者，為什麼這麼令人熟悉？

而這片土地更不像之前的監獄，充滿了懲罰囚犯產生的沖天怨氣，沒有釘子釘住舌頭，沒有會把毒皮洗掉的水柱，這片土地，氣候宜人，遍佈著花朵。

白色的、黃色的、粉紅的，散佈著點點花朵。

琴小心翼翼地越過群花，最後停在這裡唯一一株沒有開花的植物前。

它彎著莖，彷彿疲倦的少年，低頭嘆息。

「你，就是開花者吧？」琴由上往下，看著這朵捲曲在群花之中，隱匿而低調的細莖。「我，之前見過你嗎？」

我們見過，細莖搖晃。

「我們真的見過？所以，我就是那個登山少女？」琴蹲下，雙手抱膝，專注看著這小小的植物。

是的，我一直在等妳。細莖再次晃動。

「謝謝你，等我。」

不，是我該謝謝妳，沒有妳，我無法成為有識之魂。不過，抱歉，現在我不能見妳。

「不能見我？」

這監獄限制了我的開花能力，土地含有劇毒，我用根吸取了這些毒，藉此淨化土地，我若開花，劇毒將會重新散開，周圍這些小花都會死亡，它們陪伴了我數十年，我不能如此做。

若我沒有開花，我們就不算見面。

「那我該怎麼辦？」

六樓。

「去六樓。那裡有答案。」

六樓，找到左輔浪蛟。

「好，我馬上去。」琴用力站起，但細莖卻仍在顫動，彷彿還有話要說。

我知道。

「咦？知道什麼？」

當年登山少女說了她所有的故事，我知道第五道食材在哪？她說，當她回來，若是忘記了，希望我告訴她。

「所以你知道第五道食材？蛋在哪？」琴感到震撼，尋尋覓覓多年，最後一道食材的去處，竟然在遙遠監獄五層的一朵花心中。

要我開花，了卻這緣分，我才能告訴妳，這就是我找她的原因。

還有。

「還有？」

務必小心。

「好。」

這一刻，琴把手指從書本中退了回來，也在這一刻，佈滿鮮花的土地消失了，垂著頭羞怯的細莖消失了，眼前又是圖書館的模樣。

而同時響起一旁的莫言的聲音，「怎麼樣？這本書，妳進去了好久。」

「嗯。碰到了老朋友。」琴深深吸了一口氣。

她心中仍盈著那溫柔的惆悵與飽滿的想念。

「連陰界監獄裡面都能遇到舊識？妳交遊真廣闊。」

「嘿。我的舊識可多了，怕了吧？」琴再次回頭，看了莫言一眼。「聽說這座監獄除了政府的人把守，還有一隻S級陰獸，什麼猴王的？」

「是啊。」莫言嘴角單邊揚起，與琴的目光直直相觸。「一隻能變化人形的陰獸。」

「每個人都說牠很可怕，可以任意變化人形，不知道何時會碰到牠呢？」琴收回目光，繼續往前。

當琴往前走去，耳中又再次傳來陰沉少女的聲音。

「五樓資料建立完畢，各位，我們準備要上六樓嘍。」陰沉少女說，「小蠍、墓，你們倆先上，越往上越危險，請千萬注意。」

「收到。」迴音廸傳來各人的聲音。

六樓嗎？琴仰起頭，看向通往六樓的樓梯。

樓梯蜿蜒向上，深處透著一股詭異的黑暗。

「走吧。」琴低聲說，「我覺得，木狼就在六樓，而且不只木狼，有些秘密的答案，就在那裡。」

「嗯。」莫言點頭。

琴有種感覺，她必須上六樓，這一樓層中，有右弼木狼，還有能夠打開開花者秘密的另一個重要人物：左輔浪蛟。

六樓，肯定會是這趟監獄之行中最關鍵的一個樓層。

第七章・陰獸猴王

圖書館裡，小靜最喜歡樓層，莫過於六樓了。

真正的原因，小靜也說不清，可能是六樓主要藏書是以「小說類」為主，從古老卻經典的武俠小說、到嶄新熱門的輕小說、口味特殊的翻譯小說，甚至是冷門孤僻的怪奇小說，都被搜羅在這裡。

小靜覺得六樓非常有趣，就算她沒有實際借一本書來看，也可以感覺到這樓層透著與一到五樓截然不同的氣氛，那是活潑的、清涼的、舒適的，特別在召喚閱讀者的一種氣氛。

不過，小靜也知道圖書館有七樓，只是她很少上七樓，七樓主要是展覽會場、行政辦公室，還有一些影音類的收藏。

既然沒有書，小靜就沒有特別愛上七樓了。

有次，小靜和小風聊起圖書館，小靜說到七樓沒有書，所以她極少踏入，小風卻搖搖頭。

「七樓有書喔。」

「有書？」小靜訝異地看著小風，她知道小風從小在這附近長大，這間圖書館幾乎就是小風的遊樂場。

她說七樓有書，應該是真的有書。

「對啊，不過它的書很少，主要收在一間特殊的房間裡，平常不對外開放，我小時候曾經看過一次。」

「那是什麼書？」

「是古書。」

「古書？」

「是的，」小風點頭，「至少是百年前的文獻，有些是影印本，也有真品，有的年代甚至可以追溯到唐朝，主要提供給一些文史工作者查詢。」

「等等，如果是古老的文獻，不是應該被保存在博物館嗎？」

「有些價值昂貴的書畫，會送去博物館，因為防盜等級才足夠，而圖書館裡的書，以文獻為主，主要供給特定的研究者借閱，而且圖書館對書本的專業保存能力，可一點不比博物館遜色，畢竟說起書，老圖書館的館員才是專業啊。」

「原來如此……」

「雖然是希望供給人閱讀，但因為太珍貴了，所以需要特別的申請才能進去。」小風笑，「所以小靜妳不想去七樓也是合理的，根本沒啥東西好看啊。」

「不過，古書啊，」小靜眼神嚮往，「如果琴學姐還在，一定超愛七樓的吧。」

「我想也是。」小風微笑，「她可能光是摸到古書的紙，都會興奮得尖叫吧，搞得像是摸到偶像的手一樣。」

「嘻嘻。是啊。」

「那我們去六樓看書吧。」小風看了一下手錶，「難得今晚有空，我們去再體驗一下閱讀的樂趣吧。」

六樓。

這裡陽世的人數，比下面五層樓，還要略多上一些，可能因為這裡是小說區，更能吸引讀者在此地駐足。

同樣的，這裡瀰漫的陽世情感，也較下面五層更加濃烈。

當琴踏上這裡，她赫然發現，這裡吐出黑氣的書真的不多，竟然只有寥寥三本。

這三團黑氣，在這滿滿小說的書櫃，有如萬顆星星的夜空中，特別耀眼也特別暴力的三顆星。

其中一星，其黑氣猛烈如刀，刀氣凌厲，往四面八方射去，逼得人無法靠近，書名《百年孤寂》。

第二星，其黑色如水流，柔滑往外繞動著，動作緩慢卻能感受其中蘊含的強大力量，書名《潛水鐘與蝴蝶》。

有一本書的黑氣，卻詭異到難以說明，它的黑氣竟然像是吹泡泡般，不斷吐出、擴散，然後又消失，書名《紅樓夢》。

更奇異的是，這三本書的黑氣都如此強大，竟有幾次已經互相交纏，交纏後又肅然後退，彷彿在彼此爭奪地盤，又彼此顧忌對方勢力。

「有三本書？」琴這時遲疑了，「如果按照前面五層樓的經驗，越高樓層，關押的高手越厲害，到第六層就是甲級星等級，換句話說，右弼木狼和左輔浪蛟應該就在此地，但這裡有三本？」

「我也是這樣想。」莫言雙手抱胸，「那妳打算開哪一本？」

「開哪一本啊？」琴這秒鐘，遲疑了。

因為她這一路從樓下摸書上來，她知道被關押在政府這頂級監獄的犯人共有兩種，一種是不肯歸順政府的，像是五樓的開花者，或是開花者口述中的左輔浪蛟，甚至是琴正在找尋的木狼。

這種人隸屬黑幫，本質良善重義，只是因為違背政府而被關押，這也是琴想要釋放的對象，若碰到這類書危險性並不高。

但麻煩的是第二種人，這種真的是罪犯，像是三樓的電視冥嘴、四樓的投毒慈母，他們之所以被關入監獄是因為惡貫滿盈，下手狠毒，若硬是與他們接觸，琴自身也有危險。

投毒慈母只是在四樓，她的毒汁就曾經讓琴身陷險境，如果這樣的角色是在六樓呢？具備甲級星實力的壞蛋，那不就是類似化忌星霜這樣的殺手？

三分之二的機會，如果猜錯呢？

為此，琴遲疑了。

她從以前籤運就不算頂好，統一發票要半年才會中那麼一次兩百元，超商抽獎不是銘謝惠顧就是最小獎，在琴的記憶中，手氣最好的就屬小風了，幾乎是被幸運之神罩頂的狀態。

不，想起小風，琴甚至覺得，不是幸運之神罩頂，而是小風靠著自己的強勢本能，硬是招來幸運之神，供她驅策。

「要選哪一本？三分之二。」莫言的聲音，再次在琴的耳邊響起。「這裡有三本書，但未必都是甲級星喔。」

「怎麼說？」

「在陰界，星格只是象徵著宿命，與強弱並沒有絕對的關連，紫微身負主星之命，事實上戰鬥力甚至比不上甲級星；相反的，有的星格雖然只有丙等星，但其危險程度卻甚至凌駕於甲級星之上，這樣的角色，也會被關在六樓這個地方喔。」

「你倒是懂很多，」琴再次看向莫言，「所以，你覺得會是誰呢？」

「在一百零八顆星之中，有一顆星編號最末，但其兇狠與恐怖，卻被人不斷耳語相傳，那顆星正是丙等『五鬼』星。」莫言說，「五鬼作惡多年，更有『上有七殺，下有五鬼』之說，但七殺消失後，五鬼也多年不見，傳說就是被關在監獄中，若真要說，應該就是關在六樓。」

「為什麼不是七樓？」

「七樓書冊極少，盡是古書，尊爵不凡，只關主星。」莫言嘴角揚起一抹詭異的笑容，「他還不夠格。」

「只關主星啊？」

「是的。」莫言看著琴，「得小心啊，如果妳在這裡失手，七樓的監獄就有人住了。」

「也對。」琴的大眼睛看著莫言，似乎在想什麼，看了數秒，才轉過身子。「那回到最開始的問題，莫言啊，你覺得我應該摸哪一本書？」

「妳不是不相信我的小偷直覺嗎？」

「就當聽來參考。」琴嘴角揚起，「給個建議嘛。」

「如果真要說，」莫言的手慢慢舉高，然後比向了三本書中黑氣型態最為詭異的一本。

黑色泡泡的書。

「就這本吧？琴。」

「嗯。」琴盯著那本書，卻沒有立刻行動。「對了，莫言，你最常叫我什麼啊？」

「啊？叫妳什麼？」

「對啊，每次戰鬥前，你總是不忘鼓勵我，給我打氣，所以你都怎麼稱呼我來著？」

琴沒有回頭，依然盯著那本書。

「那，我都怎麼鼓勵妳啊？」莫言想了一下，才開口道。「最棒的琴？」

「不是喔。」

「最漂亮的琴？可愛的琴？帥氣的琴？陰界最聰明的琴？」

「最聰明的琴，嗯。」琴回過半邊臉，露出那可愛的虎牙微笑。「就是這個了。」

「對啊，我差點忘記了，最最最聰明的琴，妳最聰明了，加油！快去碰那本書吧。」

「可以，沒問題。」琴伸出了手指，開始朝著那本冒著黑色泡泡的書，不斷靠近。

但就在琴手指要碰到書皮的瞬間。

她忽然停止，然後手突然往後一抓，陡然抓住了莫言的右手。

「什麼聰明的琴？我認識的莫言嘴巴壞到連大便都嫌臭，你才不是莫言！」琴手臂上電光暴湧，宛如長蛇，快速圈綁住莫言的手。

「什麼？」

「你不是莫言！敢騙老娘，你自己去碰這本書吧！」

然後聽到琴大喝一聲，右手一翻，竟帶著莫言高壯的身軀，直摔向眼前這本黑色泡泡之書。

黑色泡泡彷彿感受到某個生命體正在逼近，黑色泡泡數目跟著暴增，撲成一片泡泡床墊，正好迎向被摔過而來的莫言。

「不可！」莫言大吼，吼聲又尖又利，竟如野獸，忽然間他全身上下長出長毛，最驚人的是他屁股褲子突然裂開，然後一條長尾巴竄出。

長尾巴靈巧至極，高速甩動，竟連電光都被尾巴帶動，最後把琴的藍色電光全部打了回去。

「尾巴？」琴看著這條尾巴在她眼前高速扭動，然後一個霹靂迴旋，朝琴腦門直打而來。

琴這些年征戰，早已非吳下阿蒙，她以電能刺激肌肉，讓她一個仰頭，有如體操選手般，完美流暢地避開了這一尾巴。

不只如此，琴更在躲避這瞬間將手一伸，陡然抓住這條竄動的尾巴。

「爆。」琴掌心注滿電能。狠狠握下。

「嘎！嘎嘎！」只聽到莫言慘叫，不，此刻這人全身是毛，手長腳長，還帶著一條尾巴，早已不是莫言的模樣。

「猴子就猴子，還敢用上悟空之名？還冒充莫言的外型？」琴怒笑，甜美中帶著霸氣，抓著猴子的尾巴，甩動猴子身體，再次朝散發黑氣的書，猛砸下去。

「嘎！我乃是十二陰獸之一，悟空！」猴子露出滿嘴利牙，「哪裡那麼容易對付，嘎。」

說完，猴子身體再變，短髮俐落，五官深刻俊俏，身著黑色背心，露出雙臂精鍊肌肉。

掌風者，柏。

琴抓著猴子的尾巴，正發動電能，要猛力朝冒著黑泡泡的書砸去，見到猴子竟然變成了柏，她頓時一愣。

「我能窺見內心，這人是妳記掛的吧？妳捨得下手嗎？捨得讓我被書中五鬼吞噬嗎？」猴子大笑，正確來說，是柏的五官發出大笑。

「其他人就算了。」琴低著頭，嘴角揚起。「如果是這傢伙，只有欠揍而已啊！」

說完，琴手上竟然更加用力，以更強電能，更高速度，把猴子更猛力地朝書本砸了過去。

猴子感覺到全身彷彿失速，幾乎是時速一百，等同高速列車直撞牆壁般被甩向書本，他大驚尖叫。

「嘎嘎嘎，妳這臭女人竟然一點都不珍惜這男人，不行不行不行！」猴子尖叫著，「我得換，我得再進去妳內心深處一點，再再再換……」

下一瞬間，琴看見眼前這帥氣男子的模樣再次急速改變，只見一襲黑色長髮隨風飛舞，長髮下羞澀可愛面容，一雙靈動大眼。

「小靜？」

琴的手，確實在此刻微微停住了。

「是小靜啊，我可是妳最疼愛的學妹呢？妳捨得砸嗎？砸痛了我會哭哭喔。」悟空用小靜的臉龐，溫柔地笑著。

「小靜啊，是我最疼愛的學妹喔。」琴用力吸了一口氣，手上再次加速。「她一定會原諒我的啦。」

伴隨琴手臂再次甩下，悟空發出慘號，不行了，牠的背部就要碰到黑色泡泡了。

要知道猴王悟空棲息在這座圖書館多年，自然知道每一本書關著哪一個魂魄。帥氣英挺有如紳士的左輔浪蛟，那如水般的黑色氣息，象徵著他的溫柔與大度。

後來被關進來魅力十足的浪人，就算身上無刀，仍散發著一股天然凜冽的刀氣，那是右弼木狼。

而這第六層中，有一本書最早被人關入，但也擁有最深沉飢渴的力量。

那就是這本不斷浮著黑色泡泡的書，書名是《紅樓夢》，古老的中國經典，訴說著清朝封建文化下貴族的興衰起落，細膩且悲傷，衝突且無奈，一個巨大時代流動中，關於人的故事。

以鬼制鬼，書中的魂魄，正是五鬼。

同時間，黑泡泡越湧越多，越湧越快，有如會讓人產生密集恐懼症的昆蟲卵牆，彷彿也知道書外的琴與猴子正在激戰，並且有如一頭飢餓野獸，等待著從天而降的美食。

「變成柏和小靜都沒用？」這隻猴王尖叫，牠就要墜入背後密密麻麻的黑色泡泡牆中。「可惡，只能用上全力了！」

說完，猴王發出嘶吼，全身道行炸裂，雙眼冒血，張大滿嘴獠牙，全身猴毛都豎直。

牠這次窺看的將不是記憶，而是更深的、更禁忌的，那是跨越了反覆轉生，穿越了層層前世，來到魂魄的最深處。

牠就不相信，這樣還動搖不了眼前這個女孩。

而當猴王道行全力釋放，剎那間，琴感到一陣恍惚。

彷彿，猴王張開了一張光幕，光幕將琴完全籠罩。

光幕中，有著一個模糊人影。

他昂然而立，雙手負於背後，模樣雖然輕鬆，但卻不自覺展現尊貴儀態，那是琴一開始雖然表面厭惡，但內心卻不自覺嚮往的一個身影。

這是誰？

你是誰？

為什麼你被我藏在心裡，甚至比柏和小靜更深？

難道，你才是我最後秘密，也是最後一項食材的歸屬？

就在這剎那，琴的動作停了，她在困惑中，停止發力，也因為這一次致命的停滯，讓猴子有了這個千載難逢的機會。

牠狂笑著，然後屁股上的尾巴如靈蛇扭動，捲住了停住動作的琴，然後用力一拉，猴子與琴的位置頓時互換。

這一次，要以背部狠撞密密麻麻黑色泡泡的人，不再是猴子，而變成了琴。

她帶著疑惑、迷惘，又有那麼一點懷念與悲傷的神情，完全撞入這團黑色的泡泡堆中。

黑色泡泡沖天飛散，遮蔽了所有人的視線。

而泡泡散去，女孩，已然不在。

就在琴被黑色泡泡捲入而消失的同時，陰沉少女突然聽到耳中的迴音廸傳來一聲尖銳的噪音。

噪音長達數十秒，更混雜著多人的驚呼。「琴姐！」

「有埋伏，是警察！冠帶？駐警的冠帶？」這聲音聽起來是小蠍，他嘶吼著。

「小蠍你還好嗎？」這是罪武宗的聲音，「等等，還有高手，你是政府的人，喪門星？墓……墓被捉了？」

「前面幾個都沒有聲音了，我得先退了，」最後聲音，是怒槍紳士，他聲音急促。「啊不行，敵人老早就發現我了，我也被圍攻了。紫羅蘭？甲級化科星？糟糕！監獄內有甲級星！」

怒槍紳士的聲音聽起來像邊逃邊打，槍聲不斷，而且從六樓一直往下，五樓、四樓、三樓，畢竟是五絕星中的老大，加上擅長藏匿身形，讓他一路逃到了二樓。

「快到了，我快……啊！」

只是，他聲音卻在一樓接近門口處，突然寂靜了下來。

當迴音虺裡頭，怒槍紳士最後的怒吼聲戛然而止，陰沉少女整個表情呆滯，此刻，迴音虺之內是一片死寂，也就是她所有的伙伴，包括琴與莫言，竟在短短一分鐘內被殲滅殆盡。

這座圖書館裡面，究竟藏著多少厲害角色，政府放入了多少陷阱，竟然一口氣吞噬了所有的伙伴。

而就在陰沉少女退了一步，遲疑著接下來她該如何求救時，忽然，她耳內迴音虺又傳來沙沙兩聲。

「陰沉少女，妳還在嗎？」

「我還，我還在。」陰沉少女聽出了這低沉的聲線，「老大，怒槍紳士？」

「對，是我。」怒槍紳士說，「剛剛對手很厲害，有政府軍的冠帶、喪門，還有化科星紫羅蘭，他們一看琴姐被抓，立刻率眾而出，一擁而上，將我們全抓了。」

「那你怎麼逃出來的？」

「我是狙擊手，所以躲在角落，混亂中沒有被抓到。」怒槍紳士說，「我快到一樓了，快來接我。」

「接你？」

「是的，我受了點傷，你扶我出去。」

「好。」陰沉少女聽完，急忙往前奔馳，就要奔入這棟圖書館中。

而同時間，圖書館門口，已經出現了那個高大帥氣的身影，他步履蹣跚，一手扶著門，正是怒槍紳士。

此刻的圖書館，正是七八點之時，夜逐漸深沉，圖書館的方形窗戶點點亮起，整棟建築透出淺淺的、詭異的光芒，彷彿來自異界的巨人，等待著每個自投羅網的陰魂。

也在這剎那，陰沉少女腳步微微一頓。

琴姐當時是怎麼中伏的？為什麼莫言在她身旁，她還會中伏？這莫言雖然刀子嘴，可是有名的心思縝密，手段強橫。

莫言在，琴姐會中伏？除非，莫言不在。

莫言不在？如果是戰鬥後被抓，琴姐應該會立刻發出警訊，並指揮隊伍進行退出，然後想辦法營救莫言。

但問題是，琴沒有。

一直到琴消失，連帶的所有人都被擒，琴都沒有說出「莫言被抓」的訊息。

陰沉少女原本就是一個心思複雜縝密之人，不然如何能同時操作三十餘支手機，規劃出最完美的送貨路線，她想到這裡，原本奮力往前奔馳的腳，不自覺減緩了。

所以，莫言到底發生了什麼事？而琴又為何不發出任何警告？

陰沉少女仰起頭，再次看了一眼圖書館，深沉而巨大，充滿能量的秘密監獄，彷彿正訕笑著每個不自量力的闖入者。

這剎那，陰沉少女懂了。

監獄裡面有一隻S級陰獸棲息著，據說牠還會幻化成人形，非常危險。

琴姐不是不發出警告，而是認為莫言一直在她身邊！而真正琴姐身邊的人，其實是……

想到這裡，陰沉少女猛然抬頭，看著前方的怒槍紳士。

帥氣的小鬍子，英挺的身軀，充滿迷人英國紳士風格的儀態，這完全就是怒槍紳士的模樣。

但，這真的是他嗎？

「來啊。」怒槍紳士笑著伸出手，對陰沉少女招手，就要把她拉入圖書館中。「來，來扶我啊。」

陰沉少女緩緩步向前，伸出了手。

她的手，就要與怒槍紳士的手，碰在一起。

而就在指尖相碰的瞬間，陰沉少女忽然笑了。

「變成怒槍紳士真的很聰明，因為他一直是我內心仰慕的對象，雖然他生性靦腆低調，但每次想到他在身後守護著我們，就會讓人非常安心。」陰沉少女說，「但也因為這樣，我才能發現你的詭計，因為如果是怒槍紳士老大，他絕對不會用這種方式求救。」

圖書館內，那個怒槍紳士愣住，因為他發現自己伸出去的手，周圍竟被五支手機圍著。

而且，這五支手機看起來極度不穩定，從螢幕到機身都不安地抖動著。

「啊？」怒槍紳士瞪著眼前的五支手機，聲音尖銳，他感受到這些手機的危險。「這是什麼？」

「操縱手機是我的技，而手機中危險的可不只是過量的垃圾資訊，同時也具備真實殺人的能力，那是專屬於S牌手機的隱藏技能！」陰沉少女大叫，「爆炸吧！S牌手機電池！」

下一瞬間，這五支S牌手機突然冒出火花，在一片互相閃爍的火花中，怒槍紳士的臉色驚恐。

驚恐中，五支手機同時炸開。

五團火焰合而為一，變成一顆巨大火球，吞噬了怒槍紳士的上半身，火團中只見怒槍紳士的身形竟然漸漸改變，雙手逐漸伸長，頭部變扁，全身冒出絨毛，更令人驚悚的竟然從雙腿之間，延伸出一條尾巴。

「妖猴！果然是你！」陰沉少女怒吼，同時間身形急退。

「誰跟妳妖猴，我是猴王！」手機炸焰似乎對這S級陰獸傷害不大，牠從火焰中伸出猴爪，就要抓住陰沉少女的脖子。

「糟糕，戰鬥不是我的強項，得換一個方式，看我的……」陰沉少女發出尖叫，「手機上的色色影片。」

只見猴王面前再次出現數支手機，螢幕正對著猴王面前，然後每個螢幕，都開始播放各式各樣的色情影片。

無碼的、全裸的、有劇情的、經典的，各式各樣色情影片，眼花撩亂。

而猴王雖然是猴，但能幻化人形，心性與人相同，卻更多一分獸性。

所以猴王能感受這些色情片的威力，且更加把持不住。

「吼。」猴王大吼一聲，雙手亂抓，把眼前手機全部抓了下來，抓到機殼碎裂，更引爆其中電池，炸得他滿身傷痕。

這片混亂中，陰沉少女終於得以連退數十公尺，脫離圖書館的範圍，而猴王似乎只在圖書館內發動攻擊，更沒有離開圖書館的打算，讓陰沉少女鬆了口氣。

「幸好這些色色影片對這猴子有用。」陰沉少女只覺得心有餘悸，她雖然逃脫圖書館內猴王攻擊，但她想起所有伙伴都被困在圖書館內，一時間也不知道該如何是好。

該怎麼辦呢？琴姐，妳現在到底在哪裡？妳真的被這座圖書館給困住了嗎？我到底該怎麼辦？

而就在陰沉少女沮喪得不知該如何是好之際，忽然，她感覺到肩膀一暖。

竟是一隻手，厚實且充滿力量的，按住了陰沉少女的肩膀。

她訝異回頭。

見到一張陌生中又有點熟悉的臉龐。

「連琴和神偷都受困啊。」那人如此說著，他聲音低沉，五官冷峻，是名男子。「這座陰界監獄，果然真有點門道。」

「你……」

「此事因我而起，可不能撒手不管。」那男子凝視著這座監獄，嘴角上揚，那是無懼生死的狂傲之氣。「對吧，我的伙伴們。」

這時，陰沉少女才赫然發現，男子背後還有三人一犬。

一名帶著古典優雅氣質的女子、一名留著短髮的帥氣女孩，還有全身皮膚都是鐵，醜陋中帶著憨厚氣質的男子，以及那頭全身長毛，宛如獅子般威武的巨犬。

他們看起來，也都好強啊。

「我有地圖，」陰沉少女知道這四人可能是琴姐等人的最後希望，急忙開口。「一到六樓層所有的布置與守衛位置，我全部都有。」

「很好，妳幫了大忙，傳說陰界圖書館裡頭環境變化莫測，有這一份地圖會很有幫助。」男子一笑，同時抽起手上的兵器，那是一柄散發著如風般的殺氣，通體黑色的長矛。「今晚，就讓我們也闖一闖這陰界第一監獄吧。」

當所有的人都被捕獲，其中一個關鍵人物：莫言。

他究竟在哪呢？

他出事的時間更早，那是在全面戰鬥前，當琴從在圖書館第一層踏入第二層時，那時莫言就已經脫離了隊伍。

當時，身為盜賊的他，也許直覺不比十四主星強大，但對周圍環境的蛛絲馬跡，觀察力卻更加細微。

尤其當琴對他說，這圖書館中隱藏著古怪的目光時，莫言就提高了警覺。

如果對方老早就發現了，為什麼仍放琴等人繼續往上走，原因很簡單，那就是請君入甕，要來個一網打盡。

莫言冷笑，對方要一網打盡這種手段，也該看看對象，他可是神偷莫言。

於是，當眾人不斷移動位置，然後要離開第二樓，走上三樓時，莫言忽然停步，對著前方的琴說：

「嘿，琴。」

前方的琴一愣，轉過頭來。「幹嘛？」

「妳的走路姿勢怎麼變得這麼醜啊？妳不是琴吧。」莫言冷笑，「琴這姑娘傻歸傻，走路時抬頭挺腰，雙手自然擺動，跨步輕盈，步距穩定，看她背影走路是一件舒服的事，但你啊，腳步輕浮，左顧右盼，毛毛躁躁，你是誰？變成琴的樣子想騙誰啊？」

「搞什麼？」前方的琴皺起眉頭，「我可是完全拷貝喔，我擁有和被拷貝者完全一模一樣的身體，肌肉運作方式也一模一樣，走路應該會完全相同才對啊，怎麼還會被發現？你這傢伙，到底怎麼發現的？」

「因為那是琴啊，她的背影……我看得都會背了。」莫言說，「不過我倒是好奇，變化成琴的樣子我可以理解，但究竟是什麼時候掉包的？」

「嘿，好奇嗎？」此刻的琴，白皙的皮膚竟然長出細細短毛，笑容也變得卑鄙粗俗。

「這可不能和你說。」

「你是猴王吧？變化軀殼來詐騙旅人，是樹林裡野猴子幹的勾當，不過要瞬間置換，應該不是你的能力。」莫言皺眉，「這裡還有一個人在幫你？」

「不錯，猜測能力挺強的。」猴子冷笑，「不過你倒是猜錯了一件事，在這圖書館中，不是他幫我，而是我奉他的命令行事，因為他比我大。」

「比你大？」莫言微愣，能收服S級陰獸？對方是誰？

就在莫言吃驚之時，突然他周圍出現一條條如繃帶般的布條，布條如海浪朝莫言湧來，有的從天花板攀爬入下，有的從地板翻湧而來，更有的鑽過書櫃，綿延不絕聲勢駭人。

「這繃帶？妳是……」莫言認出了這些繃帶的來歷，「甲級化科星，紫羅蘭？」

繃帶一聽到名字，先是微微一頓，然後嘶嘶幾聲，突然如毒蛇般射向莫言。

「好樣的，一來就下殺手是嗎？」莫言冷哼一聲，只見他左手翻轉，一只收納袋頓時出現。

收納袋在莫言手上如同一條透明鞭子，他俐落地甩動鞭子，把第一波湧來的繃帶直接打退。

但繃帶數目實在太多，莫言手上的收納袋動作一緩，被繃帶纏捲了上來。

繃帶速度極快，迴旋盤繞，已經繞上了莫言的左手。

「大膽！」莫言道行催動，一股凌厲力量從手臂往外震開，頓時把這條繃帶震成了碎片。

只是莫言化解劣勢僅僅一秒，因為繃帶碎裂，同時翻出背側的黑褐血字，血字竟然開始扭動，最後化成一隻全身血紅的百足蜈蚣。

「血字蜈蚣？」莫言不怒反笑，「妳練出這東西又粗又肥，表體透出濃烈咒氣，看樣子這幾年妳進步很多啊，紫三妹。」

莫言竟然稱紫羅蘭為三妹？他們之前就已認識？

「莫二哥。」繃帶海的後方，傳來一個溫柔的聲音。「是啊，這血字蜈蚣就讓你來鑑定一下嘍。」

只見血字蜈蚣從繃帶中爬出，百足不斷蠕動，順著莫言的手臂蜿蜒上爬，其頭部雙顎牙帶著強烈毒性，就要沿著莫言的肌膚咬上去。

這血字蜈蚣在在陰獸綱目中排行第四十四，更是陰獸五毒之一，只要被牠咬中，等同身中惡毒詛咒，隨著每次使用道行，都會誘發毒氣發作，而且一次比一次嚴重，最終全身潰爛，屍骨無存。

面對如此棘手的對手，莫言當然不會輕忽，手一翻，正是他的拿手絕活：收納袋。只見莫言靈巧的雙手翻動，竟把方方正正的收納袋折成了一隻小鳥模樣。

此刻收納袋袋口細長，一啄一啄，行動更似麻雀。

麻雀展翅，一路啄向這頭深紅透血的蜈蚣，牠們在莫言手臂上展開追逐。

血字蜈蚣似乎也感受到天敵將至，百足快速爬行，在莫言手臂上迂迴潛行，只是蜈蚣快，這隻收納袋麻雀更快，牠拍動翅膀，鳥足蹦蹦跳跳，幾個起落，就朝血字蜈蚣身上啄下去。

血字蜈蚣扭動幾下，就要掙脫，麻雀再啄，這次力道加重幾分，幾乎穿破蜈蚣鋼硬身軀，然後麻雀一個仰頭，張開了鳥嘴。

咕嚕一聲，只見血字蜈蚣就被一口吞入，掉入了收納袋中，只是蜈蚣不死，仍在袋中盤旋爬動，找不到出口。

「咦？」看著收納袋中的蜈蚣，倒是莫言皺起眉頭。「這蜈蚣沒有縮小？」

沒錯，通常物體一被莫言收納袋收入，就會快速縮小，但這血字蜈蚣體積卻絲毫不變，一隻蜈蚣就塞滿了半個袋子。

「沒錯，莫二哥觀察得沒錯，這血字蜈蚣本身帶著詛咒，對收納袋的技有一定的抵抗力，無法被你的收納袋壓縮。」

就在這時，周圍的繃帶開始高速蠕動，所有繃帶聚成一團，這團慢慢有了人形，身材窈窕，姿態婀娜，顯然是一名女性。

聲音，就是從這女性口中發出。

而莫言看著眼前的人形，露出淺淺的微笑，微笑中竟帶著一抹懷念。「原來這圖書館的老大是妳啊？紫三妹，不錯，妳的血字蜈蚣越練越強了啊。」

「嘻嘻，你問這圖書館老大是誰？這我可不敢當呢。許久不見神偷鬼盜了呢，橫大哥最近還好嗎？」繃帶散開，同時間這人形已經完全顯現，她是一名女子，臉上只露出一隻眼睛以及半邊臉頰，全身被繃帶纏繞，其曼妙身材反而透著妖魅般的誘惑力。

「你問橫財那老傢伙嗎？應該挺不錯的。」莫言嘿嘿一笑，「上次還吃了武曲五大食材中的『肉』，搞不好飽到現在，紫三妹，向來珍視外表的妳，怎麼會全身以繃帶包裹？怎麼，練血字蜈蚣練到走火入魔了嗎？」

「莫二哥，論道行，我化科星一直排在甲級之末，若不付出點什麼，又如何突破呢？」紫羅蘭淡淡嘆氣，「唉，多說無益……莫二哥，讓你看看我這些年的進步吧。」

「紫三妹……」莫言嘆息，同時間，紫羅蘭周圍上下左右的繃帶，又再次蠕動起來。

莫言卻只是搖頭，雙手始終垂著，沒有舉起。

「莫二哥，小妹我已經今非昔比，若你堅持讓招，可是會喪命的。」紫羅蘭聲音拉高，「咒帶索命，血字蜈蚣，去。」

數以百計的咒帶索命，表示數以百計的血字蜈蚣，這尖銳高亢的聲音一落，所有的昂首抖動的繃帶，頓時往前一衝，化成上百毒蟲，擠向居中的莫言。

而莫言連手都來不及抬起，就被轟然淹沒。

繃帶之蛇不斷捲動，像是群蟲爭食，其上爬動難以計數的血字蜈蚣，更發出唧唧聲響，尖銳而恐怖。

只是，就算莫言已然被淹沒，紫羅蘭卻沒有露出半點開心的神情，她單眼目光透出冷冽光芒。

「莫二哥啊，你如果這麼好解決，就不會陪著武曲這些年，名動半個陰界了。」紫羅蘭眼睛放光，「別裝了啊。」

「哈。」只聽到一個笑聲從密密麻麻的繃帶中傳出，然後奇事緊接著發生，繃帶的中心突然像是出現了一個排水孔，排水孔似乎帶著強大無比的吸力，不斷將周圍的繃帶猛力吸入。

繃帶如長蟲，奮力掙扎，但仍難逃排水孔的吸力，不斷被捲入，扭動，掙扎，但最後終究被吞食。

當這一大團繃帶被吸走一半時，一個男人從這漩渦中現身了。

他身材高挑，眼戴墨鏡，重要是他手握一只收納袋，就是這只收納袋，袋口不斷吸入從四面八方而來的咒殺繃帶。

他正是莫言。

隨著武曲四處征戰，名動半個陰界的甲級高手：擎羊星神偷。

「對，這才是我的莫二哥。」紫羅蘭笑著，「喔，你將所有的道行集中在一個收納袋，要收了我所有的血字蜈蚣是嗎？」

「哼。」莫言微微皺眉，他沒有說話，因為他正傾全力在手上，手上的袋子，膨脹到罕見的巨大。

這袋子幾乎和莫言等高，裡頭盡是蠕動爬行的紅色血字蜈蚣，數目至少數百，實在噁心又恐怖。

只是這袋子眨眼間已經七八成滿，一旦蜈蚣數目超過了袋子的容量，恐怕袋子會瞬間破裂，所有蜈蚣將轟然衝出。

「莫二哥，別忘了我的血字蜈蚣無法被收納袋壓縮，也就表示你能收納的蜈蚣數量有限，你確定能收下我所有的血字蜈蚣？」

「當然，我可是神偷，還有什麼東西是神偷帶不走的？」莫言嘴角揚起，依然是那副毫不在乎的模樣。

但他的手確實不斷催力。

因為血字蜈蚣的數目比他想像中還要多許多，表示紫羅蘭這幾年功力真的大進，當年那個老是跟在他與橫財後面，愛撒嬌，可愛得讓人心疼的小女孩，這幾年到底發生了什麼事？

綳帶與蜈蚣彷彿無窮無盡，逼得莫言也不斷催動道行，他原本道行的天花板在遇到琴之前是二十個，後來進化到二十三個，在僧幫時更用上三十個，如今他將手上收納袋化零為整，變成一個大收納袋。

袋中滿滿的血字蜈蚣，爬行撕咬蠕動，著實噁心。

收納袋越來越大，越來越脹，已經頂上圖書館天花板，還在不斷擴大。

「你已經到極限了吧？收納袋已經無法再大了吧？莫二哥。」紫羅蘭淡淡地笑著，

「我可還沒用上全力。」

「這樣不行。」

「不行？莫二哥收納袋到極限了嗎？」

「不，」莫言嘴角單邊揚起，那是帶著邪氣的招牌微笑。「而是太慢了。」

太慢了？

下一瞬間，莫言雙手握住了收納袋的口，然後陡然拉大。

收納袋的口一變大，吸力陡然狂增，這瞬間，整個樓層的繃帶幾乎大半都被吸入，吸力之強，竟連紫羅蘭都要被一口氣吞入。

「等等，莫二哥，你瘋了嗎？」紫羅蘭吃驚，這吸力太過猛烈，她身上的繃帶也脫落過半，全被莫言的收納袋收了進去。「一口氣吸入所有的繃帶，你確定承受得了？」

「當然承受得住，我是小偷，天下萬物，無所不偷啊！」莫言大笑，袋子開到了最大，所有的繃帶，成千上萬，包括紫羅蘭都一口氣被捲入莫言袋中。

會承受不住的！

就算現在莫言跟著武曲征戰，收納袋可能已達三十五之數，仍不可能吞下這麼多血字蜈蚣加上一個紫羅蘭。

莫言這招，會弄死自己的。

「你瘋了！你這瘋子！」

紫羅蘭大叫，就在她身體懸空，也跟著要被收納袋整個吸入，她不得不耗盡道行，把所有的綳帶都扯回來之時……

忽然，紫羅蘭感覺到不對勁。

停了。

所有的綳帶，所有的吸力，所有的風暴，都在這瞬間停止。

這片安靜中，聽到莫言慢慢地笑著。「我就等妳這一刻，等妳回搶綳帶啊。」

「什麼？」

「全部給我吐回去！」莫言大吼，「收納袋，大開！」

下一瞬間，收納袋由吸轉吐，數百條綳帶，數百隻血字蜈蚣，化成會蠕動的海嘯大浪，全部回衝向紫羅蘭。

而紫羅蘭才剛剛動手回搶綳帶，力量根本來不及轉換，就這樣把所有的血字蜈蚣，全部拉回了自己身上。

數百筆蜈蚣詛咒，三十五層收納袋道行，這可是兩大高手合力，如今全部打向紫羅蘭身上。

「你騙我！」這片混亂中，紫羅蘭嘶吼。「我以為你會和我硬拚到底的！莫二哥！

你……」

轟然炸裂的力量，把紫羅蘭打得口吐鮮血，道行破碎，連退好幾十步，直退了半個圖書館之遠。

而這敗退中，紫羅蘭突然感覺到有股力量朝脖子壓迫而來，漫天飛舞的繃帶，莫言身形如電，用手掐住了紫羅蘭的脖子。

「紫三妹，戰鬥不是為了比出誰強，而是要分出勝負。」莫言低語中透著威嚴，「我沒有要分出高下，我只是為了贏，懂嗎？」

紫羅蘭已然受傷，脖子完全被莫言掐住，等同要害就在莫言手上，只要莫言右手一捏，頓時能捏斷紫羅蘭一身道行。

這場戰鬥，確實是莫言贏了。

莫二哥，這幾年來進化的不只是道行，連戰鬥技巧都在不斷精進嗎？

「呼，莫二哥，我輸了。」紫羅蘭閉上了眼。

「知道輸就好。」莫言冷笑，「告訴我，木狼在哪裡？」

「沒辦法。」紫羅蘭依然閉著眼。

「喔？」

「你剛剛不是問我，圖書館老大是誰嗎？我不是說我不敢當嗎？」紫羅蘭嘴角揚起，「我現在告訴你，我不敢當的理由吧。」

「妳不敢當？所以是誰？」莫言愣住。

「是我。」

莫言陡然回頭，在這片混亂中，竟然有一個人影，正站在自己的背後。是誰？莫言吃驚，是誰可以如此無聲無息地貼近自己？這樣的功力，難道道行還在紫羅蘭之上？

同時間，這人的身影已經完全浮現，黑暗中是一雙冷冽的眼睛。

「是你！」向來自信十足的莫言，此刻竟露出無比駭然的表情。

而下一秒，就算是擁有收納袋這絕技的莫言，奮力打出全力，竟也在一招之內完敗，當場被擒。

僅一招，莫言完敗。

第八章・五鬼廟

陰界。

莫言之戰是數十分鐘前發生的事情，此刻，圖書館內，各路激戰持續進行。

猴王的變化終於牽動琴的內心，讓她發生失誤，更被猴尾反摔向那本浮著黑色泡泡的《紅樓夢》。

而琴背部撞向不斷湧出的黑色泡泡，然後整個人沉入其中，她感覺自己彷彿墜入一片混亂騷亂的水潮。

眼前一片黑色泡泡眼花撩亂，直到，混亂終於停止，光線再次照射入這片空間。

琴發現自己坐在地上，而周圍竟是來來往往的人們，每個人手上都拿著各式各樣的食物與玩具，笑容燦爛且聲音吵雜。

看這一景，琴腦海瞬間浮現兩字：夜市？

琴知道夜市，畢竟這是這片土地每個孩童都共有的回憶，但她站立在這人潮熙熙攘攘的街道中心，卻莫名的產生一種異樣感。

這些人看起來很開心，很放鬆，為了此刻而開心笑著，但為什麼琴就是感覺到一股不安的，甚至是恐怖的氣氛，瀰漫在人群之中。

這些大人們的話語，這些孩童的笑顏，情侶並肩的身影，都被一種無聲的恐懼寄宿著，琴起身，注視著周圍的人，感受著深藏在眾人之中的不安，到底是什麼……

然後琴發現，所有的不安，竟然指向了同一個地方。

那裡是夜市的中心。

一座深紅色的小廟。

小廟不大，大約就一座帳篷大小，通體木製，雕工細緻精美，屋簷上雕著各式奇獸，似龍似鳳，似虎似魚，但琴卻一個都認不得。

廟門處有一張垂簾，垂簾也是血紅色，上頭寫滿各種有如符咒般的文字，琴看了半天只認出一個字。

求。

求什麼？求財？求名？還是求一條命？

而垂簾似乎察覺到琴的注視，竟然無風下飄動，彷彿向琴招著手，要招來琴前來小廟。

「看這詭異氣氛，應該不是我的老朋友木狼，我猜囚禁他的書，應該會插滿各種刀劍吧。」琴昂然不懼地看著眼前這座深紅小廟，「也不像左輔浪蛟，按開花者描述，這位左輔浪蛟，應該是一名心存正氣，爽朗大氣之人，所以，這本書，應該是……」

五鬼。

這五鬼雖然是丙等星，但這趟陰界之旅截至目前為止，琴聽過不止一次這五鬼之名，在一百零八星排行最後一位。

這最後一位的位置，其實就和第一位相同，都是特殊的存在。

再加上五鬼的囚禁之所，竟然是六樓？而之前釋放的黑色泡泡，也足以和其他兩本書的黑色水氣與黑色刀氣抗衡，表示這五鬼實力絕對不在前兩大甲級星左輔右弼之下。

琴朝著紅色小廟前進，越是靠近，她越能感覺到周圍這些來往人的目光，那是恐懼。

這座小廟，確實是這本書的核心，更是每個魂魄恐懼的來源，也是必須用上經典名著《紅樓夢》才能鎮壓的厲害角色。

琴站在廟口，垂簾輕輕飄起，一個聲音，自裡面幽幽傳來。

「要求什麼……」

「我沒有要求什麼？」琴搖頭，「我來這裡，想帶走我的伙伴，木狼。」

「每個人，都有東西想求……求名？求利？求情？告訴我，妳想求什麼？」

「別說笑話了。」琴右手舉起，電能在手上竄動，那是耀眼的藍色。「快點讓我離開這喔，不然我打爆你。」

對方是實力未明的五鬼，琴打算一開始就用上八成實力。

「這裡本來就沒有任何的限制，誰想來，誰想走，我從來不管，但大家總是留下來了……你不走，也是因為妳內心有所求。」

「你很囉唆，就說我沒有所求了！」琴想起圖書館六樓的伙伴，她可不能一直困在這裡，她手掌往前，藍電凜冽。

琴手一揮，藍電頓時化成一條利刃，直接劈入紅色小廟中。

只是奇怪的是，藍光射入廟內，越射越遠，彷彿廟內有無窮的空間，直到消失在廟的深處。

「妳無法傷我，因為吾是五鬼，人們因為求神不可得，於是求鬼，鬼雖低賤，但卻言而有信，有求必應，但應了……人們可得付出些什麼。」

「繼續囉唆，我就說沒有了。」琴低喝一聲，這次她雙手同時舉起，左右掌心各是一枚藍色電光。

然後琴雙手同時揮下。

電光再次穿過垂簾，射入小廟中，但這看起來明明就僅能容納一人的小廟，卻像是長達數公里的地底隧道，電光射入後，越來越遠，越來越小，直到剩下黑暗中一抹藍痕。

「這裡的人，都是求到了願望，得到了，卻還不了，於是回來這裡，日日夜夜，歲歲年年，在我小廟周圍繞行著。」小廟中，五鬼的聲音飄忽，陰森又令人戰慄。

「求吧，武曲。妳內心真正渴望而不可得的，我都可以替妳實現。」

琴一愣，原來這些熙熙攘攘的人們，都是曾經向五鬼求過願望的魂魄啊，得到了，但還不了，於是回到這裡？

難怪每個人的神情看似開心滿足，卻帶著一股不祥與恐懼，而這恐懼所指向之處，正是這座小廟，五鬼紅廟。

「妳看那個抱著小孩的母親，她數十年求子而不可得，而我給了她子，她實現了，但我要她的孩子當代價，她卻又捨不得歸還，於是她只能被我囚禁於此。

「還有那身著武術道服的男子，他甚至本來具備星格，他求我給他力量，擊敗畢生宿敵，我讓那位宿敵最後失手一招，死於他手下，他恨我，因為他永遠無法真正以武力擊敗宿敵了，他後悔向我許願，生生世世也被羈絆在此。

「向我許願的人可不只這些，甚至當今陰界的頂尖強者，他說什麼不想看到陰界之亂，於是求得更強之力，想要統一陰界，從此踏入魔域而墮落，那人妳肯定也認識。」

琴聽著五鬼嘮嘮叨叨地說著這些故事，她眉頭皺了起來，這傢伙不只囉唆，還以害人為樂。

只不過他所說的那個陰界強者是誰？琴忍不住想，她真的認識嗎？肯定不是地藏，破軍也不會，是政府裡面的六王魂嗎？

「我根本不想許願，好吧，如果要我許願，我的願望就是，」琴左手握住雷弦長弓，筆直往前，這是她標準出招姿勢，下一秒，電箭蓄勢待發。「用這箭打爆你的頭。」

「不，這不是妳真心所求，我可以看到妳的願望喔，妳希望『他』能在妳身邊，不過『他』卻固執且蠻橫，想用他自己的方法來達成妳的心願。」五鬼的聲音，從廟中傳出。「很傻不是嗎？」

「你在說什麼？」琴感到內心顫動，不能再讓他說下去了。「給我去，雷弦，『射爆你這臭傢伙五鬼的頭！』」

同時間，琴拉弦的右手一鬆。

指尖所夾的電箭，轟然離弦。

劃出一枚靛色長箭，就要穿入小廟之中。

但，小廟卻比她快上一步，垂簾整個吹起，然後伸出了五隻手。

五手之中，一隻黝黑粗壯的手、一隻纖細指甲修長的女子之手、一隻稚嫩可愛的孩童之手，還有一隻皮膚滿是皺紋的老人之手，最後一隻，其皮膚如玉，五指修長，更戴著一枚戒指，讓人無法判別性別年紀的手。

「妳的心動了，可以求了。」五手後發先至，竟在琴射出雷弦之前，抓住了琴的身體。「來吧，來求吧，求那名男子聽妳的話，不做傻事，一直在妳身邊吧。」

被五手一抓，琴竟然施展不出任何道行。

同時間，她嘴唇無法控制的顫動。

就要說出那個字。

求。

「求吧，求那男子一直在妳身邊吧。」

「……」

「求吧，我將實現妳的願望，而妳的靈魂將會為我所有，我是五鬼，我是一百零八星格排行最末，但卻最強的五——」

「我不要。」

「咦？」

「不要就是不要。」

「這是妳的願望啊，我可以實現啊，當年武曲哭著前去陽世，不就為了此事嗎？妳可以向我求啊，我可以實現啊。」

「你傻了啊，誰要為了那個臭男人求願望？老娘自己活得好好的。」琴的右手，再次拉滿左手上的雷弦弓箭。「我的願望從頭到尾都只有一個，就是射爆你的頭！」

說完，指尖離弦，這一次，雷弦上的箭，真的射了出去。

靛青色箭，化作一道光。

筆直地穿入了五手之中，五隻手慌張急退而回，然後五手同時抓住了電箭，試圖阻止電箭前進。

「我懂了，剛剛我之所以攻擊無效，就是因為你的手沒有伸出來，你的手伸出來時，就是露出弱點的時候。」琴再次拉弓，雷弦又再次蓄滿了電力。「既然懂了就簡單啦，接好，下一箭要來了。」

說時遲那時快，第二把靛色電箭在空中劃出一道美麗直線，已然射出。

第二箭追上了第一箭，兩箭威力相疊，形成更粗電箭，更暴力的電光，電得五隻手冒出黑煙。

「放肆信徒！竟敢攻擊本五鬼！」

「一隻臭鬼蓋了座廟住著，就把自己當神了嗎？」琴再次拉弓，這次她拉飽了弦，靛色電能更是澎派張狂，這已經是琴的頂級功力。「給我滾回去鬼界吧你。」

說完，琴指尖一鬆，箭猛力射出。

第三箭，也就是電力最強的一箭，射入了第一二箭合體的前箭，三箭合一，電能往四面八方猛漲，那是濃到純粹的靛色。

同時間，這五隻抓著電箭的手，已經不只被電得冒煙，更是直接發黑，再也拉扯不住，被整個拖入了小廟之中。

電箭一入小廟，突然安靜下來，但這安靜只是短暫的，下一秒，電能就整個炸開。

電能如重磅炸彈，直接將小廟往上炸起，小廟越飛越高，飛上了天空，只餘留下零零星星的木屑掉落。

「就說，」琴一手扠腰，另一手拇指撇了一下鼻子。「不可以招惹電力女孩吧。」

然後，琴轉過頭看向群眾。「各位，我剛剛幹掉這傢伙了，你們應該是被他一起拖入這監獄書《紅樓夢》的吧，我等會救出木狼之後，就接著來救你們啦。」

只見眾人只是看著琴，大人、小孩、老人，每個人面目呆板，看著正得意洋洋的琴。

「幹嘛？不開心喔。」琴微笑，「放心，我是琴，硬幫幫幫主的琴，最會替幫派取名字的琴。我是來拯救你們的。」

眾人依舊只是看著琴，終於，有個小孩有了動作。

他表情依然呆滯，但他的手，卻慢慢地舉了起來。

手舉高，最後指尖朝前，比向了琴的頭頂上方。

「啊？小朋友，你在比什麼？我頭頂有什麼？」琴仰起頭，順著小孩的指尖看向了正上方。

當琴看清楚了一切，這瞬間，琴忍不住罵了聲。「媽啊。」

下一瞬間，轟然一聲，小廟直落而下。

不偏不倚，不多不少，不歪不斜，剛好將琴整個人完全罩住。

五鬼紅廟竟從天空直落而下，罩住了琴。

琴頓時陷入一片深沉黑暗，黑暗中五手同伸，抓住琴雙手雙腳，最後一手，則壓住琴的嘴巴。

「求吧。」「求吧。」「求出妳的願望吧。」「剛剛沒能探出妳內心最深沉的願望，讓妳逃脫了。」「這次一定會引出妳的願望。」「不是那男子。」「妳重視他，但妳並沒有對他感到愧疚。」「妳感到愧疚的，另有其人。」「五種食材。妳隱藏在五種食材後面的秘密，到底是什麼？」「武曲，妳要掩蓋的，究竟是什麼？」「數十年前的那一晚，妳獨自來到政府，十四殿之內，妳遇到了什麼？」「妳到底藏著什麼秘密？武曲！」

所有的聲音，混雜著，暴亂著，在琴的腦海中響起。

突然間，她明白當年武曲為什麼要設置這麼棘手的「聖．黃金炒飯」了，因為她要保護某個秘密。

因為武曲保護著這秘密，五鬼才無法順利突破她的心防。

「五鬼！原來，這座小廟裡面五隻手才是你的本體。」琴在廟中大叫著，「我不會輸給你的。」

「我一定會讓妳求的，只要求了，妳就會付出代價。」五鬼聲音悠悠蕩蕩，帶著一種攝魂般的恐怖感。「就像那位陰界強者一樣。」

「我絕對不會……」琴感到內心慌張，她的記憶正在動搖，她被小廟籠罩，五鬼能力發揮到百分之百，武曲的記憶守得住嗎？

但就在此刻，琴卻忽然感覺到自腹部傳來一股暖流。

暖暖的，蒼老的，那是和五鬼力量完全相反，寧靜而慈悲的力量。

琴想到，她身上怎麼會有這種與五鬼相斥的力量，除非是……

地藏之手！

琴感受著腹部那溫柔的力量，心靈頓時稍稍平靜下來，五鬼那尖銳激烈的聲音頓時被拉遠。

「奇怪，妳竟然撐得住？妳到底有什麼力量可以抵抗我的技『求』？」「算了，妳已經在我的掌握之中，只要再加強力量，妳就非投降不可了，哈哈。」

聽到五鬼這樣一說，琴感到來自五鬼的力量又再次加強，抓著琴左手的是五鬼的成年男子之手，此手五指如鋼，幾乎嵌入琴的肉，更壓得琴骨頭就要折斷。

抓著琴右手則是女子之手，這女子之手指甲尖銳，如刀鋒的指甲扎入琴的肌膚內，讓琴感受著被刀子切割的恐懼與痛苦。

抓著琴右腳的是那老者之手，枯乾的手，粗糙如爪，彷彿在吸收著琴右腳肌膚上的水分，讓琴右腳又乾又疼，隨時會乾裂化成粉末。

在琴左腳的是孩童之手，原本應該是最舒服滑嫩的孩童肌膚，卻像是黏答答的液體，沾黏著琴的左腳，有如化學藥劑般侵蝕著琴的肌膚，讓她有想要尖叫的衝動。

而最可怕的，莫過於那壓著琴嘴巴的那一隻手，他無名指戴著一枚黑玉戒指，皮膚鮮嫩透明，雌雄莫辨，年紀難分，掌心正透出森森寒氣，那不是一般的寒冷，那寒冷中帶著絕望的低語，侵蝕著琴的心靈。

要不是琴腹部不斷上湧的溫暖，來自地藏之手的力量，琴可能早就崩潰，對這廟中五鬼，許下了她的願望。

因為有所求，就必須付出代價。

這座承載著各式古怪詭異「求」的廟，就是五鬼，就是整個陰界中最污穢也最強大的力量之一，難怪連在圖書館中混那麼久的猴王，也如此畏懼碰到這本書。

琴感覺到，她要輸了。

這一次，她真的要輸了，該怎麼辦？

該怎麼辦？還有誰能來救她？

風，吹入了圖書館內。

風很強勁，剽悍，卻不冰冷。

當風吹過了一樓，沿著樓梯迴旋往上到二樓，在這裡，卻因為一個身影而停了下來。

此人身材高大，身穿警察制服，腰部掛著一圈銀色腰帶，氣勢強大，但就是肚子微凸，臉上帶著一絲萎靡酒色之氣，可想此人未沾染酒色之前，是何等英挺帥氣。

「我是警察系統的冠帶。」此人揉了揉鼻子，有如大老爺般。「見到我在此駐守，這些闖入小賊還不乖乖束手就擒？」

「冠帶？」風中，一個低沉的嗓音說話。「六樓的情勢危急，我們沒辦法在這裡停下，忍耐人，你可以處理嗎？」

「可以。」

當這聲音一落，一股風從主體的風中分離出來，吹向了冠帶。

「大膽蠻徒！」冠帶雙手一提腰帶，這一提，竟產生莫大壓力，轟然一聲，這陣風被壓落了地。

風一停，頓時顯出風的真身，這是全身都是鐵皮膚的男子。

壓力之大，竟讓這男子雙腳陷入了地板，但他露出堅毅的神情，瞪著眼前的冠帶。

而同時間，男子後方的風未止息，分成四股，流過男子與冠帶，然後有如水流，順著樓梯而上，流入了三樓。

冠帶與男子兩兩對峙，彼此牽制，冠帶也管不了其他的風了，他雙手提著腰帶，冷笑。「好樣的，我的技『好大的官威』，只要一提腰部這條冠帶，誰都會被我當堂壓扁，沒想到你竟承受得住？我不壓無名之輩，快報上名來。」

「我是忍耐人。」

「忍耐人？真怪的名字，被我『好大的官威』壓上一壓，看你還能不能忍耐得住？哈哈。」冠帶再次提起腰帶，然後再次放下。

這剎那，無形無體的百噸壓力，陡然上升，然後直直地壓下忍耐人。

忍耐人雙腳再次往地板陷落十公分，同時全身骨頭發出格格亂響，幾乎要把忍耐人全身壓碎。

但忍耐人的絕技沒別的，就是忍耐兩字，他抵抗著全身骨頭碎裂的痛苦，慢慢地伸出手，朝著眼前的冠帶抓了過去。

「大膽逆賊，還不下跪？」冠帶見到忍耐人竟如此能忍，露出吃驚神色，他這幾年來身為駐警部第一人，仗著這招「好大的官威」平常作威作福，魚肉陰魂，沒見過這麼頑強的對手。

於是，冠帶高高提起腰帶，然後再重重放下。

這一放，已經快讓冠帶的褲管脫落，隱隱可見下方紅圓點白底的俏皮內褲了。

而壓力，當然比剛才大上了數倍有餘。

嘎嘎嘎嘎。忍耐人身體整個人彎下，連膝蓋都陷入地板之中，但他的頭仍高高抬著，雙目堅毅，不屈不撓地看著冠帶。

「我不會輸，我會忍耐。」忍耐人目光看向了那幾道衝向樓上的風，「為了賞識我，願意與我並肩作戰的朋友。」

「那就承受我最大的官威，變成一塊扁肉吧！」冠帶怒極，高高舉起腰帶，灌滿全身的道行，甚至是他紅圓點內褲已經完全露出，然後再重重地，重重地，重重地壓下。

這剎那，忍耐人知道，他將看到自己忍耐的極限。

撐過去，他就贏了。

壓力不斷猛壓，忍耐人感覺到自己的鐵皮膚竟然開始裂開，底下的肌肉開始斷裂，骨頭甚至發出清脆的迸裂聲。

撐不住，丙等星的冠帶的官威竟如此大，就要把忍耐人整個人壓碎。

* * *

流向三樓的風，再次因為一人而停了下來。

他身形消瘦，一襲白色喪衣，愁眉苦臉，雙目緊閉，盤腿坐在地上，雙手撐著一根棍子。

只見四股風在周圍盤繞了兩圈，竟然繞不過這其貌不揚的瘦子。

「喪門若開，凶死殘滅。」這瘦子咧嘴笑，笑起來卻比哭還難看。「我在此地張了一道結界，不留下一個人陪我，你們過不去的。」

四股風遲疑，其中一風慢慢減速，當風散，一個身材窈窕，身著俏皮可愛裝束的女孩，在風中俏然現身。

「要找人陪你是嗎？那讓本姑娘來陪你鬥鬥。」這女孩留著短髮，兩頰豐滿，笑容甜美，與眼前這苦臉的瘦子剛好形成明顯對比。

「這裡圖書館，乃是陰界靈氣旺盛之地，依照規矩，要打，先報上名吧。」

「為什麼我要先報？你看起來老得多，怎麼可以欺負我們小女孩，要報也是你先報。」

女孩說到這，眨了眨眼，盤桓在她身旁的三股風似乎明白了她的意思，一個迴旋，就這樣繞過了瘦子，繼續往更高樓層吹去。

而這瘦子不知道是忙著和女孩鬥嘴，還是真沒看到，就這樣任憑其餘的風吹拂而過。

「嘿，如此嘴刁啊。」苦臉瘦子冷笑一聲。「老子行不改名，坐不改姓，我是隸屬西軍之副，丙等星喪門是也。」

「喪門？我叫做小曦。」女孩比了比自己，「我不知道自己有沒有星格，但我滿厲害的就是了。」

「哼哈，」喪門突然笑了，「原來妳不知道？」

「知道啥？」

「我認得妳，政府裡面認得妳的人極少，但我就是其中一個，畢竟我多年來替政府秘密聯繫外部黑幫，情報是我最大利器，當年海幫龍池就是與我接洽的。」喪門冷笑，

「妳空有一身驚人天賦，卻去孟婆手下鬼混，什麼武功都學了半套，弱到連一個丙級星都能輕易擊敗妳。」

「你認得我？」小曦詫異，「等等，你說弱得連一個丙級星都可以擊敗我？難道我的星格比丙級更高？」

「一百零八星中，主星十四，甲星十八，乙星二十八，丙星四十八。」喪門聲音尖細，迴盪在圖書館中，令人頗不舒服。「妳地位是沒尊貴到主星，但也排入了前三十二之中了。」

「前三十二？我是甲級星？」小曦愣住。

「咯咯，是啊，妳可是甲級星啊，更和天相有幾分血脈，原本該是西軍之正。」喪門緩緩舉起了手上的棍子，周圍的景物竟然隨著棍子的舞動，而慢慢地扭曲。「但妳卻徹底糟蹋了自己啊。」

「我原本是西軍之正？」小曦喃喃自語。

天相手握軍系，東西南北四大軍，南軍之正是甲級天鉞星獨飲，北軍是甲級化科紫羅蘭，東軍之正據說是左輔浪蛟，但多年前公然反叛天相而被捕，但這西軍之正到底是誰？或者天相把這位置留給誰？始終不得而知。

而小曦從小在政府中長大，曾叫女獸皇月柔為阿姨，叫白金老人為錢伯伯，更躲在角落看過神色陰沉的黑白無常。

她就是知道自己與天相的關係，才刻意逃入天同孟婆之下，當一個名不見經傳的女鬼卒。

「在外頭混了這麼多年，就讓喪門叔叔來看看，妳混出了什麼名堂吧。」喪門乾笑兩聲，手上棍子朝地面一插。

小曦感到周圍氣氛陡然一變，不知道何時竟豎起了一根根白色喪旗，喪旗飄飄，鬼氣森森。

「這是什麼？你對這環境做了什麼？」小曦感到心驚。

「虧妳在政府外混了這麼久，連結界型的術士都沒有遇過嗎？」喪門忽然往前跨了一步，眨眼間，竟然已經到了小曦面前，然後舉起手上棍子，朝小曦打了下去。

小曦雙腿用力，就要後躍，卻赫然發現她雙腳無力，竟似衰老到難以舉腿。

倉皇間，她只能半坐下來，然後在地上滾了一圈，才驚險躲過這一棍。

不只如此，小曦朝自己手上一看，手上竟然滿是皺紋，再一摸臉，原本細緻的皮膚竟滿是皺褶，側臉上的短髮，竟半數成為銀絲。

「啊，怎麼回事？我怎麼……老了？」

「喪門開，凶死殘滅。」喪門冷笑，「在我的結界內，妳身體會快速老化，現在妳應該正體驗著九十歲的老人身軀，老得連跑都跑不動了吧。」

「我老了？我的青春，這瞬間就消失了？」

「這倒是不用擔心，只要妳出了這結界，自然就恢復了。」喪門說，「不過也要看妳能不能活著離開了。」

「可惡。」小曦咬牙，喪門竟敢說她是半吊子，但她手上絕招可是多到一隻手數不完。「看我學自女獸皇的招術，隱匿在無光黑暗中寂寞的野獸，容許你思考並應承我的約定……出來吧，大頭猴！咬死這混蛋！」

「喔？」喪門閉著眼，冷笑一聲。「在我喪門大陣內使用召喚術？」

很快，這圖書館三樓四處都傳來猴子尖叫聲，然後，數十隻黑影出現，每張黑影都有著一張巨大的猴臉，牠們在書櫃地板與天花板同時竄動，牠們腳一蹬，就朝喪門撲去。

只是，牠們一開始聲勢雖猛，卻在半路像是卡住般，動作突然減慢，好幾隻甚至摔落在地。

摔落還不打緊，有的開始咳嗽，動作遲緩，像是一群行將就木的老猴兒。

「我，我的大頭猴！」小曦叫道，「難道，牠們也受到喪門陣的影響？」

「就說妳空有一身天分，卻什麼都是半吊子，天相竟然還想把西軍之正的位置留給妳，笑話。」

「才不是！」小曦大怒，她伸出手指，快速在自己身上各處點了七七四十九下。

每點過一次，該位置就綻發出一抹藍光，當四十九下完成，小曦不只身帶藍光圖騰，速度與力量都因此驟升。

這一驟升，賦予了小曦擺脫喪門陣的催老符咒的體力，身形一縱，揮拳擊向這枯乾身影，喪門。

「星穴？丙級息神星周娘的招式？靠它刺激妳身體機能嗎？」喪門的棍子在空中轉了半圈，緊閉雙眼的他，出手舉重若輕，竟然精巧地擊中小曦的左邊膝蓋與右手上臂。

這兩下看似下手輕鬆，但劇痛卻直接傳入小曦的骨頭內。

「啊？好痛！」小曦被打得一個踉蹌，連退兩步。

「這幾年我擔任秘密聯繫黑幫的角色，從海幫、雪幫、公路幫，甚至是其他雜七雜八的幫派，沒有一點身手，怎麼能活到現在？」喪門冷冷地說，「妳的星穴確實能暢通道行脈絡，但妳本身並非近身戰好手，能威脅我什麼？」

「哼。」小曦咬著牙，剛剛左膝和右臂的疼痛，痛到她以為骨頭已然碎裂，顯然這喪門真有幾把刷子，又能佈陣，且能近戰。

「還有嗎？如果沒有，」喪門舉起了棍子，擺出要一擊必殺小曦的姿態。「那就讓我了斷一個沒用的甲級星吧。」

「我才沒有放棄！」小曦大吼，她再次快速在身上連點數下，當星穴藍光透出，她再次提升了道行，藉此抵抗喪門陣的影響力，衝向了喪門。

喪門再次轉動手上的棍子，看似緩慢的動作，實則精巧而犀利，只是一轉，就封住了小曦所有的攻擊方位。

而就在小曦動作微停之際，喪門棍猛然往前一挺，這次棍尖直指小曦胸口心臟位置。

他要一招斃命，在這一招把小曦心臟直擊到戛然而止。

「啊啊啊。」這剎那，小曦已經避無可避，棍尖穿過了小曦所有的防禦，直接頂入小曦的胸口。

胸口已然陷落，正是喪門之棍要直接穿入小曦心臟，從她背部直接穿出的前兆。

但卻在這剎那，喪門愁苦的臉微微改變，眉毛揚起。

「喔？是鐵？」

喪門棍尖停了，因為它碰到了一個鐵質硬物，讓它再也無法寸進。

而這硬鐵，竟是從小曦體內直接增生而來。

「是，這是忍耐人的絕招，炙熱鐵汁。」小曦低吼，「以鐵為盾，足以擋住你臭棍子的攻擊。」

「陰獸召喚、星穴，還有鐵汁？這些技來自各自魂魄的靈魂故事，能學會其中兩種就已經古怪，妳竟然學了第三種？」喪門終於皺起眉頭，「這是怎麼回事……」

「不是三種。」

「啊？」

「是四種。」小曦右手握住了喪門的棍，同時，她的右手外圍環繞出一條條黑線氣流。

風。

風開始匯集了。

高壓、兇暴，充滿能量的風，開始匯聚成球了。

「喔，這是破軍的……」

「破軍的，黑丸！」小曦大吼，下一秒她手上的黑色風纏繞成一團球，黑球捲動喪門之棍，竟把喪門之棍整個捲裂。

棍子被破，小曦趁勢而上，她左手是如同忍耐人的鐵拳，右手是破壞力十足的破軍黑丸，雙手合一，擊向了喪門。

「結束！」小曦大叫。

鐵汁給予了小曦拳頭剛硬，黑丸讓小曦充滿破壞力，兩者合一，就算是百年大樹也一招轟倒。

但喪門卻沒有倒。

「我堂堂西軍之副，豈可輸給妳這逃避責任的半吊子！」這一剎那，喪門尖叫，同時咬破了舌尖，右手高舉朝上。

只見周圍的喪門彷彿感受到喪門賭上一切的怒意，旗猛烈抖動，將陣法推升到極致，陣法道行強橫，直攻小曦，竟然讓小曦瞬間白髮，滿臉皺紋，全身肌膚皺褶如老皮。

也因為這樣，小曦功力頓阻，拳頭舉在空中，黑丸與鐵液兩大力量頓時消滅，無法寸進。

「在我結界內，還敢造次？」喪門頭髮上衝，嘴角流血，緊閉的雙眼更滲出血淚，他的道行也被逼到極限了。

「對，你說得對，這幾年來我逃避政府賦予我的責任，我討厭天相伯伯給我的壓力，但此時此刻，我反而要謝謝你。」小曦拳頭在空中顫抖著，在喪門陣妖力籠罩下，她衰老到聲音都顯得乾啞。「你讓我醒了。」

「喔？」

「我沒有技，是因為我的技就是……」小曦大喊，「能夠學會全部的技！」

「所有的技，都能學會？」

「所以我才不怕你的喪門陣，因為我肯定也能用……喪門陣！」

這剎那，喪門發現，他陣法所豎立旗子旁，竟多了一面旗子，旗子不像他原本的喪門旗如此恐怖，粉紅小旗上面也畫著鬼，但鬼矮矮胖胖，還扮著鬼臉，看起來十足可愛。

粉色小旗隨風舞動，竟然也施展出與喪門陣同級的結界之力。

「該死！」喪門大驚，正要再催道行，突然粉紅小旗的力量湧來，喪門頓時髮色白了一半，牙齒搖晃，雙眼迷濛。

然後，他胸腹間傳來一陣劇痛，他低頭，看到一團黑色旋風，正帶著凌亂風刃，肆意地切割喪門的腹部。

「結束啦，」小曦的拳頭帶著這團風，更帶著混在其中的鐵刀，用力轟中了喪門的肚子，喪門腹部破開，鮮血噴上了天空，然後飛了數十公尺。

砰一聲，撞在圖書館書架上，然後再帶著鮮血，慢慢地滑落下來。

喪門吃上這一擊，就算不死，也只剩下半條命了。

而他眼前，是那個留著短髮，一手操縱著風，一手操縱著鐵液，身上帶著點點星穴，背後豎立著一根根粉色喪門旗的可愛少女。

小曦。

「啊，忘記問我是哪一顆甲級星了，算了。」小曦雙手扠腰，頭抬得高高的，這是一種可愛的驕傲。「我要告訴你，我不會再逃避了，我會勇敢，然後我會幫著我的伙伴，一起踏入爭霸陰界的旅途！」

五股風在二樓留下一股，三樓留下一股，當到了四樓只剩下三股，本以為這裡也會出現阻擋的人，卻發現四樓卻意外的空蕩。

這裡竟然沒有看守者。

但隨即，風發現了古怪。

因為原本應該三股的風，在穿過四樓時，卻意外的多了一股，變成四股風。

「有人混入我們之中了。」風中說話的，聲音低沉，正是這次的帶領者柏。

「嗯，柏，那我們該怎麼辦？」跟隨著柏之後的，是不善戰鬥的解神女。

「剛剛陰沉少女已經給了我整座圖書館的平面圖，也和我說明了圖書館可能存在的危險，其中一個，就是以易容之術見長的十二陰獸之一，猴王。」

「啊，所以我們遇到的是牠？」

「對。」柏笑了，「但就算是十二陰獸又如何？我們這裡也有一隻。」

十二陰獸，我們這裡也有一隻。

當柏這樣說著，其中一股風陡然轉向，然後整個往外擴張，風中更延伸出了獸爪，長出了獠牙，化成猛犬模樣。

這野獸之風，在空中轉了半圈，然後猛力撲向旁邊的風。

而後來偷偷混入的那一股風，似乎受到無比驚嚇，開始逃竄，逃竄間更不斷變化型態，一會是英俊粗獷，手提長矛的柏，一會是古典溫婉的美麗女子解神女，更有一會是豪氣美豔的女獸皇月柔。

但無論這風怎麼變化型態，似乎都騙不了這猛犬之風，牠張牙舞爪，不斷追擊著變化之風。

從這四樓的樓梯口一直追到排排書櫃，在書櫃中高速奔馳繞行，然後又撞入閱覽區，在陽世的人們間來回撲擊。

陽世的人們只覺得強風陣陣，還抬頭看向窗戶，露出困惑表情，咦？窗戶明明沒開，哪來不斷來回吹拂的風？

而且這些風還混著狗狗與猴子的氣味？更有人甚至懷疑自己聽到了尖叫，是屬於猴子的求救慘叫！

但他們只困擾了幾分鐘，因為風停了。

風停，是因為第二股風已經完全追上了第一股風。

全身有著威武長毛，利齒如刀，胸口帶著長矛痕，如同獅子的大狗，正踩在一頭猿猴的身上。

這猿猴全身白毛，白色猿毛是修煉五百年以上的象徵，但牠道行雖深，卻終究違逆不了野獸間天生的生剋關係。

嘯風犬，同樣有著五百年歲月的陰獸，以其敏銳之鼻完全識破猴王的變化術，輕易地在這圖書館的空間內，擊敗了猴王。

「吱。」猴王蜷縮在一起，牠知道面對嘯風犬這等兇狠的S級陰獸，屈服與投降是最佳選擇。

嘯風犬擊敗了牠，但不會殺牠，因為猴王若垂死之際全力反擊，嘯風犬也必然付出慘痛代價。

大自然的法則中，只會為了食物殺戮，而非仇恨，嘯風犬不殺猴王，因為牠們之間並沒有食物鏈關係。

只是，猴王雖然落敗，卻露出了古怪的笑容。

「我老大就要來了，如果他來了，你們都會完蛋，咯咯咯咯。」猴王笑著，「就連那個叫做莫言的小偷，臭屁得要命，卻連一招都沒走完，就被我老大擊敗了啊。」

僅剩的兩股風順著樓梯往上，就在抵達五樓之時，兩股風同時停了下來。

因為，這裡全部都是繃帶。

滿滿的繃帶，不斷蠕動，有如萬隻蜈蚣的巢穴，蔓延了整層五樓。

「這些繃帶裡以血字刻著咒，被稱做血字蜈蚣，這麼多繃帶，背後恐怕是甲級星紫羅蘭！」第一股風裡頭傳來聲音，正是柏。「如果按照陰沉少女給的資訊，武曲應在上一層六樓，但要通過五樓這一群血字蜈蚣，恐怕不容易。」

「通過血字蜈蚣？如果對手不是人，也許……我可以試試。」

「解神女，妳要試試？」

「嗯，」第二股風慢慢停住，風之中，一個身穿長裙，儀態典雅的古典美女輕巧走下。「我完全不懂與人戰鬥，但如果是唱唱歌，我還有辦法。」

「唱歌……」

只見解神女閉著眼，開始輕唱起來，

關關雎鳩，在河之洲。窈窕淑女，君子好逑。

解神女的歌聲與歌詞相合，能祛除深入魂魄臟腑的傷害，更能生肌活血，治癒重創，幾乎是一帖威力十足的靈藥，如今雖無患者在此，但歌聲迴盪整層圖書館五樓，彷彿創造一座寧靜無傷的溫和世界。

而在這世界之中，這些原本有如毒蟲惡蚺，激烈竄動的綳帶，蠕動竟變得緩慢，殺氣被歌聲平息，變得無害而溫和。

看見綳帶變得如此溫馴，第一股風中的柏，聲音中透出讚嘆。「解神女的歌聲，果然高明，不戰而屈人之兵，歌聲之力，竟然有此神威？」

解神女搖搖頭，「歌聲未必全然是好，我的歌聲能治癒傷者，但聽天機前輩說，世間上還有另外一種歌聲，貫穿陽世與陰界，其威力能將一切技能化為虛無，此歌聲專屬戰鬥，力量更勝於我，天機前輩還叮嚀，若我遇到這樣的歌聲，切莫與其交鋒，能避就避。」

「另一種歌聲？」這剎那，柏的思緒飛到記憶深處，那個貫穿陽世與陰界的歌聲，他是不是曾經聽過？

在歌聲之中，將一切技能化為虛無，柏更曾親自體驗。

柏的思緒翻騰，耳中解神女的悅耳歌聲，仍源源不絕傳入。

參差荇菜，左右流之。窈窕淑女，寤寐求之。

歌聲如此悅耳，如同夏日之涼風，冬日之暖陽，萬物齊聲歡唱，大地因而明亮，在這歌聲之中，繃帶群蠕動漸減，甚至讓出了一條道路。

求之不得，寤寐思服。悠哉悠哉！輾轉反側。

解神女繼續唱著，繃帶如潮水般往兩旁退去，形成一條小路，最後來到通往六樓階梯。

六樓階梯，明亮的燈光在樓梯口照耀，彷彿等待著最後一股風，搖曳而上。

參差荇菜，左右采之。窈窕淑女，琴瑟友之。

「解神女，跟我上去吧。」柏就要往上，臨走之前，他回頭說道。「跟在我身邊，比較安全。」

「不行，這層的繃帶群並不穩定，若我一離開這裡，歌聲斷去，它們立刻會群起攻擊，勢必連你都會受害。」解神女搖頭，「我就留在這裡吧，放心，我不會有事的。」

「嗯。」柏想到，也許解神女不善戰鬥，但她一身醫術，可說是整個陰界最珍貴的技，加上又有六王魂天機星吳用在她背後撐腰，應該不會有事。

「柏。」忽然，解神女輕輕喚著。

「怎麼？」

「請務必小心。」解神女聲音誠摯，語調中更帶著一絲眷戀，讓柏不禁心中一動。

「我知道。」柏點頭，收斂心神，隨即，他策動最後一股風，朝著六樓樓梯蜿蜒而上。

而當他上樓時，背後的美妙歌聲隱隱傳來。

參差荇菜，左右芼之。窈窕淑女，鐘鼓樂之。

窈窕淑女，鐘鼓樂之是嗎？

歌聲中彷彿帶著一股心意，正對著柏傾訴著。想到這裡，柏輕輕嘆氣，然後帶著風，來到了六樓。

而這裡，正是整座圖書館截至目前為止，最為險惡之處。

琴、莫言，以及五暗星們，就是被引誘到這裡，然後一股腦全部擒殺的。

當最後一股風終於吹到了六樓。

風止。柏挺拔的身形從風中落下。

他看見了，她。

長髮，高瘦，帶著那麼一點任性的女孩。

原本美麗的她，此刻卻散發著濃烈的黑暗，歪著頭，姿勢有些古怪，有如一尊傀儡，而她右手正拿著一本厚書。
那本書，叫做《紅樓夢》。

第九章・決戰六樓

陽世，圖書館。

小靜雙手背在後面，漫步穿梭在書櫃走廊之中。

「小靜，怎麼？選不到想看的書啊？」小風壓低的聲音從背後傳來，會壓低聲音當然因為這裡是追求肅靜的圖書館。

「倒也不是，只是有三本書看起來很吸引我，但一時間沒有辦法做決定。」小靜手托下巴，一副煩惱無比的模樣。

「哪三本？」

「嗯，這本《百年孤寂》、《潛水鐘與蝴蝶》，還有這一本《紅樓夢》。」

「响，這三本都很難耶，魔幻寫實的《百年孤寂》，尚—多明尼克的潛水鐘，還有中國古典名著《紅樓夢》？一般來借小說，不都是借開心愉悅的嗎？什麼霸道總裁系列或穿越王妃系列。」小風搖頭，「妳沒事看這麼難的書幹嘛？怎麼，嫌人生不夠難啊？」

「才不是勒，小風學姐。」小靜急忙搖頭，「我只是說這三本書莫名其妙地吸引我啊，尤其在這個圖書館裡……」

「好啦我懂，這就是所謂的緣分是嗎？」小風湊近了這幾本書，「嗯，對耶，有這麼一點感覺，被妳這麼一說，都有點想讀這幾本了，上次推薦我看這類書的，就是琴了。」

「對嘛。」小靜拉著小風，「那妳覺得我該看哪一本？」

「妳說《百年孤寂》、《潛水鐘與蝴蝶》，還有《紅樓夢》，三本挑一本嗎？」小風看著小靜，「有什麼好挑的，就全部都借啊，反正在圖書館看，也沒人跟妳搶吧？」

「不行啦，我覺得先後順序很重要。」

「什麼先後順序？這麼怪的行為，妳還真的跟琴越來越像，難怪妳是她最疼愛的學妹。」

「拜託啦，小風學姐。」

「那我就隨便比啦。」小風舉起了手指，比向了其中一本。

而小風手所比的那一本，正是……

陰界。

六樓，兩個人正在瘋狂交手。

一個是風，一個是電，暴力縱橫的風之中，穿插著閃爍不斷的電，將六樓轟炸成暴風雨災難現場。

「喂！琴，妳醒醒啊，我是來救妳的啊！」

風似乎對電有所忍讓，被電能壓得節節敗退，而這風，自然就是柏。

他尚未使出殺傷力強橫的破軍之矛，僅以雙拳應戰，但他眼前的對手，卻是豁盡全力，以深邃而暴力的藍色電箭，不斷轟擊著柏。

藍色電箭之主，自然就是琴。

她漂亮的臉蛋冷淡若冰，周身縈繞藍色電能，電能中混著黑氣，彷彿一尊沒有意識的戰鬥娃娃，對柏發動著猛攻。

「不行了，得加強防守。」柏蹲下，手指往地上一指，這時他腳下隨即出現一股激烈的旋風。

旋風越轉越快，更在柏身邊轉成一座巨大的風牆。

「無裂風壁！」柏此刻對風的操縱已達爐火純青之境，操縱風就是操縱空氣，每秒高速流動的空氣，形成了每秒百公尺以上的風速。

這樣的風速，可是超級風暴等級的風速，那是足以阻斷地球上多數物質的風壁。

只是，它能阻擋的確實是地球上多數的物質，但它這次遇到另外一種特殊的存在。雷電。

琴拉起雷弦，然後射出，藍色電箭在碰觸到無裂風壁時，竟然開始分裂，化成滿天花雨般的電雨。

「穿心而過吧，千言萬語。」

電雨是比風細小的存在，只見它一碰到風壁，立刻見縫就鑽，鑽過層層風壁，直接逼近了柏。

「搞什麼，」柏吃驚，不斷將風壁的風速提升，試圖阻擋不斷湧入的電雨。「怎麼妳一被控制後，反而變強了？妳之前是在保留實力嗎？」

當風壁被硬是撬開，琴再次拉弓，電能在弓弦之間再次凝聚。

這次不只藍色，更透出隱隱靛色。

「靛箭？」柏見狀，知道自己不能保留實力，他雙手交握，身邊的風陡然加速，風壓不斷疊升，疊成一條條黑色風之軌跡。「黑丸！出來！」

柏雙手打開，一枚純黑的大球體在柏胸口處高速轉動，威勢駭人。

這純黑球體正是黑丸，歷代破軍最強兩大絕招之一，與真空斬齊名，透過高速高壓的風，產生極高密度的風球。

這風球如同破壞力十足的灼熱鋼球，能扭彎鋼筋，破壞建築，拔除大樹，更因為柏的功力今非昔比，變得更加恐怖強大。

黑丸才剛在柏的雙手成形，靛箭就到了。

一個彷彿無聲的輕響，靛箭精準地射入黑丸之內，要不是黑丸形成得夠快，這箭能直射入柏的胸口心臟處。

兩大力量在此刻產生僵持。

「好樣的。不愧是七色箭中的靛箭。不過可不要小看我的黑丸！」柏再喝，雙手朝胸口的黑丸一壓。「黑丸，碾碎它。」

只見黑丸的體積頓時從一顆籃球大小，瞬間陡縮成排球大小。

當體積縮成一半，威力則暴增十倍，濃到不透光的黑色球體，猛然壓住靛箭，靛箭原本筆直的型態開始扭曲。

黑丸無愧是主星破軍的兩大武器之一，只是它這次碰到的，也是歷代武曲的絕招之一：電箭。

琴再次昂起胸膛，雷弦靠近臉龐，瞄準，然後帥氣姿態之下，又是一箭。

後箭追上前箭，兩力合一，靛箭的能量會合，膨脹且咆哮，靛箭再次變得筆直，更讓排球大小的黑旋產生了絲絲縫隙，縫隙間佈滿明亮的電光。

同時間，靛箭的箭尖又更逼近了柏的胸膛。

若黑丸真被靛箭破穿而出，下一個裂開的，就是柏的胸膛與裡面那顆噗噗跳動的心臟了。

「原來這才是妳真的力量嗎？」柏怒笑，此刻的他彷彿已經忘記自己是來救人的，旗鼓相當的戰鬥與死亡感覺讓他情緒亢奮，再次催動道行，直接催上了極限。「真不錯，這樣才過癮啊！」

伯雙手再次加壓，百分之一百，百分之一百五十，百分之兩百！

黑丸的體積不斷變小，變小，變小……到後來甚至壓到只剩棒球大小，其顏色已經如同無光的黑墨之體。

黑墨中，原本散亂的風，竟然出現了規則形狀，那是完美的六邊形。

當極致混亂之後，竟然出現了規則。

這是空氣在高壓下，從氣態轉為液態，然後又逐漸步入固體的過程嗎？固體的風，如此超脫自然的力量，就要把靛箭整個扭曲。

然後，在暴風吹拂下琴長髮飄飄，冰冷美麗的臉龐上，嘴角竟隱隱揚起。

這是開心嗎？

就算意識被短暫剝奪，與破軍如此的全力戰鬥，仍讓武曲微笑了。

然後，琴再次彎弓射箭，而且不止彎弓一次，兩次、三次、四次、五次……僅僅一秒內，琴的指尖就放出二十三次，也就是二十三箭疾射而出。

如此爆發，正是琴將肌肉與道行的完全釋放，二十三道箭影，如連續發射的靛色雷射，而且全部都命中同一個地方。

柏胸口的那枚黑丸。

二十三箭，加上之前就累積在黑丸的兩箭，堆疊出二十五倍的力量，瞬間，就完全宰制了整個戰場。

黑丸就算被壓到了比棒球還小，壓到了乒乓球，甚至是一顆米粒，都已經無效。

「妳啊！」在猛烈炸裂的電光中，柏的聲音帶著怒氣和吃驚。

然後電光捲動，完全吞噬了柏，甚至照亮了整個圖書館六樓，更震得整座圖書館微微晃動。

這場風與電的激戰，結果究竟如何？

而同時，隨著猴王古怪的笑，變故，確實開始發生了。

變故的核心，都是因為一個人。

他正踏著沉穩步伐，走過樓梯而來。

當他走到了二樓，他看見了這裡的戰況。

這裡，是壓力與抗壓的戰鬥，隸屬於政府的丙級星冠帶，以全力道行，製造出上萬公斤的力量，垂直壓向一名男子。

這男子面目醜陋，滿臉都是鐵痕，但他卻撐住了。

他是忍耐人。

生性忍耐，就算萬斤壓力，他也能咬牙忍住。

也因為冠帶用上全力卻沒有拿下對手，他臉上都是青筋，全身顫抖，轉眼就要被棄腰帶投降。

但，冠帶沒有。

因為，這男人來了。

男人甚至連手都沒有伸出來，只是緩緩走過冠帶與鐵痕男子身邊，他走過時，帶起的一股淺淺的道行能量，流到了忍耐人身上。

下一秒，忍耐人突然喝了一聲，眼睛睜大，全身噴血，喀啦喀啦喀啦，鐵製骨頭竟然瞬間全部碎裂，像一灘爛泥般倒下。

忍耐人敗得慘烈，遠超過他能忍耐的極限，連忍耐都不用，就當場慘敗。

「是……是誰？」癱軟如泥的忍耐人仍在地上緩慢蠕動著，他拚命想要往前，去警告樓上的伙伴們。「這人，好強，強到任何一絲忍耐的機會，都沒有。」

需要忍耐，是因為還有機會，但這人的存在，卻讓忍耐人連一絲忍耐的機會都不存在？

而且不只是忍耐人，連冠帶都臉色鐵青，冷汗直流。

「他，以他如此尊貴的地位，怎麼會親臨這裡？」

這人不語，只是踏著沉靜的腳步，朝著三樓而去。

圖書館六樓，電光散盡，以一秒連續二十三靛箭取得絕對優勢的琴，此刻卻露出了困惑的表情。

因為，她的電箭並沒有殺敗眼前的人，甚至說，她的全力電箭在最後竟然被擋住了。

被一個材質和能量都足以和雷弦匹敵的武器，給硬生生擋住了。

長柄，通體墨黑，尖端鋒利如刃，散發著冰冷殺氣，正是歷代破軍的本命兵器：破軍之矛。

生死一線，柏被迫拔出了破軍之矛，此矛與雷弦同列十大神兵之一，兩者相抗，勢均力敵，才終於化解了柏的危機。

當柏將破軍之矛握在手上，這柄稀世凶兵承接了數代破軍的殺氣，頓時感染了柏，讓他戰意衝腦，單手握矛，開始高速甩動起來。

每一次甩矛，都帶來撕裂大地的強風，風越來越強，如同強烈颱風般兇暴。

「吼！」同時，柏發出咆哮，雙手握矛，踏風狂奔，不斷擊落襲來的靛色殘箭。

當所有的殘箭都被擊落，柏精悍的身影，已經往前踏行了數十公尺，直接來到了琴的面前。

「誰說電能勝風？看我破軍之矛！」此刻的柏，也在破軍之矛的戰意感染下，化身為瘋狂戰士，他高舉著矛，大喝一聲，黑矛劃出凌厲黑線，朝琴直劈而下。

而當矛離琴的頭頂越來越近，僅僅十公分之處，琴卻在此刻慢慢抬起頭。

長髮下的臉龐不再冰冷，反而透出困惑神情，看著正對自己臉上直砍而來的黑矛。

「柏？」

「啊！」這一刻，柏的矛帶著自己百分之百的力量，數萬噸風壓足以切碎萬物，如果琴沒有放出同等的電系道行……

會死。

他會把琴活生生劈死啊。

而且更可怕的是，若沒有把琴劈死，琴肯定會回頭把柏揍死，還會一邊揍一邊罵。

「你不知道我失去意識嗎？你還全力打我？臭男生！臭笨蛋！我揍死你！揍扁你！讓你變得比拖鞋還扁！」

想到這裡，柏大吼一聲，硬生生把破軍之矛在空中轉向，那萬噸壓力之風，就這樣在空中硬轉半圈，輕巧擦過琴耳畔長髮，然後轟然落到地上。

只是風，無形無體的風，卻在柏與破軍之矛的加乘力量之下，硬是插入了地板之中。

而且不只如此，風力未散，這被矛插入之處，更瞬間往外延展出數十條裂紋，裂紋不斷往外擴散，最後甚至遍及整個六樓圖書館。

「呼呼……呼呼。」柏大口喘著氣，要知道轉招比出招更耗道行，這半路轉招，確實用去柏不少道行。

「啊，柏你幹嘛在我面前喘氣？不會吧，你是爬圖書館六樓樓梯就喘喔？這樣不行喔，少年人平常要多運動啦。」琴歪著頭。

「這……呼呼……什麼叫喘？我這……呼呼。」柏呼吸還沒緩過來，完全無法爭辯。

「等等，我怎麼會在這裡？我剛剛在幹嘛？對了，我在和五鬼戰鬥。」

「呼呼……五鬼？」柏猛然抬頭，「一百零八星最後一顆星，五鬼？」

「對，我記得他很難纏，甚至入侵了我的心靈。」琴說到這，像是感應到了什麼似的，回過頭。

柏順著琴的目光往後看去，在這圖書館狹小而陰暗的走廊盡頭，不知道何時，竟多了一座鮮紅色小廟。

小廟色澤鮮紅，屋簷上雕著許多難以分辨的古怪生物，光線照映下晦暗不明，突兀又陰森。

連柏這樣大膽豪氣之人，初見此廟都不禁心臟一跳。

小廟中傳出奇怪的聲音，像是呻吟，又是哭泣，仔細一聽，竟然像是在說話。

「我的控制……竟然如此輕易就被破解了……因為這個男人嗎……破軍是嗎……與破軍的忘情戰鬥……帶來的快樂……竟衝破了我的魔障……不過……也是

因為我破不了妳心中最後一道屏障……妳內心竟然上了一道鎖……連自己都打不開的鎖……武曲是有毛病嗎？」

「有毛病？」琴聽到這三個字，原本迷迷糊糊的表情，瞬間因為生氣而鮮明起來。「你說誰有毛病？我想起來了，就是你這混蛋剛剛偷襲我的！」

「偷襲？咯咯咯咯，明明就是妳自己意志不堅。」小廟的聲音持續低語著，「破軍啊，我感覺到你內心的欲望了，你想要權力是嗎？來『求』我吧，我將給你一切你想要的，咯咯咯咯。」

「什麼求你？又來引誘人了。」琴一撥長髮，身軀往前一站，左手握雷弦，右手再次拉起弓。

筆直的藍色電箭，就這樣順著琴的右手指尖移動，瞬間完美成形。

「沒用的沒用的。」小廟仍在低語，下一秒鐘，廟門口的簾布抖動，五隻手掀簾而出，如同五條灰色毒蟒，急湧而出。

藍色電箭才射到一半，就被其中一隻手抓住。

這隻手，指節鮮明，粗壯蠻橫，正是成年男子之手。

「啊，竟被這麼容易的接住？」

「中我魔障時，妳還厲害一些呢。」剩餘四隻手繼續快速蜿蜒前行，女子之手抓住了琴握著雷弦的左手，而蒼老之手抓住了琴捏弦的右手。

恐怖而絕望的道行，再次透過雙手灌入琴的體內，讓她身軀一寒，曾中五鬼之毒的她，並未完全復原，導致她短暫的失去了行動力。

「哎呀。」琴急忙轉頭，她看見另外兩隻手，已經游過自己身旁，直接來到柏的面前。

稚嫩的孩童之手，以及無名指戴著黑玉戒指，難辨雌雄的第五隻手。

先是幼童之手，竟由下往上輕輕拉住了柏的手。

柏一愣，低頭看向幼童之手。

這剎那，柏心神恍惚，彷彿真的有那麼一個稚齡的孩童，他眼神純真，完全相信著你，並拉著自己的手。

被幼童拉住手的瞬間，竟融化了鋼硬男子柏的內心，他頓住了。

這一頓，代價卻是恐怖的。

柏突然感覺到面前一黑，竟是手戴黑玉戒指的手，完全罩住了柏的臉。

然後，一個怪異而又讓柏難以抗拒的聲音，在柏的腦海中迴盪起來。

「求啊，求啊，求財，求名，求權，求今生不再孤獨。」那聲音如此低喃著，「我看見了你的內心，你想證明自己，你想告訴那個女孩，你是對的，因為你看著她，總是自卑，啊對，就是自卑啊。」

柏右手緊抓著破軍之矛，渾身顫抖，他想要一矛切斷這抓著他的臭手，但他卻力有未逮，因為五鬼的力量，已經滲入了他的內心。

要與五鬼戰鬥，只能靠意志力了。

這一刻，兩大主星竟然再次因為一個丙級星而陷入苦戰，而那個丙級星的名字，就叫五鬼。

圖書館，三樓。

這全身都是黑暗氣息的男子，已經踏上了這一樓層。

他看了一眼躺在地上垂死的喪門，又看了一眼坐在地上不斷喘氣的女孩，小曦。

小曦見到此男人，幾乎發出尖叫。

「你？你怎麼會來？」

男人表情冷酷，但罕見地露出了笑容，只是這笑容依然帶著一股高深莫測的冷意。

「喪門，是妳打敗的？」

「是我。」小曦像是想到什麼似的，掙扎著站起。「等等，你不可以上去，上去他們就危險了。」

「妳要阻我？」

「是。」小曦大叫，然後瞬間釋放了全部招式，召喚術、星穴、黑丸，甚至是剛剛才學會的喪門陣。

所有力量包圍著這黑暗的男人，但他卻連動都不動。

「妳的全部力量，只有這樣？」

「留下來！」小曦叫著，但她的聲音卻只持續了一秒，就陡然而止。

因為，她赫然發現，所有的招式都消失了，召喚而來的陰獸，有如北斗排列的藍色星穴、狂暴的黑丸，甚至是環繞在男人周圍的粉紅喪門陣。

不只如此，她全身道行，竟像是從未存在般，陡然被掏空。

她砰然落地，不斷喘氣，這是什麼感覺，彷彿失去了一切戰力。

「完全不行。」那男人轉身，「妳已經快用完我所有耐心了。」

「我……」

「下次見面，若還沒有練到西軍之正的力量，沒有展現妳甲級星文昌的力量，」那男人聲音低沉，透著可怕殺意。「妳也沒有活著的價值了。」

「文昌星？我是文昌星？」

「一招，下次見妳，若還未能接下我一招。」那男人轉身，朝著更高樓層走去。「那我就殺了妳。」

還未能接下我一招，那我就殺了妳。

而小曦只是喘著氣，她再也沒有一絲力氣去阻止這男人往上，只剩下全身空洞的虛無感。

這男人，究竟強到了什麼境界？

六樓。

五鬼完全掌控的局勢，他獨特的心靈力量『求』，箝制每個人的內心欲望，這樣的力量在陰魂中尤其可怕，因為陰魂少了肉體，支持形體的就是能量與意識。

能量歸零，空有意識也無用，反過來說，若無意識只剩能量，那就如同陰獸般只剩吃的本能，而五鬼的求，針對的就是「意識」，所以一旦被他的「求」找到心底最深處的願望，該陰魂就會如同代宰的羔羊，失去對抗的能力。

五鬼星位列丙等星，就算實戰比不上各大星格好手，但這詭異又神秘的「求」，讓他成為陰界最聞風喪膽的存在。

「我，不會，輸給你。」柏右手仍緊握著破軍之矛，而他的左手正緩緩地上移，他要靠他的意志力，硬把這隻壓著他臉的混蛋五鬼給拉下來。

「沒用的，」五鬼尖笑著，「我的『求』之所以無敵，就是對欲望越強者威力越大，而欲望強度通常與意志力成正比，你正是意志強悍之輩，換句話說，你越是強，就越對付不了我。」

下一秒，柏的身體陡然豎直，原本舉起的左手，竟彎曲成拳，狠狠痛揍自己的肚子。

這一揍，飽含道行，毫無留手，頓時讓自己吐出了一大口鮮血。

「求吧。」五鬼笑著，「我已經聽到你心中的願望了，大聲說出口，完成我們契約的締結吧，說出『你想要力量，想要向這女孩證明自己的力量』。我就給你力量，我只收取你一部分靈魂，當作我的酬勞，嘿嘿。」

「不要！」柏呻吟著。

但他沒有辦法，因為這確實是他內心最脆弱的一部分。

好多好多年前，破軍與武曲共同拜於天梁門下，那時候，破軍的目光就沒有離開過這個聰明任性女孩的背影，他喜歡與這女孩一起練武，一起面對敵人，一起闖入黑幫，一起迎戰政府。

這女孩聰明又有想法，屢次做出讓破軍佩服又欣喜的決定，和她一起，破軍真心感到快樂。

但，破軍本性剽悍，在這過程中，他內心一直有個小小火焰，他想要改變陰界，改變這被獨裁政府操縱的陰界，讓苦人不再受苦，讓世界公平，讓正義得以伸張。

所以，他需要力量，更強的力量。

而女孩想法雖然和他相同，但卻有著截然不同的做法。

她想在黑幫中一點一滴打造自己的部隊，然後創造出足以和政府抗衡的黑幫，她沒有野心，她沒有想要扳倒政府，她只是要世界更美好。

但這樣的方法，對破軍而言，太慢了。

黑幫勢力各有山頭，彼此割據，難以統一，破軍覺得若想要改變陰界，就要使用陰界最強更純粹的力量。

最強力量，就是政府。

於是他背叛黑幫，將力量貢獻給政府，從此由黑幫大將叛變為政府走狗，更成為那場黑幫與政府大戰，最後黑幫全面潰敗的重要因子之一。

這一切，都是因為那女孩。

柏知道，他會這麼做，都是因為那女孩，他想要證明自己，就在那女孩面前。

如今，五鬼彷彿在柏面前打開了一扇門，門後閃爍著詭異的光芒，光芒裡吞吐著醉人的呢喃。

「許願吧，說你想要力量，說你要那女孩，然後，我的技『求』就會實現你的願望。」

「我要……」此時此刻，柏仍掙扎著。

「快求！」

「我要……求……」柏奮力抵抗著，但越是強韌的意志，偏偏就是越強的欲望，如今，他就要沉淪了……

圖書館，四樓。

黑色人影漫步而上，才剛踏上四樓，忽然，一道黑影立刻急撲而來。

這黑影極度巨大，乃是一隻黑色異獸，更帶著足以震撼整層樓的暴風，如同一枚同歸於盡的砲彈，朝著人影猛衝而來。

「不錯，上次被我嚇得直接趴地求饒，現在竟還敢與我正面對決啊？」

異獸的暴風有如千條利刃橫掃整個樓層，但在這人影前，卻全部硬生生停住，有如狂風撞上一堵牆，全部被阻隔在外。

「汪吼！」黑色異獸嘶吼，不斷衝撞著眼前這堵牆，暴風亂舞，化身千萬刀刃，不斷劈向這男人。

「你，接得下我一招嗎？」這男人將手舉起，張開，然後握住。

這一握。

瞬間，所有的風竟然全部消失。

暴亂的撕裂聲、漫天亂舞的書籍、橫行的風刃，全部倏然淨空。

剩下的，是這頭黑色異獸的真面目：犬。

十二陰獸之一，嘯風犬。

嘯風犬的頭，正被這男人的手按著，牠齜牙咧嘴，雙目血紅，不斷扭動身軀，但偏偏無法掙脫男人寬大的手掌。

「可惜，你終究連一招都過不了。」男人的手掌微微往下用力，嘯風犬頭驟然往下，直到頭顱陷落地板。

如獅子般的嘯風犬奮力掙扎了幾下，就這樣不動了。

男人收回了手掌，目光朝上，看向更高的樓層。

「現在已經是第四層了，很好。」男人邁開腳步，走向樓梯。「我已經可以感覺到那股氣息了，就在六樓。」

男人踏著穩穩大步，就要跨上第一階樓梯。

忽然，男人動作一頓。

因為，背後竟滾滾升起了風。

風很強，很鋒利，那是灌盡全身之力，將所有的風都化成一柄利刃的殊死偷襲。

「好樣的。」男人咧嘴笑了，猛然回頭。「竟然一招敗不了你啊。」

這一刻，嘯風犬的牙，終於咬到了男人的手。

而牠來自自然之力的風，更透過牠的利齒，全部灌入這男人的手中。

牠要把男人的手，用風，完全扯爛。

但，也就在這一剎那，牠發現自己只能咬進淺淺的一公釐，因為全身上下的道行，竟然透過尖銳的牙尖，瘋狂被吸入了男人的皮膚內。

道行，就是力量。

男人在吸取牠的力量？

「第一招假裝敗北，然後將全力放在第二招的偷襲！」男人如刀刻的五官，露出笑容，笑容卻意外的猙獰。「好一隻嘯風犬，好一隻S級陰獸嘯風犬啊。」

嘯風犬驚駭，牠咬之不下，卻又拔之不開，但戰意強悍的牠，選擇催動全身道行，拚命往下咬去。

噗，當男人的肌膚終於被咬出了那麼一滴血珠，嘯風犬也完全耗盡力量，軟軟地垂下，原本如大獅般的雄壯身軀，竟如同破布般，癱軟在地。

「十二陰獸乃是天地之物，要死沒那麼容易。」男人手一甩，破布般的嘯風犬摔倒在地，發出砰的一聲。「不過，你確實厲害，竟然讓我流下一滴血。」

男人看著自己手臂的咬痕，露出冷笑。

「嘿，就連之前那個擊羊星都沒讓我受傷，倒是讓一隻畜生做到了啊。」男人看了一眼地上的嘯風犬，眼中帶著一絲激賞，轉身，朝著五樓踏上。

然後，就是五樓了。

六樓。

此地，五鬼之手正緊壓著柏的面孔，獨特的技『求』，就如百位鬼女齊聲呢喃，在柏耳邊流動著。

「我……我求……」柏下巴透著青筋，滿臉冷汗，拚命阻止自己張開嘴巴。

「求吧！把你心中最大願望釋放出來吧！讓我統治你一部分的靈魂！成為我五鬼的奴僕！」五鬼笑著。

「我要求的是……」

忽然，叩叩兩聲，硬是打斷了柏的話語。

這聲音，來自五鬼棲息的小廟門，有人以指節叩叩地敲了兩下。

「小廟敲門？」「有信徒來許願？」「是誰？」「來我們鬼廟許願，得好好回應才行啊。」「然後，就要他付出代價，咯咯。」

五鬼的五隻手，強壯的中年之手、妖嬈的女子之手、稚嫩的童子之手、腐朽的蒼老之手，以及戴著黑玉戒指的雌雄莫辨之手，同時發出聲音，一口氣退回小廟。

但卻發現，敲小廟門的，竟然也是一隻手。

而且，還真的只是「一隻手」而已。

但，雖然只是一隻手，卻從五根乾瘦修長的手指中，透出著莊嚴神聖，又質樸溫和的氣質。

這樣的手，綜觀陰界也就這麼一個：

「地藏！」

五鬼騷動起來。

「地藏沒死？」「地藏竟然還要來許願？」「如果，如果我們實現了他的願望，我們就會擁有他一部分的靈魂？」「六百年來陰界第一人！我們能操縱他？」「好興奮好興奮啊！」

當五鬼碎唸低語結束，他們同時開口。「地藏，我們准許你求，只能求你內心最深沉的願望，讓我們看你的內心吧。」

地藏之手以食指在地上快速寫下：請。

然後它張開五指，完全地攤開。

下一秒，五鬼頓時撲了上來，中年男子之手抓住地藏的小指，女子捏住了無名指，孩童之手拉住了中指，蒼老之手夾著食指，而最後地藏之手的大拇指，則被那戴著黑玉戒指的手，完全握住。

「願望！我們要看你的願望！」

「讓我們看看最偉大的地藏，有什麼私密的願望！」

「然後，讓我們來實現……」

「實現……」

「讓我們，來實現你的願望吧！哈哈！然後，讓我們來收藏你吧！太陽星，地藏之魂！」

「等等，這真的是你的願望？」

「怎麼可能有人發自內心，有這樣的願望？」

「不對！這願望，我們無法……」

「我們無法實現這願望啊！」

「我們無法實現啊！」

只見地藏的手，脫離了五鬼的抓握，食指在地上慢慢地寫著：

我的願望，地獄未空，誓不成佛。

而你，是否能幫我淨空地獄？

「無法！」

「我們無法實現這願望！」

「若無地獄，我們五鬼何以存在？」

「無法，我們無法。」

只見地藏蒼勁的手指，又繼續緩慢地寫著。

「一座鬼廟，若無法回應信徒所求，那該如何？」

「那該如何？」「對，那該如何？」「我們該如何啊？」

五鬼宛如跳針般瘋狂碎唸，同時，這座鮮紅老廟的牆壁，突然喀的一聲細響，出現了一條深深裂縫。

「如何？」

裂縫不斷延伸，五鬼的聲音卻像是百鬼同時呻吟，百張嘴巴同時問著。

「不如，」地藏之手慢慢地寫著。

「不如？」

「重新，」地藏之手的字平穩踏實，懷抱慈悲，但卻在幾個轉筆之處，凌厲鋒芒。

「重新？」

裂縫已經爬滿了整座小廟，上頭鮮紅的磚瓦不斷簌簌落下，整體結構更整個傾斜，這座小廟隨時要崩塌。

「回歸一縷清魂。」地藏的字，越發有力，幾乎要穿透地板，但寫到最後一字，卻又逐漸轉為輕柔，彷彿溫言勸告。

「回歸？」「回歸？」「回歸？」「回歸？」「回歸？」「回歸？」「回歸？」「回歸？」

「一縷？」「一縷？」「一縷？」「一縷？」「一縷？」

「清魂？」

「清……魂……」

這瞬間，只聽到百個聲音彷彿異口同聲，開始彼此合併，互相融合，聲音越來越小，也越來越透澈清明。

到最後，甚至不再是五鬼同發，而只剩下一個聲音。

這聲音沙啞而虛弱，卻帶著一絲清明。

這已不是鬼聲，而是人聲。

清魂……

這剎那，五鬼之廟轟然崩塌，磚瓦、梁柱、簾布，撒落一地。

然後，許許多多灰黑色的靈體，更在廟宇倒塌之時，朝著天空浮游而去，有的帶著笑聲，有的帶著嘆息，就這樣離開了這座小廟。

破了。

五鬼之力，竟然就這樣被地藏的一個願望，直接破了。

「人心欲望構成地獄，若要清除欲望，等於滅去我五鬼存在，如此自我矛盾……」五鬼的聲音，在不斷飄散離開的魂魄中迴盪。「我，無法承受啊。」

當五鬼聲音停止。

廟，也完全塌陷。

這橫行地獄百年的一代丙級星，就被地藏的一個誠摯而簡單的心願，給徹底擊潰。

圖書館，五樓，這男人已經走到了這裡。

這裡散佈著滿地的繃帶，這些繃帶像是統治叢林的獸王，完全宰制這個樓層，把每個入侵這裡的魂魄，全部吞噬消化掉。

不過，如此兇暴的繃帶，在這男人面前，卻有如羞怯的小蛇，全部縮著不敢妄動。

男人就這樣往前走著，每走一步，繃帶就簌簌分開，男人走到樓層中間才停下腳步，因為這裡有一名女子。

她是一位古典且美麗的女子，她縮著身子，正用著最後的力量，吟唱著歌。

而她的歌，能消弭暴戾之氣，歌聲如精靈環繞著她身體周圍，讓繃帶與繃帶間的血字蜈蚣，在靠近女子周圍時，失去滿滿殺意。

也因為這份歌聲創造出來的和平結界，保護了這女子，讓她在這洶湧恐怖的繃帶海中，保住一條命。

「解神女啊。」男子站定，由上而下，看著這古典女子。

而男人身邊散發的深黑之氣，竟把女子的歌聲全部吸入，失去了歌聲的保護，女子周圍的繃帶又開始活躍危險起來。

「啊。」解神女感受到周圍繃帶的變化，她一抬頭見到這男子，向來冷靜自持的她，竟然臉色也因此驟變，瞬間慘白。「你，你……」

「放心，我不會殺妳，我不會殺吳用的寶貝。」男子冷笑一聲，手一揮，歌聲再次出現，那些兇暴的繃帶，在解神女周圍三十公分處停了下來。「更何況，我還要謝謝妳。」

「謝謝我？」解神女吃驚。

男子沒有說話，但他面前的繃帶突然開始聚集，繃帶不斷盤桓縈繞，最後盤出了一個身材窈窕，長髮，露出半邊臉的女子。

「化科星紫羅蘭參見，已經照您吩咐，讓武曲和破軍都上了六樓。」這繃帶長髮女子，單膝跪地，語氣恭敬。

「等等，您是故意的？」解神女何等聰慧，瞬間明白。「您是故意讓柏上去的？」

男子依舊沒有說話，只是轉過頭，對解神女看了一眼。

眼神之中，帶著冰冷的笑意。

「不可以！」解神女感到全身如墜冰窖，掙扎往前。「您要對柏做什麼？您要做什麼？」

但這男子完全沒有理會解神女，只是再次踏出步伐，朝著六樓而去。

五樓，只剩下解神女驚惶的喊叫，以及跪在地上，單眼凝視著樓梯，完全看不出任何想法的繃帶之主，化科星紫羅蘭。

圖書館六樓，當小廟破碎，上百縷黑色魂魄，如遊魂般飄入天空，從此各尋歸宿時……琴說話了。

「曾經與五鬼交易而被囚禁的魂魄，也被釋放了？」琴抱起了地藏之手，她感覺到地藏之手的身軀又變得更透明了一些。

這地藏怎麼這麼不乖，明明比誰都虛弱，卻老是忍不住出手。

但也真的得感謝地藏，要不是他，琴自己都不知道死幾次了？

而就在琴急忙灌注道行進入地藏之手時，她又聽到了那屬於五鬼怪腔怪調的聲音。

「妳問那些魂魄是不是被釋放了？沒錯，我收藏了百年的魂魄心願，就這樣沒了啊。」

只見破廟的瓦礫廢墟動了幾下，一個全裸的魂魄陡然出現，他留著長髮，身材中等，神奇的是他沒有足以讓人分辨的男女器官，最顯眼的部分，就是他的無名指上戴著一枚黑玉戒指。

這黑玉戒指，正是剛才五鬼中的最後一隻手所戴。

「好一個地獄未空，誓不成佛。」這人便是五鬼，一百零八星中的最後一顆。

「以一個願望就破去我百年道行，在我記憶中，大概只有『那個人』可以和你比擬吧。」

「那個人？」琴看著五鬼。

「那個人的願望，和地藏完全完全相反。」五鬼嘆氣，「我就是吃了那個願望，才進化成如今這個五鬼的。」

「那是一個什麼願望？」

「那是……」五鬼才要說話，突然住口，然後皺起眉頭看向自己的胸口。

竟然還有一道黑影未走，它正如一條黑蛇，盤桓在五鬼胸口，而且緩緩地往上游移。

「這魂魄沒有走？」

「就是，就是它，就是它的願望。」五鬼臉上表情越來越驚悚，「等等，為什麼它沒有走？我吃了它的願望，讓我也變得越來越強，不過，它為什麼沒有走？百魂散去，它早該離開了啊！」

黑影，已經游過了五鬼的胸口，游到了五鬼的脖子處，更繞過五鬼的脖子，彷彿一圈要把五鬼勒死的黑色圍巾。

「五鬼……」琴也感到驚悚，她忍不住伸出手，手心帶著電能，就要靠著自己的道行把這古怪的魂魄給拉下來。

但，她的手才伸到一半。

五鬼的表情，已經變得恐怖猙獰。

「我懂了，你之所以沒走，不是因為我吃掉你，而是你本來就打算反過來吃掉我！」五鬼尖叫，不斷尖叫。「你對我許願……是因為要吃掉我！可惡！不許！不許你吃我！啊啊啊啊啊！」

下一瞬間，黑影陡然加速，繞過五鬼的脖子，一圈、兩圈、三圈、四圈，不斷繞緊，再繞緊，再繞緊，繞到五鬼嘴巴倏然張開，舌頭往外吐出。

而琴的手，就在碰到五鬼的脖子之前，停了下來。

因為她發現，已經來不及了。

五鬼，雙目突出，舌頭長伸，這惡名昭彰的一代惡魂，竟已經死了。

「畢竟是他自己造的孽。」這時，一個聲音從琴的背後傳來。「妳就算速度再快，也救不了他的。」

「柏……」琴回過頭，閉上眼。「嗯，我知道。」

「至少，五鬼已破，這圖書館內已無凶險，若妳要救木狼。」柏說，「就趁現在吧。」

「嗯。」琴點頭，轉過身，面對著剩餘的兩本書，《百年孤寂》與《潛水鐘與蝴蝶》。

「妳知道哪一本是木狼了嗎？」柏問。

「我可以猜得到。」琴手指前伸，直比著書皮設計簡約，帶著古典經典風味的那本書。「木狼這人生來一副臭脾氣，超級不合群，在道幫中一會和劍堂打架，一會和毒堂吵架，這樣的人，一旦孤寂起來，肯定是百年起跳。」

「孤寂起來，肯定是百年起跳？所以他的書……」柏一拍手，「是《百年孤寂》？」

「對。」琴手往前一伸，筆直地朝著《百年孤寂》指了過去。

但，琴卻發現了怪事。

因為她的手指，在距離《百年孤寂》仍有三公分處，就再也無法前進，即使是一丁點，彷彿有股巨大的吸力，從後而來，硬是把琴的手拉住。

「幹嘛？柏，是你嗎？」琴手扠腰，正要回頭罵。「不要用風拉住我的手指啦。」

但當手指用力到一半，她發現了古怪，因為，其實沒有風。

而且不只如此，此刻圖書館六樓不只沒有風，甚至連空氣都完全靜止了。

沒有半點聲音，沒有剛剛五鬼的低喃，沒有風流動地吹拂，就連書本之中本來滲出的刀狀黑氣，水狀黑氣，也全都沒有了。

那是沒有半點生物存在的死寂，是什麼力量，竟然可以把剛剛還充滿各種能量抗衡的六樓，瞬間拉成這死模樣？

琴慢慢地回頭。

當她轉過半邊頭，她看見了。

柏身體陷在書櫃之中，嘴巴流出汩汩血絲。

等等，柏被打敗了？是誰？竟在如此短的時間擊敗柏，而且，竟然連一點聲音、一點動靜都沒有製造出來？

然後，琴深吸一口氣，她看見了五鬼的屍體。

五鬼的屍體已經整個枯乾，似乎被那黑影吸乾了所有能量，不過，那個黑影呢？

琴繼續轉頭，她目光終於追上了黑影。

黑影正和某人的影子，完全融合在一起，這樣完美的融合，彷彿他們原本就是屬於彼此。

這影子的主人，正慢慢戴上五鬼的黑玉戒指，開口了。

「妳會好奇嗎？五鬼說過他吃過一個讓他入魔的願望，妳覺得，那個願望是誰的？」

琴的瞳孔收縮，在這燈光晦暗的圖書館中，她已經看清楚了這人的模樣。

而看清楚的同時，琴不自覺地嘴角揚起，苦笑。

深深的苦笑。

「五鬼說過，這願望和地藏相當，但善惡相反。」琴苦笑，「對啊，怎麼沒有想到是你的呢？」

「是的，武曲妳這麼聰明的一個女孩，」這男人淡淡一笑，「怎麼沒有想到是我呢。」

男人邊笑，手掌已經緩緩前推。

這一掌推得雖慢，琴卻瞬間感到胸口一窒，然後就聽到自己肋骨發出一整排清脆而爽快的斷裂聲。

「我是沒想到啊，大魔王不都是最後才出場的嗎？你這樣違背設定啊！你怎麼現在就出場了？」琴身體撞向書櫃，如同柏一樣，身體深陷入書中。「天相，岳老。」

天相岳老，登場。

第十章・歡迎光臨的地獄

陽世。

而小風手所比的那一本，正是……《百年孤寂》。

「就從這本開始吧。」小風拿下《百年孤寂》，然後順手遞給了小靜。「如果要讀的話。」

「喔好。」小靜接過《百年孤寂》，眼神忍不住多看了一眼旁邊的《紅樓夢》，她也不知道自己為什麼要看《紅樓夢》這本書。

總覺得，《紅樓夢》這本書，似乎在騷動著？

「《百年孤寂》，我大學時挺愛，這種魔幻寫實的書，讀起來有點哀愁，會產生一點自虐的思考人生，等畢業之後，就沒讀過了。」小風說著，「偶爾回味一下，好像也不錯。」

「是啊。」小靜拿著《百年孤寂》，打開書，翻了幾頁。

這時，一個自己都沒留意的動作，吸引了小風。

「嗯？小靜，要注意喔。」

「咦？注意什麼？」

「歌聲。」小風用手指按著嘴唇，「妳沒注意到嗎？妳剛剛一翻書，就開始哼歌。」

「啊，對不起，我沒注意到。」

「還好啦，看書哼歌，表示妳心情很好啊。」小風微笑，「只要注意不要太大聲就好，這裡畢竟是圖書館啊。」

「嘻嘻，可能因為能和小風學姐一起看書，覺得很開心吧。」小靜說，「那妳呢？要挑一本嗎？」

「既然妳都推薦了這三本，我也選一本來看吧。」小風左顧右盼了一下，「就《潛水鐘與蝴蝶》吧。」

「妳不挑《紅樓夢》啊？」

「很難說，總覺得這本怪怪的。」

「怪怪的對不對？」小靜嘻嘻一笑，「可能等一下再翻翻吧。」

說完，小靜又再次打開《百年孤寂》，而她的嘴巴，又忍不住小聲哼了起來。

她哼的，正是最近才在網路爆紅的〈給琴〉。

而小風也不再說話，只是用手指翻著《潛水鐘與蝴蝶》，這本雖然薄，卻充滿人生哲理的書。

而她們所不知道的是，此時此刻，圖書館六樓的陰界，正發生天翻地覆的變化。

這陰界中擁有最豐沛能量的土地，這矗立最久的建築，這關押最兇惡犯人的監獄，此刻，竟因為小靜的歌聲，而從牆壁滲出了液體。

這液體，是酒。

歌聲之酒，正隨著小靜的歌聲，輕輕地在牆壁上蜿蜒，如同溫柔的藤蔓，包覆這個樓層。

同時間，歌聲之酒所在之處，技，開始失效。

陰界，圖書館第六層。

政府幕後掌權者天相岳老突然現身此地，以他之能，頓時橫掃全場，不只抓下莫言，讓莫言連報信的機會都沒有。

後來更走上了六樓，沿路橫掃柏留下的好手，直到六樓時，他更在一招內無聲擊敗柏，下一招，破去武曲防禦，將她直轟入書櫃之中。

琴掙扎想起身，但卻發現不只肋骨斷了好幾根，更可怕的是，她全身道行竟像是消失一般，空蕩蕩有如不曾存在過。

「我，我的道行呢？」琴驚慌，她一身電能完全無法施展，只怕連雷弦都叫不出來。

「易主將近，先除去一個吧。」天相岳老一個跨步，右手成掌，就朝琴的臉上劈來。

琴看著上方的手，那強烈的勁風，忽然間，她有種非死不可的預感。躲不掉了。

她的道行消失，也許和天相岳老的技有關，但無論他用了什麼技，對琴而言已經不重要了，因為她就要死了。

這掌下來，肯定魂飛魄散吧？天相岳老可是曾經與太陽地藏相抗衡，直接以道行之力破壞整座僧幫之峰的怪物。

怪物的一掌，肯定會把自己劈碎吧。

這趟荒唐的陰界之旅，終於要畫上句點了，什麼十字幫幫主？什麼十四主星？什麼七色電箭？想來真是荒謬，此刻就要結束了。

而結束之前，說真的想念什麼？大概也是想念陽世的那些老友吧。嗯。就是小風和小靜吧。

琴閉上眼，她好想念小靜的歌聲，和小風自信微笑的樣子，小風看似自信，其實內心也有其脆弱溫柔的部分，那是只有琴才知道的角落。

琴閉著眼，突然她微笑了，老天爺對她可真是不錯，因為竟然讓她在死前的最後一剎那，又聽到了令人懷念的小靜歌聲。

這首歌可真好聽，對，而且歌詞裡面有海，有風，有衝浪，感覺就像是專門寫給自己的歌呢。

歌聲裡，琴覺得自己像是踏上海岸，滾燙的沙，炙熱的陽光，耳邊的海浪聲，還有，踏上衝浪板，在海上起伏，飄搖，但卻興奮得令人想尖叫的時刻。

然後，琴聽到了，在這片歌聲之海中，竟然多了一個聲音，沙啞粗獷且熟悉，那是屬於老派黑幫的男人才有的獨特嗓音。

「不只好歌，更是好酒，一首陽世的曲子，破壞了所有的技，哈哈哈，竟也拆掉了監獄的門，讓老子出來啦。」

不只好歌，更是好酒，一首陽世的曲子？

陽世中，捧著書，低聲哼唱的，正是小靜。

而她的歌，穿過陰陽，化成點滴酒雨，淋遍圖書館六樓，酒雨不只濃郁芬芳令人迷醉，更讓所有人的技，同時失效。

沒有了技，就全憑蠻力。

而蠻力，恰好就是這男人的強項。

只見此刻《百年孤寂》一書捲上了天空，書頁啪啦啪啦打開，而一柄鍘刀，竟然就這樣從書裡面冒了出來。

道幫絕世凶兵：狼鍘。

而握著狼鍘之人，不用多說，自然是他。

「木狼！」這場險局之中，琴帶著興奮地放聲大叫。「救我！」

「沒有了技，你的黑洞之力會失效。」木狼從《百年孤寂》中躍出，雙手握刀，刀光無比猛烈，直劈向了眼前男人。「像是大老虎沒了爪子，就讓我們這些猴子好好玩玩吧。」

木狼，甲級右弼星，道幫刀堂堂主，道行僅次於巨門星天缺老人，其戰績輝煌，當時為了追捕木狼，道幫劍堂與政府死傷破千，更差點賠上政府天虛與劍堂堂主天策。

如今，他破書而出，夾著破碎山河的氣勢，手揮狼鍘，朝天相岳老劈來。

「老虎沒了爪子？」天相岳老看著眼前疾砍而來的刀，冷酷的五官，罕見地露出了笑容。

同時間，狼鍘這一刀，破開圖書館的書櫃，劈裂地板，斬開天花板，轟隆隆而來。

下一秒，刀到了。

全憑蠻力，狂妄至極的一刀，到了。

直直地劈向天相岳老的腦門中央，眼看就要把岳老劈成兩半。

不過，刀，卻在岳老的臉前，硬是停了下來。

因為一顆拳頭橫亙在前，這拳頭斗大，正是岳老的拳。

狼鍘，這把以陽世專斬死囚的「龍頭鍘」、「虎頭鍘」、「狗頭鍘」淬鍊而成，積蓄了無數死者怨念的可怕兵器，配上木狼如此蠻力，竟被岳老一拳擋住。

「啊。」木狼驚訝，「拳？」

「我岳老在練就黑洞之技前，可是以肉體實戰為主啊。」岳老大笑，全身肌肉鼓起，宛如鋼鐵盔甲。「沒了爪子的老虎，靠的是全身的肌肉啊。猴子。」

說完，岳老再揮第二拳，這一拳由上往下，何等威猛，把木狼連同狼鍘直接揍入地板，陷入地面中。

木狼雙手各握狼鍘一端，以狼鍘頂住岳老這一拳，但就算如此，狼鍘竟然向內彎折，木狼更因此口噴鮮血。

「天相不是文人嗎？練這麼壯幹嘛？」木狼大吼，揮動狼鍘就要反擊，忽然一股重壓再次下來，天相又是一拳。

這次狼鍘折彎得更劇烈，而木狼陷落得更深了。

「興趣。」岳老再次微笑。

「你笑了？你啟動肌肉模式時，表情特別多是嗎？」木狼再次撐起，用上最後力量，甩動狼鍘，試圖反擊。

但才甩到一半，又是一道拳壓陡然來襲，狼鍘再彎，到幾乎就要折斷的彎度，已經無法擋住天相一拳，讓拳頭正面轟中木狼胸口，木狼只覺得全身一震，全身骨骼同時震動，再也無法爬起。

「當你被揍時，話特別多是嗎？」天相收起拳頭，地板內的木狼，已經不動了。

他不是不想動，而是一點都動不了。

「我不是話多，我是怕你無聊。」木狼吐出一口血，「幸好，不無聊了。」

「不無聊了？」

「因為，又有人來陪你了。」

天相一愣，忽然他感到背後傳來海浪聲。

誰能在無法使出技的狀態下，製造出海浪聲？天相想到一個人，他再次笑了。

「揍完了右邊，這次換左邊了嗎？是嗎？左輔。」

下一刻，海浪逼近，竟是一根棍子，棍影在空中舞動，破空之聲綿密如潮，竟如同大浪來襲。

「見過天相，東軍之正左輔星浪蛟在此。」持棍者，談吐溫文，面容俊俏，與木狼的狂妄灑脫各有千秋。

「原本是我部屬，但因為多次違背命令，被關進監獄中，當技被歌聲破壞，連你也出來了？」天相沒有回頭，但背後肌肉高高鼓起，他正在蓄力。

他當然知道東軍之正的實力，東西南北四軍隸屬天相旗下，更是政府權力的中流砥柱，東軍位列四軍之首，東軍之正浪蛟之強，不用多說。

「是，也容我出手來……阻止你。」浪蛟往前踏了一步，同時間，手上的棍子也遞了出去。

這一遞，動作看似平和，實則棍尖快如閃電，直指天相要害之處，出手就是殺招。

天相沒有轉身，只是朝後揮動拳頭，拳面竟追上棍尖之速，兩者對撞。

拳與棍在瞬間對峙僵持，但也就僵持了這麼零點一秒，天相力量太強，棍子整個上甩回彈，連帶地讓浪蛟失去重心，連退兩步。

浪蛟才退，天相就轉身追來，他拳頭貼著棍影而來，眨眼間就逼近至浪蛟的面前。

「如此搶攻的天相，罕見。」浪蛟轉動手上長棍，棍子抖動，對天相發動數招猛擊。

浪蛟的棍法如同他的個性，外表看似溫文，實則精巧善戰，宛如靈蛇，招招直取天相要害。

但天相依然用著拳頭，他出拳看似不快，但每一拳卻都成功截擊靈活長棍，不只如此，每一拳都正中棍尖，打得長棍抖動不止。

「這十幾年來，老子以黑洞之技縱橫陰界，除了地藏那老頭，沒人能接下我三招，今日拜七殺歌曲之賜，沒了技，玩起來才叫痛快啊。」

「是嗎？但我不想陪你玩啊。」浪蛟暗暗叫苦，剛剛連過二十幾招，乍看之下是棍與拳勢均力敵，其實每一下天相回擊，那強大的力量都透過棍子傳達到浪蛟手上，震得他雙手麻痺不止。

他的棍法，柔軟又靈活，照理說任何攻擊勁道都能輕易卸除，但卻卸不掉天相的拳頭。

而就在一拳一棍走到第三十招時，浪蛟雙手一痠，棍子歪了，這一歪，頓時給天相的拳頭開了一條康莊大道。

「東軍之正，你的棍法是不錯，可惜……」天相的拳頭，已經穿過層層棍影，來到了浪蛟胸口。「傷不了我。」

剎那，浪蛟感覺到胸口一窒，然後他騰空飛起，飛了數十公尺，才轟然落下。棍子也被天相打飛，直釘入天花板。

天相沒有追擊，因為他的拳頭被一個閃爍電光的弧形物體擋住。

雷弦。

「臭天相，不准你再肆虐。」這女子，長髮飄飄，明亮且英氣勃勃的雙眼，正是武曲琴。「我要打倒你。」

「這句話由妳說，」天相的拳頭凝力，然後猛然發勁。「特別好笑呢，武曲。」

勁力爆開，琴只覺得一股猛烈力量氣浪，從手掌往上傳過手臂，震得她全身巨顫，然後短暫地失去了意識，等她意識再次清楚，她已經癱倒在圖書館的角落，身邊落著同樣受到重擊損傷的雷弦。

「應該結束了。」天相昂然立在六樓圖書館的中心，全身鼓脹肌肉慢慢消去，又回到原本高瘦但整個人深沉陰鬱的氛圍。「可惜啊，此時無技，是你們唯一能擊敗我的機會，但，卻完全失敗了，哈哈哈。」

「哈哈哈。」天相的笑聲，就這樣迴盪在激戰後殘破不堪的圖書館六樓。

他的笑聲帶著道行，濃烈到足以滲入空氣中，扭曲了光線，干擾了空間，甚至透過陰界，傳入了陽世。

哈哈哈哈……哈哈哈哈……笑聲不斷。

讓這間擁有古老歷史的圖書館，都必須臣服於這陰界第一黑暗強者的聲音之下。其影響範圍，甚至到了陽世。

當笑聲化成一絲絲隱匿的能量線條，透過陰界傳入陽世。

開始有的人抓了抓頭髮，收拾書包準備離開，有的人闔上書，皺起眉頭，打算去吃晚餐。

而六樓之中，還有兩個人，她們正窩在小說區，低聲哼著歌，享受著極罕見的閱讀時光。

她們是小靜和小風，她們確實也受到了笑聲的干擾，停住了原本正在進行的動作。

「啊，這書破損了。」小風把書轉成正面，將《潛水鐘與蝴蝶》對著另外一個女孩。

「這書被割破了一頁，不知道哪一個沒公德心的借閱者，撕破了書？好掃興。」

「小風學姐，真的嗎？這一本《百年孤寂》也是，剛剛還滿好看的，現在突然沒了繼續看的興致。」

「為什麼呢？」小靜苦笑，「不只不想看書了，連哼歌的感覺都沒有了。」

「是嗎？嗯。」小風昂起頭，閉上眼，彷彿在感受著周圍的氣氛。她感覺到整間圖書館的氣氛有所改變，那是很難形容的感覺，像是冷氣突然變冷，窗外的陽光變得刺眼，或是私底下討論的聲音變大了等……這些看似不強烈但又存在的變因，干擾了讀書的興趣。

「有點想離開了。」小靜拿著書，猶豫著。「但是……」

「還是，再等一下吧。」小風向來以意志堅強著稱，她確實感覺到這座圖書館發生了某種變化。

但，她同時也感覺到了某種氣氛，有人還需要她們。

那細細綿綿的思念，像是輕輕拉著小風與小靜的衣袖一角，希望她們先不要離開。

「嗯。好。」

「妳再哼一下歌吧，小小聲不要吵到別人，我們兩個能聽到就好了。」小風露出微笑，她的笑容無論何時都充滿了魅力，頓時安了小靜不安的心。

「嗯好，小風學姐。」

哈哈哈，哈哈哈……天相笑了足足一分鐘，才終於停下了笑聲。

當笑聲停住，他忍不住露出詫異的表情。

「歌聲沒有斷啊。」天相神情嚴肅，「看來陽世七殺身邊，有個人物，能抵抗我天相的笑聲……」

「算了，一件事一件事來。」天相轉過半個身子，高挺身軀，凝視著躺了滿地的陰界高手。「因為，就算歌聲仍在，勝負已分。」

深陷在書櫃中，動也不動的柏。

整個身體被塞入地板，手握彎折狼鍘的重傷右弼木狼。

躺在圖書館角落，擁有東軍之正尊貴地位，但剛出場就完全慘敗的左輔浪蛟。

連雷弦都扔在地上，肋骨斷得亂七八糟的琴。

更別論在五樓被紫羅蘭抓住的解神女。

四樓，所有招式都已放盡，只剩下一個虛脫身體的小曦。

三樓，癱軟如泥，但仍奮力往上爬，卻爬不上四樓的忍耐人。

甚至是神偷莫言、五暗星「衰星」小蠍、「墓星」墓、「絕星」怒槍紳士、「死星」罪武宗、「病星」陰沉少女，他們被抓的被抓，逃離的逃離，更無力改變此戰局。

天相一人，就一個人，完全掌握了戰局。

但他卻沒有立刻下手誅滅所有的敗將，反而胸膛抬起，雙手握拳，擺出端正的武者姿態。

「好啦。」天相身上的肌肉再次鼓起，而且鼓得比剛才更壯碩，表示他用上了更多的力量。

甚至是，百分之百的力量。

他對著躺在地上的琴，露出微笑。

「我們第二局，要開始了嗎？」

琴躺在地上，根本動不了，天相為何要這樣問？

「第一局是在僧幫主殿，我用了四名主星方耗去你兩成功力，才坐收漁翁之勝。」天相慢慢地說著，「但那次沒殺死你，算我沒贏。」

等一下，天相在說什麼？琴依然沒動，她動不了，內心卻開始祈禱，祈禱天相話中的意思，不是琴想的那樣……

「第二局，我找一個埋伏在政府裡頭的傻瓜，佈下這個斬首右弼的局，讓他引來武曲，更讓他們一路平穩地走上六樓。」天相雙目透出黑光，凜冽凌厲到足以穿透一切。

「就是為了等你。」

不可以……琴眼淚開始在眼眶打轉，你不可以出來……你好不容易躲過了死劫，不可以這時候出來……

「出來吧。」天相嘴角慢慢揚起，「『地獄未空，誓不成佛』不是嗎？此刻正是對你說『歡迎光臨的地獄』啊。」

然後，琴的眼淚，就這樣從眼眶中流了下來。

因為它出來了。

一隻手，就僅僅是一隻手，五指併攏成掌，散發著神聖的佛光。

地藏之手。

「不要！」琴不顧傷勢，放聲大叫。

然後，地藏之手悍然往前，化成一條美麗金光，飛擊過去。

「這一局如果我還沒能殺掉你，我就把天相兩字倒過來寫。」天相怒目圓睜，咧嘴而笑，同時全身肌肉再次暴脹，揮拳。「地藏老友。」

拳頭在空中劃出一道猛烈如火的黑色軌跡，正擊金光之掌。

在地藏碰到天相之前，琴哭著，她看見了地藏之手的小指動了兩下。

那小小的晃動看似毫無意義，在琴的腦中，卻傳遞無比清晰的話語。

『再見嘍，武曲，和妳一起旅行的日子，老衲很開心。』

砰。

天相的拳，正面撼上地藏的手。

所有的空間、時間、陰界、陽世，同時感受到震動。

琴大哭著，而同時間，她被一個人抱起，然後往外衝去。

「別想走！」天相怒喝，再次揮拳，拳勁化成把把利刃，就要穿入琴的背心。

但也就在此刻，忽然地板裂開，在地藏金光之下，一株植物破地而出，植物尖端抖動，一朵巨花竟然綻放開來。

開花者！

開花者的花瓣擋去了天相如刀刃般的道行，道行把花瓣穿得七零八落。

開花者花瓣抖動，一陣低語，傳到了琴的耳中。

我開花了，妳找到浪蛟了。

我和妳說，第五道食材，在那裡……就在陽世。

「不要！地藏！開花者！」

琴哭著，她被抱著，周圍狂風捲動，一同捲起了木狼和浪蛟，朝五樓衝去，然後捲起解神女，繼續往下……

一路上琴都哭著，這不是她要的，是她任性，忘記自己身上帶著地藏之手，竟然來到這個極險之地，讓天相有機會設下這一局，都是自己太任性，都是她啊……

然後，當風抵達一樓，仍不敢停，繼續帶著所有的人，朝遠離圖書館的方向猛衝。

而背後的圖書館，六樓處，爆發巨大震動之後，就安靜了下來。

完完全全地安靜了下來。

陽世。

「書真的看不下去了。」小靜闔上了書，深深吸了一口氣。「好悶啊。」

「我也是。」小風甩甩頭，向來意志堅定的她，罕見的因為疲倦而想放棄。「啊，小靜妳……」

「怎麼？」小靜抬頭。

「妳哭了？」小風比著小靜的眼眶，「眼眶濕了。」

「啊，是嗎？」小靜伸手一抹眼角，還真有一滴晶瑩水珠。「一定是剛剛看書看得太累了，咦？小風學姐，妳也是啊。」

「我也是？」小風伸出了手指，滑過自己的眼眶，指尖那滴剔透的淚珠，讓小風看得愣住。

「小風學姐，妳還好嗎？……」

「我不太會哭呢。」小風看著指尖，淚珠被風吹拂，慢慢地蒸發消失。「上次哭，是妳唱起〈給琴〉的時候。」

「琴學姐嗎……」

「好像在我記憶中會哭，都是因為她。」小風抬頭，凝視著這座圖書館。「這次，不會也是她吧？」

「小風學姐……」小靜輕輕說了，「其實我好像也是，我剛剛也想到了琴學姐。」

「嗯。」小風深吸了一口氣，向來強悍的她只用一個呼吸，就收斂了心神。「既然我們都看不下書，去吃晚餐吧，順便討論下次的新歌發表，要怎麼操作？」

「好。」

就這樣，兩人走下樓梯，離開了圖書館六樓，最後更走出圖書館大門。

當她們踏上了回程，小靜忍不住回過頭，再次看向圖書館六樓。

遙望六樓，看似平靜，卻有一種經過猛烈激戰，受過千萬砲火輪擊後的滄桑。

剛剛到底發生了什麼事呢？

好像，和她們有關，也和琴學姐有關，到底發生了什麼事呢？

圖書館，五樓。

一大團繃帶突然散開，有如群蛇四散，散開之後，一名男子正躺在地上，全身蜷曲。

男子呻吟了兩聲，睜開眼睛，當他睜開眼看見前方的人，頓時起身想要戰鬥，但動了兩下，就因為全身劇痛而放棄。

前方的人，半邊的臉都綁著繃帶，但就算只露出半邊臉，仍可見她五官的清秀豔麗，她淡淡一笑。

「莫二哥，你走吧。」

「我走？等等，剛剛我被天相打倒，沒死？那他上去了嗎？琴呢？」莫言向來冷靜，但剛想起天相突然出現，僅用一招擊敗自己，就讓莫言寒毛直豎。

「武曲走了，被破軍救走了。」

「那就好，」莫言鬆一口氣，隨即他發現不對。「天相親自出手，怎麼可能落空？發生了什麼事？」

「一時半刻無法解釋，但你走吧，去找武曲。」紫羅蘭說，「她此刻會需要你的。」

「需要我？」

「對。她要去的地方，危險至極，且她將毫無保護自己的能力，若沒有你和橫大哥相護，她回不來的。」

「妳就這樣放我走，天相他不會……」

「天相快要獨霸天下，完成易主了，時間也許不到一個月了。」紫羅蘭淡然一笑，「有些事，不做會來不及的，莫二哥你走吧，就當你是趁亂逃走的。」

「紫三妹……」莫言掙扎著起身，對紫羅蘭點了點頭。「此恩，我記著了。」

「……」紫羅蘭隱隱地露出一抹淺笑，她沒有回應莫言，只是慢慢地被繃帶之蛇包圍，直到身影完全消失。

莫言帶傷走避，更在一樓撿到了同樣重傷昏迷的五暗星，顯然也是被紫羅蘭的繃帶吐出來的，莫言沒有猶豫，他忍痛手一揮，收納袋再次出現，就把所有人打包起來。

然後，莫言朝著硬幫幫方向奔去。

天相剛剛究竟做了什麼，竟能在一個月之內就完成易主？不管如何，他必須快，快點見到琴。

必須快點，見到琴。

陰十二 20230917 完成於自家

尾聲

這裡是萊恩麵包店。

這以美味麵包款待客人，順便揭開下集預告的餐桌旁，正坐著一個高挑且漂亮的女孩。

這女孩與琴有九分相似，唯獨眉宇之間多了一分冷戾，但卻也是這份冷，讓她添了幾分與琴不同的魅力。

「嗨，霜，作者Div要和妳說聲抱歉喔，雖然上一集妳表現很好，但這集沒有妳出場的機會，因為比妳大咖的反派出來了，就把妳的戲分擠掉了。」

「哼，所以我才被派來坐這裡嗎？」霜的大眼睛冷冷地瞪了萊恩一眼。

「不過，說真的，比起琴的能力，我比較喜歡妳的啦……」

「什麼意思？」

「就是……」忽然，萊恩右手一翻，竟出現一把純銀的麵包刀，麵包刀突然前刺，化成一道銀光，直指向霜的胸口。

「大膽！」霜大眼一睜，道行湧現，化成滿天冰珠。「穿心而過的千言萬語！」

這剎那，上百枚如子彈般的冰珠，在空中凝結，然後咻咻咻咻全部射向了萊恩。

「來了來了！」萊恩不驚反笑，他右手不知道哪裡又變出一個桶子，桶子在空中迴旋一圈，喀啦喀啦聲不絕於耳，竟精巧地接住了所有的冰珠。

接住冰珠就算了，萊恩又從背後拿出兩杯水果茶，各自扔了幾枚冰珠進去，當冰珠落入杯中，在飲料中勾出幾道優雅的泡泡線條，在這炎炎夏日，真是心曠神怡，舌底生津。

「來來，一杯是妳的。」萊恩微笑，彎著腰，將其中一杯水果茶放到了霜的桌上。

「喂！你是把我當製冰機了嗎？」

「快別這樣說，妳的能力很棒啊，尤其在夏天，簡直就是寶貝啊。」萊恩喝了一口水果茶，露出滿足的神情。「爽快，喝飲料就是要這樣的冰度啊，妳知道我的麵包坊自從多了那個天缺老人，整天把烤爐弄得上千度，熱死人嘍。」

「哼。」

「說到冰，看樣子這故事一路走下去，妳的冰會和琴的電糾纏下去，我忍不住想替讀者問問——」

「不准問。」

「抱歉，因為是讀者的問題，還是得問，妳知道讀者們是像神一樣的存在啊。」萊恩笑了笑，一副完全不怕的樣子。「妳如果和琴這麼像，妳們會不會喜歡同樣類型的男生？」

「你在說啥鬼。」霜手一拍桌，五指下方陡然出現一把冰刃，直插向萊恩。

「又來製冰了嗎，感恩感恩。」萊恩不閃不避，又是那個桶子，也不知道這桶子是什麼材質，竟完全擋住冰刃，更順勢折斷冰刃，變成幾大塊薄冰。

「哼。」

「妳不想回答嗎？那我直接猜了，難道是柏嗎？手持黑矛，霸氣運風，又帥又酷。」

「沒興趣。這種多情渣男。」霜冷笑一聲，「他先搞定自己吧，到底要小靜、解神女，還是琴？」

「對，柏確實有渣男潛力。這樣不行，那換一個……」萊恩摩挲著下巴，「那莫言呢？刀子嘴豆腐心，很疼琴的。」

「哼哈，他擺明就被當工具人啊。」霜雙手抱胸，繼續冷笑。「說什麼自己是神偷擺酷，根本就是好人好事代表，如果他要選里長，我會投他一票。」

「工具人啊，這樣的講法真的有點狠，妳根本就是琴的黑暗版嘛。」萊恩搔了搔腦袋，「那還有誰呢？橫財？」

「好吃懶做，減一百公斤後再來找我。」

「木狼？拿狼鍘很帥的！」萊恩歪著頭。

「我對拿著樹剪的老頭沒興趣。」

「小才、小傑？」

「兩個屁孩。滾。」

「七殺？」

「老大？嘿，我現在都搞不清楚他是男的還是女的勒。」

「那就沒人了啊。妳是打算在故事中單身到老啊。」萊恩抓了抓頭，忽然想起。「對了，妳有打過的，那個誰……妳是冰，他是火……什麼鬥，鬥王，火星的。」

「……」

「咦？妳怎麼不出聲了？」

「……」

「咦？妳的臉怎麼紅了。」

「……」

「難道，我猜對……」

「我現在就要殺了你。」霜手往上一指，天空隨即轟隆轟隆巨響，重重雲朵之中，一枚滾動的冰隕石就要衝下。

「哇。」萊恩抬頭，滿臉讚嘆。「這冰量太足了，我的桶子，裝不下啊。」

就在下一刻，冰隕石轟然墜下，炸出大洞，把萊恩整個人完全埋住。

「老娘不出聲，就當我是好惹的嗎？」霜傲然起身，她身材窈窕高挑，踩著一雙馬靴，好一個擁有可愛臉蛋的冷豔女王。

而當霜就要離去，卻發現冰隕石下方，竟緩緩飄出一張紙。
霜皺眉撿起了紙，紙上是如此寫著：
「終於，踏上尋找第五食材之路。」
霜把紙條往地上一扔，用腳踩了踩。
「關老娘屁事。」
關老娘屁事，啊不是，敬請期待。陰界十三。

作者　Div
封面設計　克里斯
內頁編排　三石設計
總編輯　莊宜勳
責任編輯　黃郁潔

Div作品 18

陰界黑幫 12

國家圖書館出版品預行編目資料

陰界黑幫．12，／Div 著.
一初版.一 臺北市：春天出版國際，2024.02
面；　公分.一（Div 作品；18）
ISBN 978-957-741-781-7（第12冊：平裝）

863.57　112018349

出版者　春天出版國際文化有限公司
地址　台北市忠孝東路四段303號4樓之1
電話　02-7733-4070
傳真　02-7733-4069
E-mail　frank.spring@msa.hinet.net
網址　http://www.bookspring.com.tw
部落格　http://blog.pixnet.net/bookspring
郵政帳號　19705538
戶名　春天出版國際文化有限公司
法律顧問　蕭顯忠律師事務所
出版日期　二〇二四年二月初版
定價　370元

總經銷　楨德圖書事業有限公司
地址　新北市新店區中興路二段196號8樓
電話　02-8919-3186
傳真　02-8914-5524

ISBN 978-957-741-781-7
Printed in Taiwan